Mord im Spiegel

Die Autorin

Agatha Mary Clarissa Miller wurde am 15. September 1890 in Torquay, Devon, als Tochter einer wohlhabenden Familie geboren. 1912 lernte Agatha Miller Colonel Archibald Christie kennen, den sie bei Ausbruch des Ersten Weltkriegs heiratete. Die Ehe wurde 1928 geschieden. Zwei Jahre später schloss sie die Ehe mit Max E. L. Mallowan, einem um 14 Jahre jüngeren Professor für Archäologie, den sie auf vielen Forschungsreisen in den Orient als Mitarbeiterin begleitete. Im Lauf ihres Lebens schrieb die «Queen of Crime» 73 Kriminalromane, unzählige Kurzgeschichten, 20 Theaterstücke, 6 Liebesromane (unter dem Pseudonym «Mary Westmacott»), einen Gedichtband, einen autobiografischen Bericht über ihre archäologischen Expeditionen sowie ihre Autobiografie. Ihre Kriminalromane werden in über 100 Ländern verlegt, und Agatha Christie gilt als die erfolgreichste Schriftstellerin aller Zeiten. 1965 wurde sie für ihr schriftstellerisches Werk mit dem «Order of the British Empire» ausgezeichnet. Agatha Christie starb am 12. Januar 1976 im Alter von 85 Jahren.

AGATHA CHRISTIE

Mord im Spiegel

Roman

Scherz

Besuchen Sie uns im Internet:
www.scherzverlag.de

Die Originalausgabe erschien unter dem Titel
«The Mirror Crack'd from Side to Side» bei HarperCollins, London

1. Auflage 2002

Einzig berechtigte Übersetzung aus dem Englischen
von Ursula Gail

ISBN 3-502-51822-X
Umschlaggestaltung: ja DESIGN, Bern: Julie Ting & Andreas Rufer
Umschlagbild: Studio MPM/Image Bank, Zürich
Gesamtherstellung: Ebner Ulm

I

Miss Marple saß am Fenster und blickte in ihren Garten hinaus, der einst eine Quelle des Stolzes und der Freude für sie gewesen war. Doch das war lange vorbei. Wenn sie heute hinaussah, tat ihr das Herz weh. Schon seit einiger Zeit hatte ihr der Arzt alle Gartenarbeit verboten. Kein Bücken mehr, kein Graben und Pflanzen – höchstens ab und zu einen kleinen Ast abschneiden. Der alte Laycock, der dreimal in der Woche kam, tat sein Bestes, zweifellos. Aber wie die Dinge nun einmal lagen, war sein Bestes nicht sehr viel, obwohl er das glaubte, im Gegensatz zu seiner Arbeitgeberin. Miss Marple wusste genau, was Laycock im Garten machen sollte und wann er es machen sollte, und besprach ihre Wünsche mit ihm. Doch der alte Laycock hatte ein besonderes Talent, ihr mit großer Begeisterung zuzustimmen und danach nichts zu unternehmen.

«Sie haben völlig recht, Miss Marple», meinte er zum Beispiel. «Der Klatschmohn sollte dort drüben stehen, und die Glockenblumen pflanzen wir an der Mauer. Und wie Sie sagen, sollte man es gleich Anfang nächster Woche in Angriff nehmen.»

Die Ausflüchte, die Laycock erfand, wirkten sehr glaubwürdig und erinnerten an jene, die Kapitän George in «Drei Mann in einem Boot», vorgebracht hatte, um nicht in See stechen zu müssen. Im Falle des Kapitäns blies der Wind immer aus der falschen Richtung, mal vom Land her, mal vom Meer, oder es wehte ein launischer Westwind oder ein tückischer Ostwind. Bei Laycock war es das Wetter. Zu trocken – zu nass – der Boden zu feucht – ein Hauch Frost in der Luft. Oder etwas unerhört Dringendes musste vorher erledigt werden. Gewöhnlich hatte es mit Kohl oder Rosenkohl zu tun, was er beides in ungeheuren Mengen zog. Laycocks eigene gärtnerische Prinzipien waren simpel, und kein Arbeitgeber, wie sachkundig er auch war, konnte ihn von ihnen abbringen.

Diese Prinzipien bestanden vor allem darin, zur Aufmunterung zahllose Tassen Tee zu trinken, süß und stark, im Herbst ständig Blätter zusammenzurechen und eine gewisse Anzahl seiner eigenen Lieblingsblumen für den Sommer in ein Beet zu pflanzen, hauptsächlich Astern und Malven, «damit es hübsch aussieht», wie er sagte. Er war auch sehr dafür, die Rosen gegen die grüne Blattlaus zu spritzen, doch es dauerte lange, bis er es tat, und der Bitte, für die Wicken tiefe Rillen zu ziehen, wurde gewöhnlich mit der Bemerkung begegnet, dass man seine eigenen Wicken hätte sehen sollen. Die waren im vergangenen Jahr eine richtige Pracht gewesen, ganz ohne besondere Pflege.

Um fair zu sein: Er war sehr anhänglich und hatte Verständnis für die Schwächen seiner Arbeitgeber, was ihren Garten betraf – solange nicht zu viel Arbeit damit verbunden war –, doch eigentlich ließ er nur Gemüse als wirklich wichtig gelten, hübschen Wirsing oder ein wenig Grünkohl. Blumen waren ein Luxus, den die Damen liebten, weil sie mit ihrer Zeit nichts Besseres anzufangen wussten. Er zeigte seine Zuneigung, indem er Pflanzen wie die schon erwähnten Astern oder Malven anschleppte, dazu Lobelien und Sommerchrysanthemen.

«Ich habe drüben in der neuen Siedlung gearbeitet. Hübsche Gärten hat man dort geplant, sehr hübsch. Sie haben mehr Pflanzen, als sie brauchen, da habe ich ein paar mitgebracht. Ich steck sie bei den altmodischen Rosen rein. Die sind nicht mehr besonders.»

Als Miss Marple daran dachte, senkte sie den Blick und nahm das Strickzeug wieder auf.

Man musste sich mit den Tatsachen abfinden: St. Mary Mead war nicht mehr so wie früher. In gewisser Weise war natürlich nichts mehr so wie früher. Man konnte dem Krieg –

beiden Kriegen – die Schuld geben, oder den jungen Leuten, oder weil die Frauen heute arbeiteten, oder der Atombombe, oder ganz einfach der Regierung – aber was man in Wirklichkeit damit sagen wollte, war die klare Tatsache, dass man alt wurde. Miss Marple, die eine sehr vernünftige alte Dame war,. wusste dies sehr gut. Es war nur so, dass sie es in gewisser Weise in St. Mary Mead mehr spürte. Vielleicht, weil sie hier schon seit so langer Zeit lebte.

St. Mary Mead, den alten Ortskern, gab es immer noch. Den «Blue Boar», und die Kirche und das Pfarrhaus und die kleine Ansammlung von Queen-Anne-Häusern und georgianischen Villen, zu denen auch ihr Haus gehörte. Auch Miss Hartnells Haus gab es noch, wie auch Miss Hartnell selbst, die bis zum letzten Atemzug den Fortschritt bekämpfen würde. Miss Wetherby war gestorben, und in ihrem Haus wohnte jetzt der Bankdirektor mit seiner Familie, nachdem Türen und Fensterrahmen durch einen Anstrich in leuchtendem Königsblau verschönert worden waren. In den meisten alten Häusern wohnten neue Leute, doch die Häuser selbst waren kaum verändert worden, da die Käufer sie gerade wegen ihres «altmodischen Charmes», gekauft hatten, wie der Makler es nannte. Die neuen Bewohner hatten höchstens ein Badezimmer angebaut oder eine Menge Geld für neue Leitungen, einen elektrischen Herd oder eine Spülmaschine ausgegeben.

Die alten Häuser sahen zwar noch so aus wie früher, doch von der Dorfstraße konnte man das kaum behaupten. Wenn hier ein Laden den Besitzer wechselte, so geschah es mit der Absicht, sofort und so gründlich wie möglich zu modernisieren. Mit seinem neuen riesigen Schaufenster, hinter dem die auf Eis liegenden Fische glitzerten, war das Fischgeschäft kaum wieder zu erkennen. Der Metzger hatte am Althergebrachten festgehalten – denn gutes Fleisch blieb gutes Fleisch, falls man das Geld hatte, es zu bezahlen.

Sonst musste man die billigeren Stücke und die Knochen nehmen und sich eben damit zufrieden geben. Barnes, der Lebensmittelladen, war noch da und unverändert, wofür Miss Hartnell und Miss Marple und andere Gott täglich dankten. So zuvorkommend – bequeme Stühle an der Theke und ausführliche Gespräche über die Dicke der Speckscheiben, und eine große Auswahl an Käse. Am Ende der Straße, wo einst Mr. Toms Korbgeschäft gewesen war, stand jetzt allerdings ein glitzernder moderner Supermarkt – für die alten Damen von St. Mary Mead ein ständiger Stein des Anstoßes.

«Die verkaufen abgepacktes Zeug, von dem man noch nie gehört hat», empörte sich Miss Hartnell. «Riesige Pakete mit Frühstücksflocken, statt einem Kind ein ordentliches Frühstück aus Eiern und Speck zu machen! Man muss einen Einkaufskorb nehmen und selbst nach den Sachen suchen … manchmal dauert es eine Viertelstunde, bis man es gefunden hat … und dann ist es nicht die passende Menge, entweder zu groß oder zu klein abgepackt. Und wenn man hinausgehen will, wartet immer eine lange Schlange an der Kasse. Höchst ermüdend! Natürlich ist es für die Leute aus der Siedlung sehr bequem …»

An dieser Stelle brach sie ab.

Denn es war ihr zur Gewohnheit geworden, dann nicht weiterzusprechen. Die Siedlung und Punkt. Das Wort sprach für sich, und zwar groß geschrieben.

Miss Marple stieß einen kurzen ärgerlichen Ausruf aus. Sie hatte wieder eine Masche fallen gelassen. Und das schon vor einiger Zeit. Aber erst jetzt, als sie für den Hals abnehmen und die Maschen zählen musste, hatte sie es bemerkt. Sie nahm eine Reservenadel, hielt das Strickzeug schräg ins Licht und betrachtete es besorgt. Sogar die neue Brille nützte nicht viel. Weil, überlegte sie, anscheinend eine Zeit kam, wo selbst der Optiker, trotz seines üppigen Wartezimmers, trotz seiner modernen Instrumente, trotz der grellen Lampe, mit der er einem ins Auge leuchtete, und trotz der hohen Gebühren, die er verlangte, nichts mehr für einen tun konnte. Miss Marple dachte mit einer gewissen Wehmut daran, wie gut ihre Sehkraft noch vor ein paar Jahren gewesen war (nun, vielleicht nicht gerade vor ein paar Jahren). Von ihrem Garten aus, der so günstig gelegen war wie ein Aussichtspunkt – wie wenig war ihrem wachsamen Auge von dem entgangen, was in St. Mary Mead geschah! Und mit Hilfe des Fernrohrs, das sie angeblich brauchte, um die Vögel zu beobachten – eine höchst nützliche Ausrede –, hatte sie stets sehen können, wie...

Sie wollte nicht weiter daran denken, sondern ließ ihre Gedanken in die Vergangenheit zurückwandern. Anne Protheroe im Sommerkleid, wie sie zum Pfarrgarten ging. Und Oberst Protheroe – der Ärmste –, ein sehr langweiliger und unangenehmer Mann, das stand fest... aber auf diese Weise ermordet zu werden... Miss Marple schüttelte den Kopf und dachte an Griselda, die hübsche junge Frau des Pfarrers. Die liebe Griselda... so eine treue Freundin... Jedes Jahr zu Weihnachten eine Karte. Ihr netter kleiner Junge hatte sich zu einem strammen jungen Mann entwickelt, mit einem sehr anständigen Beruf. War er nicht Ingenieur? Es hatte ihm immer Spaß gemacht, seine Eisenbahn zu zerlegen. Hinter dem Pfarrhaus war der Zaunübergang und der Feldweg zu den Weiden von Bauer Giles gewesen, wo nun – heute...

Dort lag jetzt die Siedlung.

Und warum auch nicht, überlegte Miss Marple sachlich. Es war einfach notwendig. Die Häuser wurden dringend gebraucht und waren sehr solide gebaut. Jedenfalls hatte man ihr das erzählt. «Landerschließung», oder wie die Fachleute es nannten. Obwohl sie nicht begreifen konnte, warum so viele Straßen «Close», hießen, was Hof bedeutete: «Aubrey Close», und «Longwood Close», und «Grandison Close», und all die anderen. Dabei hatten die Häuser keinen Hof. Miss Marple wusste genau, wie ein richtiger Hof auszusehen hatte. Ihr Onkel war Domherr der Kathedrale von Chichester gewesen. Als Kind hatte sie ihn besucht und bei ihm im Dornhof gewohnt. Mit Cherry Baker war es dasselbe. Sie nannte Miss Marples altmodisches, übermöbliertes Wohnzimmer «Halle». Miss Marple pflegte sie dann freundlich zu korrigieren. «Es ist das Wohnzimmer, Cherry.» Und Cherry, die jung und gutmütig war, bemühte sich, daran zu denken, obwohl sie die Bezeichnung «Halle», viel moderner fand. Miss Marple mochte Cherry sehr. Eigentlich hieß sie Mrs. Baker. Sie stammte aus der Siedlung und gehörte zu dem Trupp junger Ehefrauen, der im Supermarkt einkaufte und seine Kinderwagen durch die stillen Straßen von St. Mary Mead schob, alles intelligente, hübsche Frauen, mit gepflegtem, lockigem Haar. Sie lachten und unterhielten sich und schienen sich alle zu kennen. Sie erinnerten an einen fröhlichen Vogelschwarm. Obwohl ihre Männer ordentlich verdienten, waren sie immer in Geldschwierigkeiten, weil sie der Versuchung, irgendetwas auf Raten zu kaufen, nicht widerstehen konnten. Deshalb gingen sie putzen oder kochen. Cherry war eine tüchtige Köchin, eine intelligente Person, die Telefonanrufe richtig notierte und sofort merkte, wenn eine Rechnung nicht stimmte. Die Matratzen umzudrehen, hielt sie für ziemlich überflüssig, und was das Abwaschen betraf, so ging Miss Marple immer mit abgewandtem Gesicht an der Spülküche vorbei, um nicht mit ansehen zu müssen, wie Cherry das schmutzige Geschirr in den Ausguss knallte und mit einem Schaumberg aus Spülmittel zudeckte. Miss Marple hatte stillschweigend das alte Worcester-Teegeschirr aus dem Verkehr gezogen und es in den Eckschrank gestellt, aus dem es nur zu besonderen Anlässen hervorgeholt wurde. Sie hatte ein modernes Service in Weiß mit grauem Muster gekauft, ohne jede Goldverzierung, die doch nur von Cherry weggewaschen worden wäre.

Wie anders war es früher gewesen... Zum Beispiel die treue Florence, ein Dragoner von einem Dienstmädchen, und dann Amy und Clara und Alice, reizende junge Mädchen aus dem Waisenhaus von St. Faith, die sie ausgebildet hatte und die sich später eine besser bezahlte Stelle suchten. Einige waren ziemlich einfältig gewesen, viele hatten Polypen gehabt, und Amy hatte eindeutig Anzeichen von Schwachsinn gezeigt. Sie hatten mit den anderen Dienstmädchen im Ort geklatscht und waren mit dem Verkäufer vom Fischhändler ausgegangen, oder mit dem Gärtnergehilfen vom Gut, oder mit einem der vielen Angestellten aus Mr. Barnes' Lebensmittelgeschäft.

Miss Marple ließ ihre Gedanken voll Freundlichkeit in die Vergangenheit wandern, und ihr fielen die unzähligen Wolljäckchen ein, die sie später für die Kinder ihrer Mädchen gestrickt hatte. Am Telefon hatten sie alle nichts getaugt, und rechnen konnten sie überhaupt nicht. Andererseits wussten sie, wie man sorgfältig abwusch und ein Bett machte. Sie hatten mehr Sachkenntnis als Erziehung gehabt. Seltsam, dass es heutzutage immer mehr gebildete junge Mädchen gab, die im Haushalt arbeiteten, Schülerinnen aus dem Ausland, Au-pair-Mädchen; Studentinnen während der Semesterferien, junge verheiratete Frauen wie Cherry Baker, die in neuen Siedlungen wohnten, in Straßen, die sie «Close», nannten, obwohl es keine Höfe gab.

Blieben immer noch Leute wie zum Beispiel Miss Knight. Der Gedanke an sie kam Miss Marple ganz plötzlich, weil Miss Knights Schritte über ihr die Kristallprismen an den Leuchtern auf dem Kaminsims warnend klirren ließen. Offenbar hatte Miss Knight ihren Nachmittagsschlaf beendet. Jetzt würde sie sich, wie gewöhnlich, zu ihrem Spaziergang aufmachen. In ein paar Minuten würde sie erscheinen und Miss Marple fragen, ob sie ihr etwas besorgen solle. Wie immer, wenn sie an Miss Knight dachte, gingen Miss Marples Gedanken in eine bestimmte Richtung.

Natürlich war es äußerst großzügig vom lieben Raymond (ihrem Neffen)... und jemand freundlicheren als Miss Knight konnte man sich gar nicht vorstellen... und natürlich hatte sie die schwere Bronchitis sehr geschwächt... und Doktor Haydock hatte sehr bestimmt gesagt, dass sie nicht allein im Haus schlafen solle, denn sie hatte nur eine Tageshilfe, aber... Miss Marple rief sich zur Ordnung. Es hatte keinen Zweck, dem Gedanken nachzuhängen, was wäre, wenn jemand anders als Miss Knight sich um sie kümmern könnte. Als alte Frau hatte man heute keine große Wahl. Treue Dienstmädchen waren aus der Mode. Im Ernstfall konnte man eine ausgebildete Krankenschwester bekommen, die unglaublich viel kostete und schwer zu finden war, oder man konnte ins Krankenhaus gehen. Doch wenn das Schlimmste vorbei war, blieben nur noch Frauen wie Miss Knight, um einen zu pflegen.

Nicht dass irgendetwas mit Frauen vom Typ Miss Knights nicht stimmte – außer der Tatsache, dass man sich ständig über sie ärgern musste. Sie waren voll Sympathie, bereit, ihren Schützlingen freundlich entgegenzukommen, sie aufzumuntern, fröhlich und zuversichtlich mit ihnen umzugehen und sie, überlegte Miss Marple, im Allgemeinen zu behandeln, als sei man ein geistig leicht zurückgebliebenes Kind.

«Aber», sagte Miss Marple, «ich bin kein geistig zurückgebliebenes Kind, auch wenn ich alt bin.»

In diesem Augenblick stürmte Miss Knight voll Fröhlichkeit ins Zimmer, wie üblich ziemlich heftig atmend. Sie war eine große, etwas schwammig wirkende Frau von sechsundfünfzig Jahren mit sehr gut frisiertem gelbgrauem Haar, einer Brille, einer langen dünnen Nase, mit einem gutmütigen Mund darunter und einem schwachen Kinn.

«Da wären wir!», rief sie mit lärmender Heiterkeit, die sie für angebracht hielt, um alte Leute aus ihrem grauen Trübsinn zu reißen und aufzumuntern. «Ich hoffe, *wir* haben ein Nickerchen gemacht?»

«Ich habe gestrickt», erwiderte Miss Marple mit der Betonung auf dem Ich, «und habe», fuhr sie, ihre Schwäche beschämt eingestehend, fort, «eine Masche fallen gelassen.»

«Ach, meine Gute», sagte Miss Knight, «das werden wir gleich in Ordnung bringen, nicht wahr?»

«*Sie* tun das», erklärte Miss Marple. *«Ich* kann es leider nicht.»

Die leichte Schärfe in ihrem Ton verpuffte ziemlich wirkungslos. Wie gewöhnlich war Miss Knight voll Hilfsbereitschaft.

«So», sagte sie kurz darauf. «Das hätten wir, meine Gute. Der Fehler ist behoben.»

Obwohl Miss Marple es völlig richtig fand, dass die Frau des Gemüsehändlers sie «meine Gute» – oder sogar «meine Beste», nannte, oder die Verkäuferin aus dem Schreibwarengeschäft, ärgerte sie sich jedes Mal entsetzlich, wenn Miss Knight es zu ihr sagte. Noch so eine Sache, die alte Leute dulden mussten. Sie bedankte sich höflich bei Miss Knight.

«Und jetzt gehe ich ein kleines bisschen bummeln», sagte Miss Knight spaßhaft. «Bleibe nicht lange.»

«Bitte, Sie brauchen sich nicht zu beeilen», antwortete Miss Marple höflich und ernst.

«Nun, ich möchte Sie nicht zu lange allein lassen, meine Gute, damit Sie nicht anfangen, Trübsal zu blasen.»

«Sie können ganz beruhigt sein. Ich fühle mich sehr wohl. Vielleicht mache ich ein Schläfchen.» Miss Marple schloss die Augen.

«Sehr schön, meine Gute. Soll ich Ihnen etwas mitbringen?»

Miss Marple öffnete die Augen wieder und überlegte.

«Sie könnten bei Longdon fragen, ob die Vorhänge fertig sind. Und mir vielleicht noch einen Strang blaue Wolle bei Mrs. Wisley holen. Und eine Schachtel Johannisbeerpastillen aus der Apotheke. Und tauschen Sie bitte in der Bibliothek mein Buch um, aber lassen Sie sich nur etwas geben, das auf meiner Liste steht! Der letzte Roman war fürchterlich. Ich konnte ihn nicht lesen.» Sie hielt «Frühlingserwachen», hoch.

«Ach, mein Gute, Sie mochten es nicht. Ich dachte, Sie würden begeistert sein. So eine entzückende Geschichte!»

«Und wenn es Ihnen nicht zu weit ist, könnten Sie noch bei Halletts vorbeischauen und fragen, ob sie einen Schneebesen haben – aber nicht den zum Drehen, Sie wissen schon.»

Miss Marple wusste genau, dass Halletts keine Schneebesen hatte, aber es war der Laden, der am weitesten entfernt war.

«Hoffentlich ist es Ihnen nicht zu viel –», murmelte sie.

«Selbstverständlich nicht. Es freut mich, wenn ich Ihnen einen Gefallen tun kann.»

Miss Knight kaufte für ihr Leben gern ein. Es war das Salz der Erde für sie. Man traf Bekannte und konnte einen kleinen Schwatz halten, man klatschte mit dem Verkäufer und hatte die Möglichkeit, die unterschiedlichsten Dinge in vielen verschiedenen Läden zu betrachten. Und man konnte eine Menge Zeit mit dieser erfreulichen Beschäftigung verbringen, ohne ein schlechtes Gewissen zu haben, weil man nicht auf dem schnellsten Weg zurückkehrte.

Nach einem letzten Blick auf die gebrechliche alte Dame, die so friedlich am Fenster saß, machte sich Miss Knight also fröhlich auf den Weg.

Nachdem Miss Marple ein paar Minuten gewartet hatte, ob Miss Knight zurückkam, um ein Netz oder ihre Handtasche oder ein Taschentuch zu holen – Miss Knight war groß im Vergessen und Zurückkommen –, und auch, um sich von der Anstrengung zu erholen, die das Erfinden von Aufträgen für Miss Knight hervorgerufen hatte, stand sie rasch auf, warf ihr Strickzeug auf einen Stuhl und ging zielstrebig durch das Zimmer und in den Flur hinaus. Sie nahm ihren Sommermantel vom Haken, holte einen Spazierstock aus dem Ständer und vertauschte die Hausschuhe gegen ein Paar solide Laufschuhe. Dann verließ sie durch die Hintertür das Haus. «Sie wird mindestens eineinhalb Stunden brauchen», sagte Miss Marple laut. «Wenn nicht länger – bei den vielen Leuten aus der Siedlung, die um diese Zeit einkaufen.»

Im Geist sah Miss Marple Miss Knight bei Longdon wegen der Vorhänge nachfragen, die noch gar nicht fertig sein konnten. Ihre Vermutung stimmte bemerkenswert genau. Gerade in diesem Augenblick sagte Miss Knight: «Natürlich war mir klar, dass sie noch nicht fertig sein konnten! Aber natürlich sagte ich, ich würde mich erkundigen, als die alte Dame mich darum bat. Die lieben alten Leute, sie haben so wenig, auf das sie sich freuen können! Man muss sie aufmuntern. Und sie ist eine so reizende alte Dame. Etwas schwächlich geworden, doch das war zu erwarten – die Kräfte nehmen eben ab. Wirklich ein hübscher Stoff, den Sie da haben. Gibt es ihn auch in anderen Farben?»

Miss Knight verbrachte angenehme zwanzig Minuten in dem Laden und verabschiedete sich schließlich. Nachdem sie gegangen war, bemerkte die erste Verkäuferin mit einem verächtlichen Schnüffeln: «Schwächlich soll sie sein? Das glaube ich erst, wenn ich sie selbst gesehen habe. Die alte Miss Marple war immer munter wie ein Reh und ist es bestimmt auch jetzt noch!» Dann wandte sie ihre Aufmerksamkeit einer jungen Frau in engen Hosen und Segeltuchjacke zu, die einen Plastikvorhang mit Krabbenmuster für das Badezimmer suchte.

«Sie erinnert mich an Emily Waters, ja, genau!», sagte Miss Marple, der es immer Spaß machte, Vergleiche mit Menschen aus ihrer Vergangenheit anzustellen und Ähnlichkeiten zu entdecken. «Das gleiche Spatzenhirn! Was ist eigentlich aus Emily geworden?»

Nichts Besonderes, überlegte sie. Einmal hätte sie sich beinahe mit dem Pfarrer verlobt, doch nachdem sie sich ein paar Jahre gekannt hatten, war die Sache im Sand verlaufen. Entschlossen verdrängte Miss Marple jeden weiteren Gedanken an ihre Pflegerin aus ihrem Kopf und lenkte ihre Aufmerksamkeit wieder auf ihre Umgebung. Sie hatte eilig den Garten durchquert und nur aus den Augenwinkeln heraus festgestellt, dass Laycock die Rosen zurechtgestutzt hatte, als wären es Polyantharosen, doch sie ließ sich von dem Anblick nicht deprimieren. Sie wollte das köstliche Gefühl auskosten, dass es ihr gelungen war, ihrer Pflegerin zu entschlüpfen und allein einen Ausflug machen zu können. Es war wie ein großes Abenteuer. Sie wandte sich nach links, schritt durch das Tor zum Pfarrgarten, ging durch den Garten und stand vor dem Zaunübergang zu den Viehweiden. Aber wo einst dieser Übergang gewesen war, befand sich jetzt ein Gittertor, der Weg dahinter war asphaltiert. Die schmale Straße führte zu einer hübschen kleinen Brücke und auf der anderen Seite des Flusses zu den einstigen Viehweiden, wo keine Kühe mehr grasten, sondern jetzt die Siedlung stand.

2

Mit dem Gefühl, das Columbus gehabt haben musste, als er auszog, die Neue Welt zu entdecken, schritt Miss Marple über die Brücke und den Weg entlang. Vier Minuten später war sie schon in der Aubrey Close.

Natürlich hatte Miss Marple die Siedlung von der Market Basing Road aus schon gesehen, das heißt, aus der Ferne. All die Reihen von hübschen, ordentlich gebauten Häusern mit den Fernsehantennen und den blau und rosa und gelb und grün gestrichenen Türen und Fenstern! Doch so wie die Dinge lagen, hatte die Siedlung bisher nur die Realität eines Stadtplans gehabt. Miss Marple war noch nie dort gewesen. Aber jetzt war sie hier und betrachtete die schöne, neue Welt, die entstand, eine Welt, die völlig anders war als alles, was sie kannte. Miss Marple musste an ein Baukastenmodell denken, so wenig echt wirkte alles.

Selbst die Menschen sahen so unecht aus. Die jungen Frauen in den engen Hosen, die eher düster blickenden jungen Männer, die üppigen Brüste der jungen Mädchen. Miss Marple konnte nicht anders – sie fand alles höchst unmoralisch. Niemand schenkte ihr Beachtung. Sie schlenderte weiter durch die Aubrey Close und bog dann in die Darlington Close. Sie ging langsam und lauschte dabei aufmerksam auf die Bruchstücke der Gespräche, die zu ihr herüberklangen. Mütter, die einen Kinderwagen vor sich herschoben, unterhielten sich angeregt, Mädchen sprachen mit jungen Burschen, und düster blickende Teds (sicherlich hießen sie alle Ted) tauschten geheimnisvoll klingende Bemerkungen aus. Frauen kamen an die Haustür und riefen nach den Kindern, die wie üblich eifrig genau das taten, was sie nicht tun sollten. Kinder änderten sich nie, überlegte Miss Marple dankbar. Und sie lächelte und begann, Betrachtungen über die Leute anzustellen, wie das ihre Gewohnheit war.

Die Frau dort ist genau wie Carry Edwards ... und die Dunkelhaarige erinnert an das Mädchen der Hoopers; ihre Ehe wird genauso in die Brüche gehen wie die von Mary Hooper... Und die Jungen dort – der dunkle erinnert sehr an Edward Leeke, viele große Worte, aber harmlos, ein netter Kerl... Und der blonde ist wie eine neue Ausgabe von Mrs. Bedwells Josh. Ordentliche Jungen, alle beide. Der dort, der Gregory Binns ähnelt, taugt nicht viel, fürchte ich, vermutlich hat er die gleiche Art von Mutter...

Sie bog um die Ecke in die Walsingham Close. Ihre Stimmung hob sich mit jedem Augenblick mehr.

Die neue Welt war genau wie die alte. Die Häuser sahen zwar anders aus, die Straßen hießen Close, die Kleider, die Stimmen waren anders, doch die Menschen selbst waren sich gleich geblieben. Auch die Themen ihrer Gespräche hatten sich nicht geändert, obwohl sie sich etwas anders ausdrückten als früher.

Auf ihrer Entdeckungsreise war Miss Marple so häufig in eine andere Straße eingebogen, dass sie die Orientierung verloren hatte und plötzlich am Ende der Siedlung angekommen war. Sie befand sich jetzt in der Carrisbrook Close, deren Häuser zum Teil noch nicht fertig waren. Im ersten Stock eines Rohbaus stand ein junges Paar an einem Fenster und unterhielt sich. Ihre Stimmen klangen bis zu Miss Marple hinunter.

«Du musst zugeben, dass es hübsch liegt, Harry!»

«Das andere war genauso gut.»

«Es hat zwei Räume mehr.»

«Für die man zahlen muss.»

«Also, *mir* gefällt es.»

«Das glaube ich gern.»

«Ach, sei kein Spielverderber! Du weißt, was Mutter gesagt hat, als wir bei ihr waren.»

«Deine Mutter sagt viel, wenn der Tag lang ist.»

«Wage es nicht, auf meine Mutter zu schimpfen! Wo wäre ich heute ohne sie? Und sie hätte dir gegenüber viel ekelhafter sein können, das möchte ich einmal klarstellen. Sie hätte dich anzeigen können.»

«Ach, hör schon auf, Lily!»

«Man hat eine hübsche Aussicht auf die Hügel. Beinahe kann man das Staubecken sehen ...» Sie beugte sich weit hinaus und drehte sich dabei nach links. «Beinahe ...»

Sie lehnte sich noch weiter hinaus und merkte nicht, dass sie sich auf ein paar lose Bretter stützte, die als Fenstersims dienten. Die Bretter gaben unter ihrem Gewicht nach und begannen, sich nach außen zu verschieben. Lily wurde mitgezogen. Sie schrie auf und versuchte, das Gleichgewicht wiederzuerlangen.

«Harry!», rief sie.

Der junge Mann stand da, ohne sich zu rühren, etwa einen oder zwei Schritte hinter ihr. Dann trat er noch weiter zurück.

Verzweifelt suchte Lily am Fensterrahmen Halt, und es gelang ihr, sich aufzurichten.

«Oh!» Sie seufzte vor Schreck auf. «Beinahe wäre ich hinausgefallen. Warum hast du mich nicht festgehalten?»

«Es passierte alles so schnell. Na ja, es ist ja alles wieder in Ordnung.»

«Was weißt denn du schon! Um ein Haar wäre ich hinuntergestürzt. Und sieh mal, wie mein Pullover aussieht, ganz schmutzig!»

Miss Marple ging ein kleines Stück weiter und drehte sich unwillkürlich um.

Lily stand jetzt auf der Straße und wartete auf ihren Begleiter, der die provisorische Haustür abschloss.

Miss Marple trat auf sie zu und sagte mit gedämpfter Stimme hastig: «Wenn ich Sie wäre, meine Liebe, würde ich ihn nicht heiraten. Man braucht jemanden, auf den man sich in der Not verlassen kann. Entschuldigen Sie, bitte, wenn ich mich einmische – aber ich fand, jemand sollte Sie warnen.»

Sie wandte sich ab. Lily starrte ihr entgeistert nach.

«Na, so was –»

Der junge Mann kam auf Lily zu und fragte: «Was hat die Alte gesagt?»

Lily öffnete den Mund, um zu antworten – und schloss ihn wieder. Nach einer Pause sagte sie: «Sie hat mir die Zukunft gedeutet, wie eine Zigeunerin.» Nachdenklich betrachtete sie ihn.

Miss Marple hatte nur den einen Gedanken, möglichst schnell zu verschwinden. In ihrer Eile bog sie zu unvorsichtig um eine Hausecke, stolperte über ein paar lose Steine und stürzte.

Eine Frau kam aus einem der Häuser gerannt. «Ach, meine Gute», rief sie, «was für ein schreckliches Missgeschick! Hoffentlich haben Sie sich nicht wehgetan?»

Mit beinahe zu großer Hilfsbereitschaft legte sie die Arme um Miss Marple und zog sie auf die Füße.

«Sie haben sich doch nichts gebrochen? So, das hätten wir! Sicherlich sind Sie sehr erschrocken.»

Die Stimme war laut und freundlich. Sie gehörte einer untersetzten Frau von ungefähr vierzig Jahren, mit braunem Haar, in das sich die ersten grauen Fäden mischten, blauen Augen und einem breiten großzügigen Mund, der viel zu viele schimmernde weiße Zähne hatte, wie Miss Marple in ihrer Benommenheit schien.

«Kommen Sie lieber hinein und ruhen Sie sich etwas aus! Ich mache uns eine Tasse Tee.»

Miss Marple bedankte sich und ließ es zu, dass die Frau sie durch die blau gestrichene Haustür in ein kleines Zimmer voll bunt bezogener Sessel und Sofas führte.

«Da wären wir», sagte ihre Retterin und setzte sie in einen

weichen Sessel. «Machen Sie es sich bequem, während ich den Kessel aufstelle!»

Sie eilte aus dem Zimmer, das jetzt ruhig und friedlich wirkte. Miss Marple seufzte auf. Sie hatte sich nicht verletzt, sie war nur sehr erschrocken. In ihrem Alter sollte man einen Sturz möglichst vermeiden. Wenn sie Glück hatte, dachte sie mit schlechtem Gewissen, würde Miss Knight es nie erfahren. Zögernd bewegte sie Arme und Beine. Nichts gebrochen. Wenn sie es nur bis nach Hause schaffte! Nach einer Tasse Tee würde sie sich sicherlich...

Da kam der Tee auch schon. Kanne und Tasse standen auf einem Tablett, zusammen mit einem kleinen Teller mit vier Plätzchen.

«Da bin ich wieder», sagte die Frau und stellte das Tablett auf einem Tischchen neben Miss Marple ab. «Soll ich Ihnen eingießen? Nehmen Sie lieber viel Zucker?»

«Nein, danke, keinen Zucker.»

«Sie müssen welchen nehmen! Wegen des Schocks, verstehen Sie? Im Krieg war ich Krankenschwester. Bei Schock wirkt Zucker Wunder.» Sie warf vier Stücke in die Tasse und rührte energisch. «Trinken Sie! Dann werden Sie sich wieder wohl fühlen wie ein Fisch im Wasser.»

Miss Marple trank gehorsam. Was für eine freundliche Person, dachte sie. An wen erinnert sie mich nur? «Sie sind sehr freundlich», sagte sie lächelnd.

«Ach, nicht der Rede wert. Ein kleiner Schutzengel, das bin ich. Es macht mir Freude, Leuten zu helfen.» Sie sah aus dem Fenster, weil das Gartentor klickte. «Da kommt mein Mann.» Sie ging in den Flur und rief dabei: «Arthur, wir haben Besuch.» Gleich darauf kehrte sie mit ihrem Mann zurück, der ziemlich verblüfft zu sein schien. Er war ein dünner, blasser Mann, der nicht viele Worte machte.

«Die Dame ist gestürzt, genau draußen vor unserem Haus. Da habe ich sie natürlich hereingeholt.»

«Ihre Frau ist sehr hilfsbereit, Mr ....»

«Mein Name ist Badcock.»

«Mr. Badcock. Ich fürchte, ich habe ihr viel Mühe gemacht.»

«Ach, Heather ist nichts zu viel. Es macht ihr Spaß zu helfen.» Er sah Miss Marple neugierig an. «Wollten Sie jemanden besuchen?»

«Nein, ich habe nur einen Spaziergang gemacht. Ich wohne in St. Mary Mead, im Haus hinter dem Pfarrhof. Mein Name ist Marple.»

«Nein, so was!», rief Heather. «*Sie* sind Miss Marple! Ich habe schon viel von Ihnen gehört. Sie sind die Miss Marple, die in all die Morde verwickelt war!»

«Aber Heather!»

«Ach, du weißt schon, was ich meine. Natürlich hat sie die Morde nicht begangen. Sie hat sie aufgeklärt. Das stimmt doch, nicht wahr?»

Miss Marple meinte bescheiden, dass es das eine oder andere Mal der Fall gewesen sei.

«Selbst hier im Ort sollen Leute ermordet worden sein. Erst kürzlich wurde im Bingo-Club darüber gesprochen. Ein Mord passierte sogar in ‹Gossington Hall›. Ein Haus, in dem jemand umgebracht wurde, möchte ich nicht haben. Ich hätte Angst, dass es spukt.»

«Der Mord passierte nicht in ‹Gossington Hall›. Die Leiche wurde nur dort gefunden.»

«In der Bibliothek, vor dem Kamin, wie man sich erzählt.»

Miss Marple nickte.

«Unglaublich!», sagte Heather. «Vielleicht drehen sie einen Film darüber. Vielleicht hat Marina Gregg ‹Gossington Hall› deshalb gekauft.»

«Marina Gregg?»

«Ja. Sie und ihr Mann. Seinen Namen habe ich vergessen. Er ist Produzent, glaube ich, oder Regisseur. Heißt er nicht Jason? Aber Marina Gregg ist reizend, nicht wahr? In den letzten Jahren hat sie nicht mehr viele Filme gemacht, weil sie lange krank war. Aber ich finde immer noch, dass es keine andere mit ihr aufnehmen kann. Haben Sie sie in ‹Carmanella› gesehen? Und im ‹Preis der Liebe› und in ‹Maria Stuart›? Sie ist nicht mehr ganz jung, aber immer noch eine wunderbare Schauspielerin. Ich bin immer ein großer Fan von ihr gewesen. Als junges Mädchen habe ich von ihr geträumt. Das aufregendste Ereignis in meinem Leben war ihr Besuch auf den Bermudas, wo sie eine Wohltätigkeitsveranstaltung zugunsten der ‹St. John's Ambulance› eröffnete. Ich war verrückt vor Aufregung, und genau an dem Tag bekam ich plötzlich Fieber, und der Arzt verbot mir, hinzugehen. Aber ich gab mich nicht so schnell geschlagen. Mir schien es nicht so schlimm zu sein. Ich stand also auf und legte eine Menge Make-up auf und zog los. Ich wurde ihr sogar vorgestellt! Sie unterhielt sich ein paar Minuten mit mir und gab mir ein Autogramm. Es war herrlich! Jenen Tag werde ich nie vergessen.»

Miss Marple starrte sie nachdenklich an.

«Ich hoffe, Sie hatten keinen Rückfall?», fragte sie dann, etwas besorgt.

Mrs. Badcock lachte. «Nein, nein. Ich habe mich nie wohler gefühlt. Was ich damit sagen will, ist, dass man eben etwas riskieren muss, wenn man etwas erreichen will.»

Sie lachte wieder, ein fröhliches, klingendes Lachen.

Ihr Mann blickte sie bewundernd an. «Heather ist nicht zu bremsen. Sie setzt ihren Kopf immer durch.»

«Alison Wilde», murmelte Miss Marple und nickte zufrieden.

«Wie bitte?», sagte Mr. Badcock.

«Ach, nichts. Nur jemand, den ich mal gekannt habe.»

Heather sah sie fragend an.

«Sie erinnern mich an sie, das ist alles», erklärte Miss Marple.

«Tatsächlich? Hoffentlich war sie nett.»

«Sehr nett sogar», erklärte Miss Marple. «Freundlich, gesund, voller Leben.»

«Aber sie muss auch ihre Fehler gehabt haben», meinte Heather fröhlich. «Jedenfalls, *ich* habe welche.»

«Nun, Alison war von ihrer Handlungsweise immer so überzeugt, dass sie häufig nicht erkannte, wie die Dinge auf andere Leute wirkten oder was für Folgen sie für andere Leute haben konnten.»

«Wie damals, als du die Familie aufnahmst, deren Haus beschlagnahmt worden war und die evakuiert werden sollte. Die haben unsere Teelöffel geklaut», sagte Mr. Badcock.

«Aber Arthur! Ich konnte sie nicht abweisen. Das wäre sehr unfreundlich gewesen.»

«Es war das Familiensilber», erwiderte Mr. Badcock. «Und gehörte schon der Großmutter meiner Mutter.»

«Ach, denk doch nicht mehr an diese dummen Löffel, Arthur! Immer wieder wärmst du alte Geschichten auf.»

«Ich kann eben nicht so schnell vergessen.»

Miss Marple musterte sie nachdenklich.

«Was ist aus Ihrer Bekannten geworden?», fragte Heather.

Miss Marple antwortete nicht sofort. «Alison Wilde?», sagte sie dann. «Ach, die ist gestorben.»

3

«Ich bin froh, dass ich wieder da bin», sagte Mrs. Bantry. «Obwohl es natürlich eine schöne Zeit gewesen ist.»

Miss Marple nickte verständnisvoll und nahm die dargebotene Tasse Tee in Empfang.

Nachdem Oberst Bantry vor ein paar Jahren gestorben war, hatte Mrs. Bantry «Gossington Hall», und die dazugehörigen Ländereien verkauft und nur «East Lodge», behalten, ein reizendes kleines Haus mit einem Säulenvorbau, aber so unbequem und ohne jeden Komfort, dass selbst der Gärtner sich geweigert hatte, dort zu wohnen. Mrs. Bantry hatte die wesentlichen Annehmlichkeiten des modernen Lebens einbauen lassen, wie Elektrizität, mehr Wasserleitungen, ein Bad und eine vollautomatische Küche. Dies alles hatte sie eine schöne Stange Geld gekostet, aber bei weitem nicht so viel wie der Versuch, weiter in «Gossington Hall», wohnen zu bleiben. Um wenigstens ein gewisses Maß an Ungestörtheit zu haben, hatte sie einen etwa einen halben Hektar großen Garten behalten, der von vielen Bäumen umgeben war, «damit ich nicht sehen kann, was sie mit ‹Gossington› machen», wie sie zu sagen pflegte.

In den letzten Jahren war sie viel gereist und hatte Kinder und Enkel an den verschiedensten Orten des Globus besucht. Hin und wieder war sie zurückgekommen, um sich in der Abgeschiedenheit ihres Hauses zu erholen. «Gossington Hall», selbst hatte ein- oder zweimal den Besitzer gewechselt. Zuerst war es ein Gästehaus gewesen, das Pleite machte, dann hatten es vier Leute gekauft, es in vier Wohnungen aufgeteilt und sich sofort zu streiten angefangen. Schließlich war es vom Gesundheitsministerium erworben worden, aus irgendwelchen obskuren Gründen, aus denen man es schließlich doch nicht brauchen konnte. Das Ministerium hatte den Landsitz veräußert, und dieser Verkauf war es, über den die beiden Freundinnen sich im Augenblick unterhielten.

«Es sind natürlich nur Gerüchte», meinte Miss Marple.

«Natürlich», antwortete Mrs. Bantry. «Es wurde sogar behauptet, dass Charlie Chaplin mit seinen vielen Kindern hier wohnen wollte. Das wäre wirklich eine große Freude für mich gewesen. Leider ist kein Wort davon wahr. Nein, es steht fest, dass Marina Gregg es gekauft hat.»

«Was für eine schöne Frau sie gewesen ist», sagte Miss Marple und seufzte. «Ich erinnere mich noch genau an ihre ersten Filme. ‹Zugvögel› zum Beispiel, mit dem gut aussehenden Joel Robert. Und ‹Maria Stuart›. Und natürlich ‹Im Kornfeld›, sehr sentimental, aber mir gefiel der Film. Ach, meine Liebe, das ist lange her.»

«Ja», bestätigte Mrs. Bantry. «Sie muss jetzt – was glaubst du, ist sie erst fünfundvierzig oder schon fünfzig?»

Miss Marple schätzte sie auf fünfzig. «Hat sie in letzter Zeit gefilmt? Natürlich gehe ich heute nicht mehr so oft ins Kino.»

«Nur Nebenrollen», antwortete Mrs. Bantry. «Obwohl sie viele Jahre ein Star war. Sie hatte einen schlimmen Nervenzusammenbruch. Nach einer ihrer Scheidungen.»

«Was für eine Menge Ehemänner solche Frauen haben», sagte Miss Marple. «Muss ziemlich mühsam sein.»

«Mir würde so was nicht gefallen», sagte Mrs. Bantry. «Erst verliebt man sich in einen Mann und heiratet ihn und gewöhnt sich an seine Eigenheiten und richtet sich gemütlich ein – und plötzlich wirft man alles hin und fängt von vorne an. Das ist doch Wahnsinn!»

«Ich kann nicht mitreden», meinte Miss Marple mit einem altjüngferlichen Hüsteln, «weil ich nie verheiratet war. Aber ich finde so was auch sehr bedauerlich.»

«Vermutlich können sie nicht anders», sagte Mrs. Bantry etwas unbestimmt. «Bei dem Leben, das sie führen müssen! Immer in der Öffentlichkeit, verstehst du? Ich habe sie mal kennen gelernt. Ich meine, Marina Gregg. Als ich in Kalifornien war.»

«Wie ist sie denn?», fragte Miss Marple interessiert.

«Charmant», antwortete Mrs. Bantry. «So natürlich und

unverdorben.» Nachdenklich fügte sie hinzu: «Es ist wie eine Maske.»

«Was meinst du damit?»

«Wenn man ständig natürlich und freundlich tun muss. Man lernt, wie man es macht, und dann wird es einem zur zweiten Natur, man kann nicht mehr anders. Stell dir mal vor, wie entsetzlich das ist, wenn man nie mal aus seiner Haut fahren und sagen darf: ‹Ach, scher dich zum Teufel! Stör mich nicht länger damit! › Ich finde, aus reinem Selbsterhaltungstrieb muss man sich da ab und zu betrinken oder ein verrücktes Fest feiern.»

«Sie hatte fünf Männer, nicht wahr?»

«Mindestens. Sie hat beim ersten Mal sehr jung geheiratet, jemanden, der nicht zählt. Dann einen Prinzen oder Grafen, jedenfalls einen Ausländer, dann Robert Truscott, den Filmstar. Angeblich war es die große Liebe. Sie dauerte nur vier Jahre. Dann kam Isidore Wright, der Schriftsteller, es wurde ruhiger um sie, sie bekam sogar ein Kind. Anscheinend hatte sie immer Kinder haben wollen. Fast hätte sie ein paar Waisen adoptiert. Jedenfalls war sie sehr glücklich. Es wurde viel Rummel gemacht – die werdende Mutter, die Erfüllung ihres Lebens und so. Doch das Kind war schwachsinnig oder irgend so etwas. Sie hatte einen Nervenzusammenbruch und wurde in der Folge süchtig, nahm Tabletten und Rauschgift und so weiter, und sie spielte in dieser Zeit auch in keinem Film mehr mit.»

«Du weißt eine Menge über sie», sagte Miss Marple.

«Das ist nur selbstverständlich», antwortete Mrs. Bantry. «Als sie ‹Gossington› kaufte, begann sie mich zu interessieren. Mit ihrem jetzigen Mann ist sie ungefähr zwei Jahre verheiratet, und sie soll wieder ganz in Ordnung sein. Er ist Filmproduzent. Oder ist er Regisseur? Ich bringe es immer wieder durcheinander. Es soll eine Jugendliebe sein, aber damals war er noch ein Niemand. Jetzt ist er ziemlich berühmt. Wie heißt er doch noch? Jason ... Jason Hudd, nein, Rudd, genau! Sie haben ‹Gossington› gekauft, weil es günstig liegt.» Sie zögerte. «Elstree ist von hier aus bequem zu erreichen. Es ist doch Elstree?»

Miss Marple schüttelte den Kopf. «Nein, ich glaube nicht. Elstree ist in Nordlondon.»

«Dann müssen es die neuen Studios sein. Hellingforth – ja, Hellingforth. Klingt so finnisch, finde ich. Ungefähr sechs Meilen von Market Basing entfernt. Sie dreht einen Film über die österreichische Kaiserin Elisabeth.»

«Was du alles weißt!», sagte Miss Marple. «Sogar über das Privatleben von Filmstars weißt du Bescheid. Hat man es dir in Kalifornien erzählt?»

«Eigentlich nicht», gestand Mrs. Bantry. «Ich erfahre es aus diesen seltsamen Illustrierten, die ich beim Friseur lese. Die meisten Filmgrößen kenne ich nicht einmal dem Namen nach, aber wie ich bereits sagte, Marina Gregg und ihr Mann interessierten mich, weil sie ‹Gossington› gekauft haben. Unglaublich, was für Dinge in diesen Illustrierten stehen. Ich glaube, dass nicht mal die Hälfte wahr ist, vermutlich nicht mal ein Viertel. Ich glaube auch nicht, dass die Gregg eine Nymphomanin ist oder trinkt. Sicherlich ist sie auch nicht süchtig, und vermutlich ist sie auch nicht weg gewesen, weil sie einen Nervenzusammenbruch hatte, sondern weil sie sich ausruhen wollte. Aber eines stimmt – sie will hier wohnen.»

«Angeblich kommt sie schon nächste Woche», sagte Miss Marple.

«So bald schon? Ich habe gehört, dass sie ‹Gossington› den Leuten von der ‹St. John's Ambulance› für die Feierlichkeiten am Einundzwanzigsten zur Verfügung stellen wollen. Sie haben sicherlich gründlich renoviert, was?»

«Sehr gründlich», antwortete Miss Marple. «Es wäre einfacher gewesen und wohl auch billiger, das Haus abzureißen und ein neues zu bauen.»

«Auch Bäder?»

«Sechs zusätzlich, soviel ich gehört habe. Und einen Palmengarten. Und ein Schwimmbecken. Und was man heute Blumenfenster nennt. Das Arbeitszimmer deines Mannes und die Bibliothek haben sie zusammengeworfen und nennen es Musikzimmer.»

«Arthur würde sich im Grabe umdrehen! Du weißt, wie er Musik hasste. Völlig unmusikalisch, der Ärmste. Was für ein Gesicht er machte, wenn irgendein wohlmeinender Freund uns in die Oper schleppte! Sicherlich erscheint er bei ihnen als Gespenst.»

Sie schwieg und fragte dann übergangslos: «Hat jemand mal angedeutet, dass es in ‹Gossington› spukt?»

Miss Marple schüttelte den Kopf. «Dort spukt es nicht», sagte sie entschieden.

«Was die Leute nicht davon abhalten würde, es zu behaupten», stellte Mrs. Bantry fest.

«Kein Mensch hat je so etwas angedeutet.» Miss Marple schwieg einen Augenblick und sagte dann: «Die Leute sind im Grunde genommen nicht dumm, weißt du. Jedenfalls nicht in einem so kleinen Ort wie St. Mary Mead.»

Mrs. Bantry warf ihr einen Blick zu. «Der Meinung bist du immer gewesen, Jane, und ich glaube nicht, dass du dich irrst.»

Plötzlich lächelte sie.

«Die Gregg hat mich ganz reizend und vorsichtig gefragt, ob es für mich nicht sehr schlimm sei, dass jetzt fremde Leute in meinem Haus wohnen. Ich habe ihr versichert, dass es mir nichts ausmacht. Sie hat mir nicht ganz geglaubt. Aber weißt du, Jane, eigentlich war ‹Gossington› nicht unser richtiges Zuhause. Wir sind dort nicht aufgewachsen – und nur das zählt. Es war einfach ein Haus mit Ländereien und Wasser, wo man gut schießen und fischen konnte. Wir haben es erst gekauft, als Arthur pensioniert wurde. Ich erinnere mich noch genau, dass wir es sehr bequem und praktisch fanden. Ich begreife nicht, wie wir je so etwas denken konnten! Die vielen Treppen und Flure! Dazu nur vier Angestellte. *Nur!* Waren das noch Zeiten, haha!» Überraschend fragte sie dann: «Was war das denn für ein Sturz? Diese Knight hätte dich nicht allein aus dem Haus lassen dürfen.»

«Es war nicht ihre Schuld. Ich habe sie mit einer großen Einkaufsliste versorgt, und dann bin ich ...»

«Du bist ihr entwischt? Ich verstehe. Das solltest du nicht tun, Jane. Nicht in deinem Alter!»

«Wie hast du es erfahren?»

Mrs. Bantry grinste. «In St. Mary Mead kann man nichts geheim halten. Das hast du mir mehr als einmal erzählt. Mrs. Meavy hat es mir erzählt.»

«Wer ist Mrs. Meavy?»

«Meine Zugehfrau. Sie wohnt in der Siedlung.»

«Ach, in der Siedlung!» Die übliche Pause folgte.

«Was wolltest du dort?», fragte Mrs. Bantry neugierig.

«Es mir nur mal ansehen. Wie die Leute dort sind.»

«Und wie sind sie?»

«Wie überall anders auch. Ich weiß nicht genau, ob es mich enttäuschte oder tröstete.»

«Es hat dich enttäuscht, nehme ich an.»

«Nein, eher das Gegenteil. Man lernt gewisse Typen zu unterscheiden ... ich meine, wenn etwas passiert ... dann versteht man besser, warum und weshalb.»

«Denkst du an Mord?»

Miss Marple war entsetzt. «Ich begreife nicht, warum du glaubst, dass ich immer nur an Morde und Mörder denke.»

«Unsinn, Jane. Warum gibst du es nicht offen zu, nennst dich Kriminologin und damit fertig.»

«Weil ich das nicht bin», erklärte Miss Marple entschieden. «Ich habe einfach ein gewisses Verständnis für die menschliche Natur, was nur natürlich ist, wenn man so lange in einem kleinen Ort gelebt hat wie ich.»

«Da könnte was dran sein», antwortete Mrs. Bantry nachdenklich. «Obwohl die meisten Leute dir sicherlich nicht zustimmen würden. Dein Neffe Raymond hat immer gesagt, dass wir in der tiefsten Provinz leben.»

«Der gute Raymond», sagte Miss Marple nachsichtig. Und fügte hinzu: «Er ist immer so reizend zu mir. Weißt du, dass er Miss Knight bezahlt?» Bei dem Gedanken an Miss Knight hatte sie es plötzlich eilig. Sie erhob sich und sagte: «Ich mache mich jetzt besser auf den Weg.»

«Du bist doch nicht zu Fuß gekommen?»

«Natürlich nicht. Ich bin mit Inch gefahren.»

Diese etwas rätselhaft klingende Äußerung wurde von Mrs. Bantry durchaus verstanden. In längst vergangenen Tagen war Mr. Inch der Besitzer zweier Fahrzeuge gewesen, die am Bahnhof auf ankommende Fahrgäste warteten oder von den Damen des Ortes gemietet wurden, wenn sie zu einer Teegesellschaft eingeladen waren oder mit ihren Töchtern zu einem so frivolen Unternehmen wie einer Tanzveranstaltung fuhren, was nicht sehr häufig geschah. Als die Zeit gekommen war, machte Inch, ein fröhlicher rotgesichtiger Mann von über siebzig, seinem Sohn Platz, der allgemein «der junge Inch», hieß, obwohl er da schon fünfundvierzig war. Allerdings fuhr der alte Inch weiter jene älteren Damen umher, die seinen Sohn für zu jung und leichtsinnig hielten. Um mit den Anforderungen der Zeit Schritt zu halten, vertauschte der junge Inch die Kutschen gegen Motorfahrzeuge. Er war jedoch kein besonders guter Mechaniker, und bald übernahm ein gewisser Mr. Bardwell das Geschäft. Doch der Name Inch blieb. Mr. Bardwell verkaufte an Mr. Roberts, doch im Telefonbuch stand weiter als offizieller Name Inchs Taxidienst, und die alten Damen des Ortes fuhren «mit Inch», wenn sie eine Taxifahrt unternahmen.

«Doktor Haydock hat angerufen», sagte Miss Knight vorwurfsvoll. «Ich erklärte ihm, Sie seien bei Mrs. Bantry zum Tee. Er ruft morgen wieder an.»

Sie half Miss Marple aus ihren Hüllen.

«Und nun sind wir völlig erschöpft», bemerkte sie vorwurfsvoll.

«Sie vielleicht», antwortete Miss Marple. «*Ich* nicht.»

«Kommen Sie, und machen Sie es sich vor dem Kamin gemütlich», sagte Miss Knight, die wie gewöhnlich nicht genau hinhörte. («Es ist ziemlich unwichtig, was die guten alten Leutchen erzählen. Man muss sie nur ein bisschen aufmuntern», pflegte Miss Knight zu sagen.) «Und wie würde uns ein hübsches kleines Glas Ovomaltine schmecken?», fragte sie.

Miss Marple lehnte dankend ab und erklärte, dass sie ein Gläschen trockenen Sherry vorziehen würde. Miss Knight sah missbilligend drein.

«Ich weiß nicht, was der Doktor davon halten würde», sagte sie, als sie mit dem Glas zurückkehrte.

«Wir werden ihn morgen ausdrücklich danach fragen», antwortete Miss Marple.

Am nächsten Vormittag ließ Miss Knight Doktor Haydock herein und flüsterte im Flur aufgeregt mit ihm. Der alte Mann trat ins Zimmer und rieb sich die Hände, denn es war ein kühler Tag.

«Unser Doktor ist da, um Sie zu besuchen», verkündete Miss Knight fröhlich. «Darf ich Ihnen die Handschuhe abnehmen, Doktor?»

«Lassen Sie nur», sagte Haydock und warf die Handschuhe achtlos auf ein Tischchen. «Ganz hübsch kühl heute.»

«Möchten Sie vielleicht ein kleines Glas Sherry?», fragte Miss Marple. «Wie ich gehört habe, trinken Sie gern einen Schluck. Na ja, jedenfalls sollten Sie es nie allein tun.»

Karaffe und Gläser standen bereits neben Miss Marple

auf einem kleinen Tisch. Miss Knight verließ das Zimmer.

Doktor Haydock war ein guter alter Freund Miss Marples. Eigentlich praktizierte er nicht mehr. Er kümmerte sich nur noch um ein paar bestimmte langjährige Patienten.

«Wie ich höre, sind Sie gestürzt», sagte er, nachdem er sein Glas ausgetrunken hatte. «Das ist nicht gut, wissen Sie, in Ihrem Alter ist das besonders gefährlich. Ich muss Ihnen ernsthaft ins Gewissen reden. Und wie ich außerdem höre, wollten Sie Sandford nicht kommen lassen.»

Sandford war Haydocks Partner.

«Ihre Miss Knight hat ihn ja trotzdem geholt – und sie hatte völlig recht.»

«Nur eine kleine Prellung und ein kleiner Schreck. Das hat Doktor Sandford auch gesagt. Ich hätte genauso gut warten können, bis Sie zurück waren.»

«Hören Sie, meine Liebe, ich kann nicht ewig praktizieren. Und Sandford ist viel tüchtiger als ich, das kann ich Ihnen versichern. Ein erstklassiger Mann.»

«Die jungen Ärzte sind alle gleich», meinte Miss Marple. «Sie messen den Blutdruck, und egal, was einem fehlt, man bekommt irgendwelche neumodischen Tabletten verschrieben, die es massenweise gibt. Rosa Tabletten, gelbe, braune. Medikamente sind heute abgepackt wie die Sachen im Supermarkt.»

«Es geschähe Ihnen recht, wenn ich Ihnen Blutegel ansetzte oder ein Abführmittel verschriebe oder Ihnen die Brust mit Kampfer einriebe.»

«Wenn ich Husten habe, reibe ich mich immer ein», sagte Miss Marple nachdrücklich. «Es hilft jedes Mal.»

«Wir werden nicht gerne alt, das ist es», sagte Doktor Haydock freundlich. «Ich hasse es.»

«Im Vergleich zu mir sind Sie noch ein ziemlich junger Mann», erklärte Miss Marple. «Und das Altwerden selbst stört mich nicht – jedenfalls nicht sehr. Nur das unwürdige Drumherum.»

«Ich glaube, ich weiß, was Sie meinen.»

«Nie allein sein zu können! Was für ein Problem, auch nur ein paar Minuten allein spazieren gehen zu können. Und sogar das Stricken, das immer so ein Trost gewesen ist – und ich strickte wirklich gut. Jetzt lasse ich andauernd Maschen fallen, und oft merke ich es nicht einmal!»

Nachdenklich sah Haydock sie an. Dann zwinkerte er fröhlich. «Es gibt immer noch die Möglichkeit, das Gegenteil zu tun.»

«Was soll das heißen?»

«Wenn Sie nicht ordentlich stricken können, warum nicht einmal das Gegenteil probieren und die Sache auftrennen? Penelope hat das auch schon gemacht.»

«Ich befinde mich wohl kaum in der gleichen Lage.»

«Aber eine Geschichte zu ihren Ursprüngen zurückzuspulen, liegt Ihnen doch ebenfalls, nicht wahr?» Er erhob sich. «Ich muss mich verabschieden. Wenn ich könnte, würde ich Ihnen einen hübschen, saftigen Mord verschreiben.»

«Was Sie da sagen, ist unerhört!»

«Wirklich? Nun, Sie können sich ja inzwischen mit der Frage beschäftigen, wie tief die Petersilie an einem Sommertag in die Butter einsank. Ich habe sehr oft darüber nachgegrübelt. Der gute alte Sherlock Holmes. Ziemlich altmodische Geschichten, heutzutage, aber man wird ihn nie vergessen.»

Nachdem der Arzt gegangen war, kam Miss Knight geschäftig ins Zimmer.

«Aha!», rief sie. «Wir sind schon *viel* munterer. Hat er Ihnen kein Stärkungsmittel empfohlen?»

«Doch. Er hat mir geraten, mich mit Mord zu beschäftigen.»

«Mit einem hübschen Kriminalroman?»

«Nein!», antwortete Miss Marple. «Mit einem richtigen.»

«Um Gottes willen!», rief Miss Knight. «Aber in einem so friedlichen Ort wie unserem wird kaum ein Mord passieren.» .

«Morde», meinte Miss Marple, «können überall geschehen.»

«Vielleicht in der Siedlung?» überlegte Miss Knight. «Eine Menge junger Kerle trägt ein Messer.»

Aber der Mord, der dann geschah, ereignete sich nicht in der Siedlung.

4

Mrs. Bantry trat einen Schritt zurück, musterte sich im Spiegel, schob den Hut etwas zurecht – sie war das Hütetragen nicht gewöhnt – und streifte ein Paar kräftige Lederhandschuhe über. Dann verließ sie das Haus und schloss sorgfältig die Eingangstür ab. Sie freute sich sehr auf das, was sie erwartete. Miss Marples Besuch lag mehr als drei Wochen zurück. Marina Gregg und ihr Mann waren in «Gossington Hall», eingetroffen und hatten sich dort mehr oder weniger eingerichtet.

Heute Nachmittag sollte ein Treffen der wichtigsten Leute stattfinden, die sich um die Vorbereitungen für das Wohltätigkeitsfest kümmerten. Mrs. Bantry gehörte zwar nicht diesem Komitee an, doch sie hatte von Marina Gregg eine Einladung erhalten, vorher mit ihr Tee zu trinken. Die Karte war mit der Hand geschrieben gewesen, nicht getippt, und Marina Gregg hatte die Begegnung in Kalifornien erwähnt. «Herzlich, Ihre Marina Gregg», hatte daruntergestanden. Mrs. Bantry musste sich eingestehen, dass sie sowohl erfreut als auch geschmeichelt war. Ein berühmter Filmstar war eben ein berühmter Filmstar. Alte Damen mochten zwar in der Gesellschaft ihres Heimatortes eine Rolle spielen, doch deshalb waren sie in der Welt der Berühmtheiten noch lange nicht von Wichtigkeit. Mrs. Bantry freute sich wie ein Kind, für das man eine besondere Überraschung ausgedacht hatte.

Während sie die Auffahrt entlangging, schweifte ihr Blick durch den Park. Er war viel gepflegter als zu jener Zeit, da der Besitz von einer Hand in die andere gewandert war. «Man hat keine Kosten gescheut», sagte Mrs. Bantry zu sich und nickte zufrieden. Von der Auffahrt aus war der Blumengarten nicht zu sehen, und auch darüber war Mrs. Bantry froh. Die Blumenrabatten waren ihre ganz besondere Freude gewesen, damals, als sie noch in «Gossington Hall», gelebt hatte. Sie gestattete sich ein paar bedauernde und wehmütige Erinnerungen an ihre Schwertlilien. Die schönsten Schwertlilienbeete in der ganzen Gegend, dachte sie stolz.

Dann stand sie vor der Haustür, die in frischer Farbenpracht erstrahlte, und drückte auf den Klingelknopf. Die Tür wurde mit erfreulicher Promptheit von einem Butler geöffnet, der zweifellos Italiener war. Er führte Mrs. Bantry in den Raum, der einmal Oberst Bantrys Bibliothek gewesen war. Ihr fiel wieder ein, dass aus der Bibliothek und dem Arbeitszimmer ein Raum gemacht worden war. Das Ergebnis war beeindruckend. Die Wände waren getäfelt, der Boden hatte Parkett. Am einen Ende stand ein Flügel, an der einen Wand in der Mitte ein teurer Plattenspieler. Am anderen Ende des Raumes lag wie eine Art Insel ein Perserteppich, auf dem ein Teetisch und mehrere Sessel standen. Dort saß Marina Gregg. Am Kamin lehnte ein Mann, der, wie Mrs. Bantry fand, der hässlichste Mann war, den sie je in ihrem Leben gesehen hatte.

Ein paar Augenblicke vorher, gerade als Mrs. Bantry die Hand gehoben hatte, um zu klingeln, hatte Marina Gregg mit ihrer weichen, melodischen Stimme zu ihrem Mann gesagt:

«Dieses Haus ist genau das richtige für mich, Jinks, genau das richtige! Davon habe ich schon immer geträumt. Diese Ruhe! Und die schöne englische Landschaft. Hier werde ich bleiben können, mein ganzes Leben lang. Und wir werden auch so leben, wie es in England üblich ist. Jeden Nachmittag trinken wir Tee, chinesischen Tee aus meinen schönen alten Tassen. Und wir werden dabei auf den Park hinaussehen und auf die Blumenbeete. Endlich bin ich nach Hause gekommen, das spüre ich. Ich weiß, dass ich hier Ruhe finden werde, dass ich glücklich sein kann. Dies ist jetzt unser Zuhause, das fühle ich.»

Jason Rudd – den seine Frau häufig Jinks nannte – hatte gelächelt, ein nachsichtiges Lächeln, in dem auch etwas Zurückhaltung lag, denn er hatte diese Worte schon häufig gehört. Vielleicht würde es diesmal wahr werden. Vielleicht würde sich Marina hier auf die Dauer tatsächlich wohl fühlen. Doch er wusste aus Erfahrung, wie überschwänglich sie sein konnte. Sie glaubte jedes Mal, dass sie genau das gefunden hatte, wonach sie gesucht hatte. Mit seiner tiefen Stimme sagte er:

«Großartig, Liebling, einfach großartig. Es freut mich, dass dir das Haus gefällt.»

«Was heißt gefällt? Ich bin begeistert. Bist du nicht auch begeistert?»

«Klar», sagte Rudd. «Klar!»

Es war wirklich nicht übel, dachte er im Stillen – solide, ein ziemlich hässlicher Bau aus der Gründerzeit. Er musste zugeben, dass das Haus Sicherheit und Gediegenheit ausstrahlte. Jetzt, da die schlimmsten Mängel behoben waren, würde es sich hier ganz angenehm leben lassen. Kein schlechter Ort, an den man gern von Zeit zu Zeit zurückkehrte. Wenn ich Glück habe, überlegte er, wird es mindestens zwei Jahre dauern, bis Marina anfängt, es satt zu haben.

Marina seufzte leicht und sagte: «Es ist herrlich, wieder gesund zu sein. Gesund und stark. Dass man wieder mit allem fertig werden kann.»

«Klar, Liebling, klar», sagte ihr Mann.

Genau in diesem Augenblick öffnete sich die Tür, und der italienische Butler ließ Mrs. Bantry ein.

Marinas Begrüßung war mehr als nur charmant. Sie kam ihr mit ausgestreckten Händen entgegen und rief, dass sie entzückt sei, Mrs. Bantry wiederzusehen. Und was es für ein Zufall sei, dass sie sich damals in San Francisco kennen gelernt hätten und sie und ihr Mann zwei Jahre später das Haus kauften, welches einmal Mrs. Bantry gehört habe. Und sie hoffe, sie hoffe es aus ganzem Herzen, dass Mrs. Bantry über die Veränderungen nicht zu betrübt sei und sie nicht für schreckliche Eindringlinge halte, weil sie jetzt hier wohnten.

«Dass Sie jetzt in diesem Haus leben, ist eines der aufregendsten Dinge, die hier je passiert sind», erklärte Mrs. Bantry heiter und blickte zum Kamin.

Als käme ihr erst jetzt der Gedanke, rief Marina: «Sie kennen meinen Mann noch nicht! Jason, dies ist Mrs. Bantry.»

Mrs. Bantry musterte Jason Rudd voll Interesse. Ihr erster Eindruck, dass dies einer der hässlichsten Männer war, die sie kannte, verstärkte sich. Er hatte seltsame Augen, die tief in den Höhlen lagen, wie stille Seen, dachte Mrs. Bantry und kam sich vor wie die Verfasserin romantischer Liebesromane. Sein Gesicht war zerklüftet, fast bis zur Lächerlichkeit unproportioniert. Seine Nase wies nach oben, und mit etwas roter Schminke hätte man sie ganz einfach in eine Clownnase verwandeln können. Er hatte auch den breiten traurigen Mund eines Clowns. Ob er im Augenblick wütend war oder immer aussah, als sei er wütend, konnte Mrs. Bantry nicht sagen. Seine Stimme war seltsamerweise sehr angenehm, tief und warm.

«Der Ehemann kommt immer zuletzt», sagte er. «Aber ich möchte mich meiner Frau anschließen und ebenfalls feststellen, wie sehr wir uns über Ihren Besuch freuen. Hoffentlich finden Sie nicht, dass die Rollen eigentlich anders verteilt sein sollten.»

«Sie dürfen nicht glauben», sagte Mrs. Bantry, «dass man mich aus meinem Haus vertrieben hat. Es war auch nie meine Heimat. Ich habe den Verkauf nie bedauert. Das Haus war so unpraktisch. Den Garten liebte ich, aber das Haus wurde immer mehr zu einem Problem. Ich habe meine Freiheit sehr genossen. Ich bin viel gereist und habe meine Töchter und Enkel und Freunde besucht, die an den verschiedensten Orten der Welt leben.»

«Sie haben Töchter», sagte Marina Gregg. «Auch Söhne?»

«Zwei Töchter und zwei Söhne, die fast alle sehr weit weggezogen sind: Kenia, Südamerika, Texas und einer in London, Gott sei Dank.»

«Vier Kinder», sagte Marina Gregg. «Und Enkel?»

«Bis jetzt neun. Großmutter zu spielen macht Spaß. Man hat keine Verantwortung wie die Eltern, keine Sorgen, sondern kann sie nach Herzenslust verwöhnen ...»

«Ich fürchte, die Sonne blendet Sie», unterbrach sie Jason Rudd und ging zu einem Fenster, um die Jalousie zu verstellen. «Sie müssen uns mehr über diesen reizenden Ort erzählen», sagte er, während er zum Teetisch trat.

Er reichte ihr eine Tasse Tee.

«Möchten Sie ein Sandwich oder lieber von diesem Kuchen? Wir haben eine italienische Köchin, die sehr gut backen kann. Wie Sie sehen, haben wir uns an die englische Sitte, nachmittags Tee zu trinken, bereits gewöhnt.»

«Der Tee schmeckt köstlich», sagte Mrs. Bantry und trank einen Schluck.

Marina Gregg lächelte. Sie sah sehr zufrieden aus. Ihre Finger, die sich noch vor ein paar Augenblicken unruhig bewegt hatten, lagen still in ihrem Schoß. Ihre Unruhe war Jason Rudd nicht entgangen. Mrs. Bantry blickte die Gastgeberin bewundernd an. Marina Gregg war schon berühmt gewesen, bevor es Mode wurde, alles nach den Maßen der Statistik zu messen. Man hätte sie niemals als eine Sexbombe bezeichnen können, als «Miss Busen», oder «Miss Körper». Sie war immer groß und schlank und geschmeidig gewesen. Ihr Gesicht besaß eine Schönheit, die an Greta Garbo erinnerte. Sie hatte in ihren Filmen Charakterrollen gespielt, kaum je Sexbomben. Wenn sie den Kopf wandte, die schönen Augen weit öffnete oder ihr Mund zu zittern begann, wurde einem plötzlich bewusst, wie atemberaubend schön sie war, eine Schönheit, die nichts mit regelmäßigen Gesichtszügen zu tun hatte, sondern eine Verzauberung war, die aus dem Innern kam. Sie besaß diese Ausstrahlung immer noch, wenn es auch nicht mehr so offensichtlich war. Wie vielen Film- und Bühnenschauspielerinnen schien es auch ihr zur Gewohnheit geworden zu sein, nach Lust und Laune ihren Charme zu zeigen oder sich in sich zurückzuziehen. Sie konnte ruhig, freundlich, kühl sein, was ihre Bewunderer enttäuschte. Und dann plötzlich eine Kopfbewegung, eine Geste, ein Lächeln, und der Zauber war wieder da.

Einer ihrer besten Filme war «Maria Stuart», gewesen, und an diese Rolle wurde Mrs. Bantry jetzt erinnert, als sie sie betrachtete. Dann glitt Mrs. Bantrys Blick zu ihrem Mann. Er beobachtete Marina ebenfalls. Einen Augenblick spiegelte sein Gesicht seine Gefühle deutlich wider. Mein Gott, dachte Mrs. Bantry, er betet sie an!

Sie wusste nicht, warum sie das überraschte. Vielleicht

weil das Leben der Filmstars und ihre Liebesaffären in der Presse so breitgetreten wurden, dass es einen wunderte, wenn man sie tatsächlich als Menschen von Fleisch und Blut erlebte. Impulsiv sagte sie:

«Ich hoffe wirklich, dass es Ihnen hier gefällt und Sie eine Zeit lang bleiben können!»

Marina Gregg sah sie mit großen erstaunten Augen an. «Ich möchte immer hier leben», sagte sie. «Natürlich heißt das nicht, dass ich nicht viel reisen werde. Im Gegenteil! Vermutlich drehe ich im nächsten Jahr einen Film in Nordafrika, obwohl ich bis jetzt noch nicht unterschrieben habe. Nein, dieses Haus wird meine Heimat sein. Ich werde immer hierher zurückkehren.» Sie seufzte. «Das ist das Wunderbare daran: dass ich endlich ein Zuhause gefunden habe.»

«Ich verstehe», sagte Mrs. Bantry und dachte bei sich, trotzdem glaube ich dir nicht. Du bist nicht der Typ, der Ruhe findet.

Wieder warf sie Jason Rudd einen kurzen verstohlenen Blick zu. Er wirkte nicht mehr wütend, sondern lächelte, ein sehr liebevolles Lächeln, das nicht ohne Traurigkeit war. Er weiß Bescheid, dachte Mrs. Bantry.

Die Tür öffnete sich, und eine Frau trat ein. «Bartletts möchte Sie am Telefon sprechen, Jason», sagte sie.

«Er soll wieder anrufen.»

«Angeblich ist es dringend.»

Rudd seufzte und erhob sich. «Darf ich Sie mit Mrs. Bantry bekannt machen?», sagte er. «Das ist Ella Zielinsky, meine Sekretärin.»

«Trinken Sie eine Tasse Tee, Ella», sagte Marina zu Ella Zielinsky, die Mrs. Bantry lächelnd zunickte.

«Es freut mich, Sie kennen zu lernen», sagte Ella zu Mrs. Bantry und fügte zu Marina gewandt hinzu: «Ich esse ein Sandwich. Chinesischen Tee mag ich nicht.»

Ella Zielinsky musste ungefähr fünfunddreißig Jahre alt sein. Sie trug ein gutgeschnittenes Kostüm, eine Rüschenbluse und strahlte Selbstsicherheit aus. Ihr schwarzes Haar war kurz geschnitten, und sie hatte eine hohe Stirn.

«Wie man mir erzählte, haben Sie hier gewohnt», sagte sie zu Mrs. Bantry.

«Das ist viele Jahre her», antwortete Mrs. Bantry. «Nach dem Tod meines Mannes habe ich das Haus verkauft. Es ging durch viele Hände.»

«Mrs. Bantry will damit sagen, dass ihr die Veränderungen nichts ausmachen, die wir vorgenommen haben», erklärte Marina.

«Ich wäre enttäuscht gewesen, wenn Sie nichts verändert hätten», sagte Mrs. Bantry. «Ich war sehr neugierig, denn im Ort liefen die ungeheuerlichsten Gerüchte um.»

«Ich hatte keine Ahnung, wie schwierig es in dieser Gegend ist, einen Installateur zu finden», sagte Miss Zielinsky und biss energisch von ihrem Sandwich ab. «Nicht, dass so was zu meinen Aufgaben gehört.»

«Sie müssen sich um alles kümmern», antwortete Marina, «und das wissen Sie auch. Gleichgültig, ob es um das Personal, einen Installateur oder den Bauunternehmer geht.»

«Offensichtlich hat man hier noch nie was von modernen Fenstern gehört.» Ella blickte zum Fenster. «Eine hübsche Aussicht, das muss ich zugeben.»

«Eine reizende, altmodische, ländliche englische Szenerie», sagte Marina. «Das Haus hat Atmosphäre.»

«Wenn die Bäume nicht wären, würde es nicht mehr ganz so ländlich sein», bemerkte Ella trocken. «Diese Siedlung scheint schon vom reinen Hinsehen zu wachsen.»

«Die gab es zu meiner Zeit noch nicht», sagte Mrs. Bantry.

«Als Sie hier wohnten, existierte nur der Ort selbst?»

Mrs. Bantry nickte.

«Da muss es mit dem Einkaufen schwierig gewesen sein.»

«Habe ich nie gefunden», erwiderte Mrs. Bantry. «Es war alles äußerst bequem.»

«Dass man Blumen hat, kann ich noch verstehen», sagte Ella, «aber hier ziehen die Leute auch das Gemüse selbst. Wäre es nicht viel einfacher, es zu kaufen – im Supermarkt zum Beispiel?»

«So weit wird es sicherlich noch kommen», sagte Mrs. Bantry und seufzte. «Obwohl das Zeug von dort nicht so gut ist.»

«Verderben Sie uns nicht den Spaß, Ella!», sagte Marina.

Die Tür ging auf, und Jason Rudd steckte den Kopf herein. «Liebling», rief er seiner Frau zu. «Es tut mir Leid, dass ich dich stören muss, aber sie möchten auch deine Meinung hören.»

Marina seufzte und erhob sich. Langsam ging sie zur Tür. «Immer will jemand etwas von mir», murmelte sie. «Entschuldigen Sie, Mrs. Bantry, es wird sicherlich nur ein paar Minuten dauern.»

«Atmosphäre», sagte Ella, als Marina verschwunden war und die Tür sich hinter ihr schloss. «Finden Sie, dass das Haus Atmosphäre besitzt?»

«Darüber habe ich nie nachgedacht», antwortete Mrs. Bantry. «Es war einfach unser Haus. In mancher Hinsicht ziemlich unbequem und in anderer Beziehung wieder nett und gemütlich.»

«So ungefähr habe ich es mir vorgestellt», sagte Ella. Sie warf Mrs. Bantry einen kurzen Blick zu. «Da wir gerade von Atmosphäre sprechen – wann ist der Mord hier eigentlich geschehen?»

«Hier ist nie ein Mord passiert.»

«Ich bitte Sie! Bei den vielen Geschichten, die ich darüber gehört habe! Genau hier auf dem Kaminvorleger, habe ich recht?» Ella nickte in Richtung Kamin.

«Ja», gab Mrs. Bantry zu. «Dort war es.»

«Also passierte doch ein Mord?»

Mrs. Bantry schüttelte den Kopf. «Nicht hier. Die Frau wurde woanders umgebracht und dann hier in diesen Raum geschleppt. Wir kannten sie nicht.»

Ella musterte sie nachdenklich. «Es dürfte ziemlich schwierig gewesen sein, die Leute davon zu überzeugen.»

«Das stimmt allerdings.»

«Wann haben Sie es entdeckt?»

«An jenem Morgen brachte das Mädchen den Tee hinauf», sagte Mrs. Bantry. «Damals hatten wir noch ein Dienstmädchen, wissen Sie.»

«Ich weiß Bescheid», sagte Ella. «Sicherlich trug sie ein gestärktes bedrucktes Baumwollkleid.»

«Ich erinnere mich nicht mehr», antwortete Mrs. Bantry. «Jedenfalls stürzte sie herein und rief, dass in der Bibliothek eine Tote liege. Ich sagte: ‹Unsinn!›, dann weckte ich meinen Mann, und wir gingen hinunter.»

«Und da lag sie», sagte Ella. «Was für seltsame Dinge passieren können.» Sie wandte kurz den Kopf zur Tür und fügte hinzu: «Bitte, erzählen Sie Miss Gregg nichts davon. Es wäre nicht gut für sie.»

«Natürlich nicht. Ich sage kein Wort», erwiderte Mrs. Bantry. «Ich spreche nie davon. Es ist schon so lange her. Aber wird sie – ich meine, Miss Gregg –, wird sie es nicht sowieso erfahren?»

«Sie kommt mit den Realitäten des Lebens selten in Berührung», meinte Ella. «Filmstars leben manchmal ziemlich isoliert, wissen Sie. Sehr oft ist es sogar notwendig, weil ihnen alles so schnell unter die Haut geht. Miss Gregg war in den letzten Jahren sehr krank. Erst vor einem Jahr hatte sie ein Comeback.»

«Sie scheint das Haus zu mögen», sagte Mrs. Bantry, «und zu glauben, dass sie hier glücklich sein wird.»

«Ein oder zwei Jahre wird sie es schon aushalten.»

«Nicht länger?»

«Das bezweifle ich. Marina gehört zu den Leuten, die immer glauben, das Paradies gefunden zu haben. Aber das Leben ist nicht so einfach.»

«Nein», sagte Mrs. Bantry nachdrücklich. «Das ist es nicht.»

«Es bedeutet ihm sehr viel, wenn sie hier glücklich ist», sagte Ella. Sie aß noch zwei Sandwiches, die sie so hastig in sich hineinstopfte, als habe sie Angst, einen Zug zu versäumen. «Er ist ein Genie, wissen Sie», sagte sie. «Haben Sie mal einen Film von ihm gesehen?»

Mrs. Bantry geriet etwas in Verlegenheit. Sie gehörte zu den Menschen, die nur wegen des Films ins Kino gehen. Der lange Vorspann mit den Namen der Schauspieler, des Regisseurs, des Produzenten, des Kameramanns und der restlichen Mannschaft zog unbemerkt an ihrem Auge vorüber. Sehr häufig wusste sie nicht einmal, wer die Hauptrolle spielte. Aber sie gab diese kleine Schwäche nicht gern zu. «Ich bringe sie immer durcheinander», sagte sie.

«Natürlich muss er sich um alles selbst kümmern», fuhr Ella fort. «Vor allem um seine Frau,. und die ist nicht einfach. Man muss immer aufpassen, dass sie glücklich ist. Und so etwas ist schwierig. Außer... außer...» Sie zögerte.

«Außer man gehört zu der fröhlichen Sorte», schlug Mrs. Bantry vor. «Aber manche Leute», fügte sie nachdenklich hinzu, «genießen es, sich elend zu fühlen.»

«Oh, zu denen gehört Marina nicht», sagte Ella und schüttelte den Kopf. «Es ist eher so, dass die Höhen und Tiefen ihrer Gefühle besonders heftig sind. Sie wissen schon – im einen Augenblick überglücklich, begeistert über alles, wie herrlich sie sich fühlt und so, und dann passiert nur irgendeine Kleinigkeit, und ihre Stimmung sinkt bis ins genaue Gegenteil.»

«Das nennt man wohl Temperament», sagte Mrs. Bantry etwas vage.

«Genau», rief Ella. «Temperament, das ist es! Diese Leute sind alle sehr temperamentvoll, die einen mehr, die anderen weniger, aber Marina Gregg ist temperamentvoller als die meisten. Wer wüsste das besser als wir. Was für Geschichten ich Ihnen da erzählen könnte!» Sie aß das letzte Sandwich auf. «Gott sei Dank bin ich nur die Sekretärin!»

5

Dass anlässlich des Wohltätigkeitsfestes der «St. John's Ambulance», der Park von «Gossington Hall», der Allgemeinheit zugänglich gemacht wurde, war ein noch nie da gewesenes Ereignis. Eine große Menschenmenge strömte herbei, und der Eintrittspreis von einem Shilling ergab alles zusammengenommen einen recht erfreulichen Betrag. Zum einen war das Wetter gut, ein klarer, sonniger Tag. Doch vor allem war es zweifellos die unglaubliche Neugierde der Einheimischen, die sich genau überzeugen wollten, was die Filmleute aus «Gossington Hall», gemacht hatten. Die unwahrscheinlichsten Vermutungen waren angestellt worden. Vor allem vom Swimmingpool waren die Besucher begeistert. Die meisten Leute glaubten, dass Hollywoodstars ständig in exotischer Umgebung und exotischer Gesellschaft an einem Pool in der Sonne lagen. Wobei nicht bedacht wurde, dass das Klima von Hollywood für eine derartige Szene günstiger war als das von St. Mary Mead. Schließlich gibt es in England im Sommer auch eine heiße schöne Woche und immer einen Sonntag, an dem die Sonntagszeitungen Artikel darüber bringen, wie man sich Kühle verschaffen kann, wie man kühle Gerichte bereitet und kühle Drinks. Der

Pool war beinahe so, wie es sich die Besucher vorgestellt hatten, groß, das Wasser blau, mit einem exotisch wirkenden Pavillon zum Umziehen und eingefasst von einer höchst künstlerisch angepflanzten Hecke. Die Mehrheit reagierte wie erwartet, doch die Bemerkungen, die gemacht wurden, waren sehr unterschiedlich.

«Ach, ist das nicht hübsch!», hieß es. Oder: «Der erinnert mich an das Ferienlager, in dem ich mal war.» Oder: «Ich nenne das einen verrückten Luxus. So was sollte nicht erlaubt werden.» Oder: «Seht mal den Marmor. Ganz schön teuer.» Oder: «Ich begreife nicht, wieso die Leute einfach herkommen und das Geld zum Fenster hinauswerfen können.» Oder: «Vielleicht wird man ihn mal im Fernsehen sehen – das wäre ein Spaß!»

Selbst Mr. Sampson, der älteste Einwohner von St. Mary Mead, der damit prahlte, sechsundneunzig zu sein, obwohl seine Angehörigen entschieden erklärten, er sei erst achtundachtzig, war trotz seines Rheumas angewankt gekommen, weil er sich die Aufregung nicht entgehen lassen wollte. Auf seinen Stock gestützt gab er sein höchstes Lob von sich: «Verrückt, das alles!» Er schmatzte hoffnungsvoll mit den Lippen. «Ja, die sind alle verrückt, das steht fest. Nackte Männer und Frauen, die Alkohol trinken und einen ‹Joint› rauchen, wie man das in den Zeitungen nennt. Ja, genauso wird's sein», fügte er begeistert hinzu. «Nichts als Verrückte!»

Man war allgemein der Ansicht, dass diese Bemerkung dem Nachmittag den endgültigen Stempel des Erfolgs aufdrückte. Für einen Extrashilling konnten die Besucher das Haus besichtigen und das neue Musikzimmer, das Wohnzimmer und das völlig veränderte Esszimmer in Augenschein nehmen, das jetzt ganz in dunkler Eiche und Leder eingerichtet war.

«Man sollte nicht glauben, dass dies noch ‹Gossington Hall› ist», bemerkte Mr. Sampsons Schwiegertochter.

Mrs. Bantry kam ziemlich spät und stellte erfreut fest, dass die Besucherzahl unglaublich groß war und viel Geld eingehen würde. Das große Zelt, in dem Tee serviert wurde, war gerammelt voll. Mrs. Bantry hoffte, dass die Kuchenplatten bis zu ihr gelangten, ehe sie leer gegessen waren. Ein paar tüchtige Frauen kümmerten sich um alles. Dann beschloss Mrs. Bantry, zu den Blumenbeeten zu gehen. Sie betrachtete sie mit kritischem Blick. Keine Kosten waren gescheut worden, stellte sie erfreut fest, die Beete waren hübsch und teuer bepflanzt worden. Natürlich hatten sich die Besitzer nicht selbst darum gekümmert, da war sie völlig sicher. Man hatte einer guten Gärtnerei den Auftrag zum Bepflanzen gegeben. Doch da man ihr sicherlich freie Hand gelassen hatte und das Wetter gut gewesen war, konnte sich das Ergebnis sehen lassen.

Sie blickte um sich und fand, dass die Szene an eine Gartenparty im Buckingham-Palast erinnerte. Alle Leute verdrehten den Hals und bemühten sich, so viel wie möglich zu sehen, und hin und wieder wurden ein paar Auserwählte in das geheimnisvolle Innere des Hauses geführt. Ein schlanker junger Mann mit welligem braunem Haar näherte sich ihr.

«Mrs. Bantry? Sie sind doch Mrs. Bantry?»

«Ja.»

«Mein Name ist Hailey Preston.» Er reichte ihr die Hand. «Ich arbeite für Mr. Rudd. Würden Sie, bitte, mit mir hineinkommen? Mr. und Mrs. Rudd haben ein paar enge Freunde in den ersten Stock gebeten.»

Mrs. Bantry fühlte sich geehrt und folgte ihm bereitwillig. Sie betraten das Haus durch einen Seiteneingang, der zu ihrer Zeit Gartentür genannt worden war. Ein rotes Seil hing vor der Haupttreppe. Preston hakte es aus, und sie gingen hindurch. Vor ihnen sah Mrs. Bantry Bürgermeister Allcock und seine Frau. Mrs. Allcock war sehr üppig und atmete heftig.

«Wundervoll, was man aus dem Haus gemacht hat, nicht wahr, Mrs. Bantry?», keuchte Mrs. Allcock. «Ich würde gern auch die Bäder inspizieren, aber dazu werde ich wohl keine Gelegenheit erhalten.» Ihre Stimme klang bekümmert.

Oben am Ende der Treppe empfingen Marina Gregg und ihr Mann die Gäste. Durch die Hinzunahme eines Gästezimmers war der Vorraum vergrößert worden und glich jetzt mehr einer geräumigen Halle. Giuseppe, der Butler, reichte Getränke herum.

Ein untersetzter Mann in Livree kündigte die Gäste an.

«Ratsherr Mr. Allcock und Mrs. Allcock», dröhnte er.

Marina Gregg war genau so, wie Mrs. Bantry sie Miss Marple beschrieben hatte, ganz natürlich und sehr charmant. Mrs. Bantry konnte direkt hören, wie Mrs. Allcock später sagte: «... und so herzlich, wissen Sie, obwohl sie doch so berühmt ist.»

Wie reizend von Mrs. Allcock, dass sie gekommen sei, und der Bürgermeister auch, und sie hoffe, dass sie sich heute Nachmittag gut amüsierten. «Jason, bitte, kümmere dich um Mrs. Allcock!»

Und damit wurde das Paar an den Ehemann weitergereicht und erhielt einen Drink.

«Ach, Mrs. Bantry, wie ich mich freue, dass Sie gekommen sind!»

«Um nichts in der Welt hätte ich die Einladung versäumen wollen», erklärte Mrs. Bantry und trat zielstrebig auf die Martinis zu.

Der junge Mann namens Preston kümmerte sich sehr freundlich um sie und sorgte dafür, dass sie einen Martini bekam, dann verschwand er wieder, mit einem Blick auf eine Liste in seiner Hand, zweifellos, um weitere Auserwählte herbeizuholen. Alles war sehr gut organisiert, wie Mrs. Bantry feststellte, und sie beobachtete, das Glas in der

Hand, wie neue Gäste eintrafen. Der Pfarrer, ein magerer, asketischer Mann, blickte etwas vage und wirkte leicht verlegen. Ernst sagte er zu Marina Gregg:

«Sehr freundlich, mich einzuladen. Ich fürchte nur, dass ich … wissen Sie, ich besitze keinen Fernseher, aber natürlich … hm … natürlich halten mich die jungen Leute auf dem Laufenden.»

Kein Mensch begriff, was er meinte. Miss Zielinsky, die sich ebenfalls um die Gäste kümmerte, reichte ihm mit einem freundlichen Lächeln ein Glas Zitronenlimonade. Mr. und Mrs. Badcock kamen als nächste die Treppe hoch. Heather Badcock, aufgeregt und glücklich, war ihrem Mann einen Schritt voraus.

«Mr. und Mrs. Badcock», rief der Mann in Livree dröhnend.

«Mrs. Badcock», sagte der Pfarrer und drehte sich mit dem Glas Limonade in der Hand um. «Die unermüdliche Sekretärin unseres Vereins. Sie ist eine unserer eifrigsten Mitarbeiterinnen. Tatsächlich wüsste ich nicht, was wir ohne sie tun würden.»

«Ich bin überzeugt, dass Sie es ganz großartig machen», sagte Marina.

«Sie erinnern sich nicht an mich?», fragte Heather, etwas verwundert. «Aber wie sollten Sie auch, bei den Hunderten von Menschen, die Sie treffen. Und außerdem ist es viele Jahre her. Ausgerechnet auf den Bermudas war es. Ich war dort als Krankenschwester. Ach, es ist lange her.»

«Natürlich», sagte Marina Gregg, ganz Charme und Lächeln.

«Ich erinnere mich noch ganz genau», sagte Mrs. Badcock. «Ich war so aufgeregt, völlig durchgedreht. Damals war ich noch sehr jung. Der Gedanke, Marina Gregg in Fleisch und Blut – oh, ich war immer eine große Verehrerin von Ihnen.»

«Das ist wirklich ganz reizend von Ihnen, wirklich ganz reizend», sagte Marina freundlich, während ihr Blick kurz über Heather hinwegglitt zu den nächsten eintreffenden Gästen.

«Ich möchte Sie nicht aufhalten», sagte Heather, «aber ich muss ...»

Die arme Marina Gregg, dachte Mrs. Bantry. So was passierte ihr sicherlich ständig. Was für eine Engelsgeduld man da brauchte!

Zu allem entschlossen, erzählte Heather ihre Geschichte weiter.

Da spürte Mrs. Bantry Mrs. Allcocks heftigen Atem an ihrer Schulter. «Was alles verändert wurde!», rief sie. «Man glaubt es erst, wenn man es mit eigenen Augen gesehen hat. Es muss eine Menge gekostet haben ...»

«... ich fühlte mich gar nicht krank... ich dachte, ich müsste einfach hingehen ...»

«Das ist Wodka.» Misstrauisch betrachtete Mrs. Allcock ihr Glas. «Mr. Rudd fragte mich, ob ich ihn kosten wollte. Klingt sehr russisch. Ich glaube, ich mag ihn nicht besonders ...»

«... ich sagte mir, dass ich nicht aufgeben durfte. Ich legte ordentlich Make-up auf ...»

«Es ist wohl nicht sehr höflich, wenn ich das Glas irgendwo abstelle.» Mrs. Allcock klang verzweifelt.

«Überhaupt nicht», tröstete sie Mrs. Bantry. «Wodka muss in einem Zug gekippt werden», Mrs. Allcock sah sie entsetzt an, «aber dazu braucht man Übung. Stellen Sie das Glas auf den Tisch dort, und nehmen Sie sich einen Martini von dem Tablett, mit dem der Butler herumläuft.»

Sie drehte sich zu Heather Badcock um, die mit abschließendem Schwung sagte:

«Ich werde nie vergessen, wie großartig Sie waren! Es war die Aufregung hundertmal wert!»

Diesmal reagierte Marina nicht so automatisch. Ihr Blick, der über Heather Badcock hinweggeglitten war, schien sich an einem Punkt auf halber Treppe festzusaugen. Sie starrte mit so entsetztem Gesicht darauf, dass Mrs. Bantry unwillkürlich einen Schritt auf sie zu machte. Würde Marina in Ohnmacht fallen? Was, um alles auf der Welt, hatte sie so erschreckt? Doch noch ehe sie Marina erreicht hatte, hatte sich diese wieder gefasst, und ihr jetzt etwas vager Blick kehrte zu Heather zurück. Mit ihrem alten Charme, der plötzlich etwas Gezwungenes hatte, sagte sie:

«Was für eine reizende kleine Geschichte. Also – was möchten Sie trinken? Jason, komm her! Einen Cocktail?»

«Eigentlich bin ich nur Limonade oder Orangensaft gewöhnt.»

«Da lässt sich etwas Besseres finden», sagte Marina. «Heute ist ein Festtag.»

«Ich schlage einen Daiquiri vor», sagte Jason, der mit zwei Gläsern näher kam. «Den mag Marina auch am liebsten.»

Er reichte seiner Frau ein Glas.

«Ich sollte nichts mehr trinken», meinte Marina. «Ich hatte schon drei.» Trotzdem nahm sie es.

Jason reichte Heather das andere Glas. Marina wandte sich ab und begrüßte den nächsten Gast.

«Gehen wir los und sehen wir uns die Bäder an», sagte Mrs. Bantry zu Mrs. Allcock.

«Glauben Sie, wir dürfen es? Wäre das nicht sehr aufdringlich?»

«Ich glaube nicht», antwortete Mrs. Bantry. Sie trat auf Jason Rudd zu und sagte: «Wir würden gern Ihre schönen neuen Badezimmer besichtigen, Mr. Rudd. Haben Sie etwas gegen unsere höchst weibliche Neugierde?»

«Natürlich nicht», sagte Jason und grinste. «Ich wünsche Ihnen viel Vergnügen, meine Damen. Wenn Sie Lust haben, können Sie auch baden.»

Mrs. Allcock folgte Mrs. Bantry den Gang entlang. «Das war sehr freundlich von Ihnen, Mrs. Bantry. Ich muss gestehen, dass ich nicht den Mut aufgebracht hätte.»

«Man muss etwas riskieren, wenn man etwas erreichen will», erwiderte Mrs. Bantry.

Sie gingen weiter den Korridor entlang und öffneten verschiedene Türen. Begeisterte «Ahs», und «Ohs», waren von Mrs. Allcock und zwei anderen Damen zu hören, die sich ihnen angeschlossen hatten.

«Mir gefällt das rosa Bad besonders», sagte Mrs. Allcock. «Ja, das rosa Bad finde ich am schönsten!»

«Ich mag das mit den Delphinkacheln lieber», erklärte eine der beiden unbekannten Damen.

Mrs. Bantry spielte mit großem Vergnügen die Gastgeberin. Einen Augenblick lang vergaß sie beinahe, dass das Haus ihr nicht mehr gehörte.

«Und die vielen Duschen!», stellte Mrs. Allcock ehrfürchtig fest. «Nicht, dass ich das Duschen besonders schätze. Man bekommt immer einen nassen Kopf.»

«Es wäre nett, wenn wir auch einen Blick in die Schlafzimmer werfen könnten», meinte eine der beiden unbekannten Damen sehnsüchtig. «Aber das wäre wohl etwas zu aufdringlich. Was meinen Sie?»

«Ach, ich finde, wir könnten es tun», sagte Mrs. Allcock. Beide Damen blickten Mrs. Bantry hoffnungsvoll an.

«Nun», sagte Mrs. Bantry, «ich fürchte, wir sollten lieber nicht...» Dann hatte sie Mitleid mit ihnen. «Na, es braucht ja keiner was davon zu erfahren.» Sie legte die Hand auf einen Türgriff.

Doch die Entscheidung wurde ihnen abgenommen. Alle Schlafzimmer waren abgeschlossen. Die Damen waren äußerst enttäuscht.

«Schließlich haben die Besitzer auch ein Recht auf ein gewisses Privatleben», sagte Mrs. Bantry freundlich.

Sie machten sich auf den Rückweg. Mrs. Bantry blickte zu einem der Korridorfenster hinaus. Unten auf dem Rasen entdeckte sie Mrs. Meavy – aus der Siedlung –, die in ihrem gerüschten Organdykleid sehr hübsch aussah. Sie unterhielt sich mit Cherry, Miss Marples Haushaltshilfe, deren Nachname Mrs. Bantry im Augenblick nicht einfiel. Sie schienen sich gut zu amüsieren und lachten viel.

Plötzlich erschien Mrs. Bantry das Haus alt, schäbig und sehr künstlich. Trotz der vielen neuen glänzenden Farben, trotz der Veränderungen war es im Grunde ein müdes altes viktorianisches Haus geblieben. Es war sehr klug, dass ich es verkauft habe, dachte sie. Häuser haben auch ihr Leben. Es kommt einmal die Zeit, wo sie die besten Tage hinter sich haben. Dies hier ist am Ende. Man hat zwar ein paar Schönheitsoperationen gemacht, aber ich finde, sie haben wenig genützt.

Plötzlich wurde das Stimmengemurmel in der oberen Halle lauter. Die beiden Damen neben Mrs. Bantry beschleunigten den Schritt. «Was ist passiert?», fragte die eine. «Es klingt, als wäre etwas passiert.»

Sie eilten den Gang entlang, auf die Treppe zu. Ella Zielinsky kam ihnen entgegen. Sie blieb stehen, drehte an einem Türgriff und sagte: «Ach, verdammt. Natürlich wurden sie abgeschlossen.»

«Was ist geschehen?», fragte Mrs. Bantry.

«‚Jemand ist schlecht geworden», antwortete Ella kurz.

«Ach, wie schrecklich. Kann ich Ihnen helfen?»

«Es wird sich schon ein Arzt finden!»

«Ich habe keinen aus unserem Ort bemerkt», erwiderte Mrs. Bantry, «aber sicherlich ist einer da.»

«Jason telefoniert schon», sagte Ella. «Es scheint sehr ernst zu sein.»

«Wer ist es?»

«Eine gewisse Mrs. Badcock.»

«Heather Badcock? Aber sie war eben noch gesund und munter!»

«Sie hatte einen Anfall oder so was Ähnliches», antwortete Ella ungeduldig. «Wissen Sie zufällig, ob sie was mit dem Herzen hat?»

«Eigentlich kenne ich sie nicht näher», sagte Mrs. Bantry. «Sie ist erst zugezogen. Sie stammt aus der Siedlung.»

«Der Siedlung? Ach, Sie meinen die neuen Häuser. Ich weiß nicht einmal, wo ihr Mann steckt oder wie er aussieht.»

«Noch jung, blond, unscheinbar», sagte Mrs. Bantry. «Er ist mit ihr hergekommen, also muss er irgendwo sein.»

Ella trat in ein Badezimmer.

«Ich weiß gar nicht, was ich ihr geben soll», sagte sie. «Hirschhornsalz vielleicht?»

«Ist sie in Ohnmacht gefallen?»

«Es ist schlimmer.»

«Ich werde mal feststellen, ob ich irgendwas tun kann», meinte Mrs. Bantry und ging eilig durch den Gang auf die Halle zu. Als sie um eine Ecke bog, stieß sie mit Jason Rudd zusammen.

«Haben Sie Ella gesehen?», fragte er. «Ella Zielinsky?»

«Sie ist in einem der Badezimmer. Sie sucht etwas – Hirschhornsalz, glaube ich.»

«Das ist überflüssig.»

Mrs. Bantry war, als träfe sie ein Schlag. «Ist es schlimm?», fragte sie scharf. «Sehr schlimm?»

«So könnte man es nennen», antwortete Jason Rudd trocken. «Die arme Person ist tot.»

«Tot!» Mrs. Bantry war entsetzt und wiederholte, was sie bereits zu Ella gesagt hatte: «Aber sie war eben ..noch gesund und munter!»

«Ich weiß! Ich weiß!», antwortete Jason wütend. «Mein Gott, dass so etwas passieren musste!»

6

«Da wären wir», sagte Miss Knight und stellte das Frühstückstablett auf dem Nachttisch ab. «Und wie fühlen wir uns heute Morgen? Wie ich sehe, haben wir schon die Vorhänge aufgezogen», fügte sie mit einem leisen Vorwurf in der Stimme hinzu.

«Ich bin früh aufgewacht», antwortete Miss Marple. «Wenn Sie so alt sind wie ich, wachen Sie auch früh auf.»

«Mrs. Bantry hat angerufen», meldete Miss Knight, «ungefähr vor einer halben Stunde. Sie wollte Sie sprechen, aber ich sagte ihr, sie solle noch mal anrufen. Erst müssten Sie frühstücken. Ich wollte Sie noch nicht stören. Erst sollten Sie Ihren Tee trinken und einen Bissen essen.»

«Wenn Freunde von mir anrufen», sagte Miss Marple, «möchte ich das sofort erfahren.»

«Tut mir schrecklich Leid», sagte Miss Knight. «Aber es erschien mir so rücksichtslos. Wenn Sie eine schöne Tasse Tee getrunken haben und Ihr gekochtes Ei gegessen haben und den Toast mit Butter, werden wir weitersehen.»

«Vor einer halben Stunde», sagte Miss Marple nachdenklich. «Das war um – um – acht.»

«Viel zu früh», wiederholte Miss Knight.

«Ohne Grund hat mich Mrs. Bantry bestimmt nicht zu so einer Zeit zu erreichen versucht», überlegte Miss Marple laut. «Sie telefoniert nie am frühen Vormittag.»

«Ach, meine Gute, zerbrechen Sie sich nicht den Kopf deswegen», meinte Miss Knight beruhigend. «Sie wird sich schon wieder melden! Oder soll ich Sie verbinden?»

«Nein, vielen Dank. Ich möchte mein Frühstück essen, solange es noch warm ist.»

«Ich hoffe, ich habe nichts vergessen», sagte Miss Knight fröhlich. Sie hatte nichts vergessen. Der Tee schmeckte gut, das Ei hatte genau dreidreiviertel Minuten gekocht, der

Toast war hellbraun, die Butter lag auf einem hübschen kleinen Teller neben einem kleinen Topf Honig. In mancher Beziehung war Miss Knight unbestreitbar ein Schatz. Miss Marple aß ihr Frühstück mit großem Vergnügen. Dann hörte sie das Brummen des Staubsaugers. Cherry war gekommen. Den Lärm des Staubsaugers übertönte eine frische klare Stimme, die den neuesten Schlager sang. Miss Knight, die eingetreten war, um das Tablett zu holen, schüttelte den Kopf.

«Ich finde wirklich, diese junge Person sollte nicht so laut singen, dass man es im ganzen Haus hört», meinte sie. «Ich nenne so etwas respektlos.»

Miss Marple lächelte leise. «Cherry würde nie auf den Gedanken kommen, dass sie vor etwas oder jemand Respekt haben müsste. Warum auch?»

Miss Knight schniefte und sagte: «Ganz anders als in alten Zeiten.»

«Natürlich», antwortete Miss Marple. «Die Zeiten ändern sich eben. Damit muss man sich abfinden.» Dann fügte sie hinzu: «Vielleicht könnten Sie Mrs. Bantry jetzt anrufen und fragen, was sie wollte.»

Miss Knight verschwand. Ein paar Minuten später klopfte es an die Tür, und Cherry trat ein. Sie sah fröhlich und aufgeregt und sehr hübsch aus. Über ihr dunkelblaues Kleid hatte sie sich eine mit Matrosen und nautischen Symbolen kühn bedruckte Plastikschürze gebunden.

«Sie haben eine hübsche Frisur», sagte Miss Marple.

«Ich war gestern beim Dauerwellenmachen», sagte Cherry. «Noch etwas frisch, aber nach der ersten Wäsche wird es besser. Ich kam rauf, um zu erfahren, ob Sie schon das Neueste gehört haben.»

«Worüber denn?»

«Wegen ‹Gossington Hall›. Sie wissen doch, dass gestern dort ein großes Wohltätigkeitsfest stattfand?»

Miss Marple nickte. «Was ist passiert?»

«Jemand ist mittendrin gestorben. Eine gewisse Mrs. Badcock. Sie wohnte bei uns nebenan. Ich glaube nicht, dass Sie sie kennen.»

«Mrs. Badcock?», rief Miss Marple aufgeregt. «Aber natürlich kenne ich sie! Ich erinnere mich – ja, das war der Name. Sie kam aus dem Haus und hob mich auf, als ich kürzlich stürzte. Sie war ganz reizend!»

«Ja, das sähe Heather Badcock ähnlich!», sagte Cherry. «Überfreundlich, fanden die Leute. Sie würde sich in alles einmischen, sagten sie. Na, jedenfalls – sie ist tot. Einfach so!»

«Tot? An was ist sie gestorben?»

«Keine Ahnung», antwortete Cherry. «Sie war ins Haus gebeten worden, sicherlich, weil sie die Sekretärin war. Sie und der Bürgermeister und noch eine Menge Leute. Sie hat etwas getrunken, und keine fünf Minuten später wurde ihr schlecht, und sie starb, ehe jemand überhaupt noch husten konnte.»

«Was für eine schreckliche Geschichte», rief Miss Marple. «Hatte sie ein schwaches Herz?»

«Sie war angeblich kerngesund», sagte Cherry. «Aber man weiß ja nie! Man kann was am Herzen haben, ohne dass man es ahnt. Jedenfalls – eines steht fest: Sie wurde nicht nach Hause gebracht.»

«Was meinen Sie damit?», fragte Miss Marple erstaunt.

«Ihre Leiche», antwortete Cherry. Ihre gute Laune war unverwüstlich. «Der Doktor sagte, es sei eine Autopsie notwendig. Post mortem, oder wie das heißt. Sie war nicht bei ihm in Behandlung, und die Todesursache könnte man anders nicht feststellen. Ist doch seltsam», fügte sie hinzu.

«Wieso seltsam?»

«Na ja.» Cherry überlegte. «Seltsam, weil man glauben könnte, dass mehr dahintersteckt.»

«War ihr Mann sehr aufgebracht?»

«Weiß wie die Wand! Ich habe noch nie jemanden erlebt, der so verstört ausgesehen hat.»

Miss Marple, die seit vielen Jahren daran gewöhnt war, auf die leisesten Zwischentöne zu achten, legte fragend den Kopf etwas schief wie ein kleiner Vogel. «Hat er sie so geliebt?»

«Er tat, was sie wollte, und ließ sie machen», antwortete Cherry. «Aber das heißt noch lange nicht, dass er sie liebte. Es könnte auch sein, dass er eben nicht den Mut hatte, sich zu wehren.»

«Sie mochten sie nicht?»

«Ich kannte sie kaum», erwiderte Cherry. «Sie war nicht mein Typ. Sie mischte sich zu viel ein.»

«Sie meinen, sie war neugierig und fragte viel?»

«Nein, das nicht. Sie war eine sehr freundliche Frau, die ständig irgendetwas für die Leute tat. Und sie war immer überzeugt, dass nur sie wusste, wie es am besten war. Was die anderen davon hielten, interessierte sie nicht. Ich hatte mal so eine Tante. Sie aß gern Gewürzkuchen, und deshalb machte sie immer Gewürzkuchen und brachte ihn jemand, und sie nahm sich nie die Mühe herauszufinden, ob die so was mochten oder nicht. Es gibt Leute, die essen ihn nicht gern. Die können manchmal schon den Geruch von Kümmel nicht ertragen. Nun, Heather Badcock war auch so ähnlich.»

«Ja», sagte Miss Marple nachdenklich, «ja, das hätte zu ihr gepasst. Ich kannte jemanden, der auch so war. Solche Leute», fügte sie hinzu, «leben manchmal gefährlich – obwohl sie es selbst nicht merken.»

Cherry starrte sie entgeistert an. «Das klingt aber komisch. Ich verstehe nicht, was Sie meinen.»

Miss Knight platzte ins Zimmer. «Mrs. Bantry scheint weggegangen zu sein», meldete sie. «Wohin, wusste man aber nicht.»

«Ich vermute», sagte Miss Marple, «dass sie mich besuchen will. Ich stehe jetzt lieber auf.»

Miss Marple hatte sich gerade in ihrem Lieblingssessel beim Fenster niedergelassen, als Mrs. Bantry eintraf. Sie war etwas außer Atem. «Ich habe dir eine Menge zu erzählen, Jane», sagte sie.

«Über das Fest?», fragte Miss Knight. «Sie sind doch sicherlich hingegangen? Ich war auch kurz dort, am frühen Nachmittag. Das Teezelt war sehr voll. Erstaunlich viele Leute waren dort. Marina Gregg habe ich nicht gesehen, worüber ich ein wenig enttäuscht war.» Sie nahm ein kleines Staubkorn von einem Tischchen und sagte fröhlich: «Nun, ich bin überzeugt, Sie beide möchten jetzt ein nettes kleines Schwätzchen halten.» Damit verschwand sie.

«Sie scheint keine Ahnung zu haben», stellte Mrs. Bantry fest. Dann musterte sie ihre Freundin scharf. «Aber *du* weißt Bescheid, Jane, ich sehe es dir an.»

«Du meinst die Tote?»

«Du weißt immer alles», sagte Mrs. Bantry. «Ich begreife nicht, wie du das machst.»

«Nun, meine Liebe», sagte Miss Marple, «auf die gleiche Weise, wie man sonst etwas erfährt. Mein Tagesmädchen, Cherry Baker, berichtete es mir. Sicherlich wird es Miss Knight vom Metzger hören.»

«Und was hältst du davon?», fragte Mrs. Bantry.

«Wovon?»

«Tu nicht so begriffsstutzig, Jane, du weißt genau, was ich meine! Es handelt sich um diese Frau – wie hieß sie noch …»

«Heather Badcock», sagte Miss Marple.

«Als sie kam, war sie munter und fröhlich. Ich war zufällig in der Nähe. Und etwa eine Viertelstunde später setzt sie sich plötzlich in einen Sessel, behauptet, sie fühle sich nicht wohl, schnappt nach Luft und ist tot. Was hältst du nun *davon*?»

«Man sollte keine voreiligen Schlüsse ziehen», meinte Miss Marple. «Die Frage ist natürlich, was der Fachmann davon hält. Der Arzt.»

Mrs. Bantry nickte. «Es wird eine Autopsie stattfinden, und eine gerichtliche Voruntersuchung», erklärte sie. «Das verrät doch schon, was los ist.»

«Nicht unbedingt», sagte Miss Marple. «Jeder kann krank werden und plötzlich sterben. Und dann wird durch eine Autopsie festgestellt, woran er gestorben ist.»

«Diesmal geht es um mehr.»

«Woher weißt du das?»

«Doktor Sandford fuhr nach Hause und rief die Polizei an.»

«Und woher weißt du das schon wieder?», fragte Miss Marple äußerst interessiert.

«Vom alten Briggs», antwortete Mrs. Bantry. «Das heißt, nicht direkt. Du weißt ja, dass er sich abends, nach der Arbeit, um den Garten vom Doktor kümmert. Er hatte gerade irgendetwas in der Nähe des Arbeitszimmers zu tun und hörte durchs offene Fenster, wie Sandford mit der Polizei in Much Benham sprach. Briggs erzählte es seiner Tochter, und die unterhielt sich darüber mit der Posthalterin, und die hat es mir anvertraut.»

Miss Marple lächelte. «Ich verstehe», sagte sie. «St. Mary Mead hat sich in dieser Beziehung nicht geändert.»

«Die Gerüchteküche ist immer noch dieselbe», stimmte Mrs. Bantry ihr zu. «Also los, Jane, sage mir, was du von der Geschichte hältst!»

«Man denkt automatisch zuerst an den Ehemann», erwiderte Miss Marple nachdenklich. «War er da?»

«Ja, er war da. Könnte es Selbstmord gewesen sein?», fragte Mrs. Bantry.

«Ganz sicher nicht Selbstmord», erklärte Miss Marple bestimmt. «Sie war nicht der Typ.»

«Wieso kennst du sie, Jane?»

«An jenem Tag, als ich in der Siedlung spazieren ging und hinfiel – vor ihrem Haus –, half sie mir. Sie war die Freundlichkeit in Person. Eine sehr freundliche Frau.»

«Hast du auch den Mann kennen gelernt? Sah er aus, als würde er sie am liebsten vergiften?»

Als Miss Marple protestieren wollte, beschwichtigte Mrs. Bantry sie. «Du weißt schon, wie ich es meine. Erinnerte er dich an Major Smith oder Bertie Jones oder jemanden, den du mal gekannt hast und der seine Frau umgebracht oder es zumindest versucht hat?»

«Nein», antwortete Miss Marple. «Er hat mich an niemanden erinnert, den ich kenne.» Dann fügte sie noch hinzu: «Sie dagegen schon.»

«Wer – Mrs. Badcock?»

«Ja. Sie erinnerte mich an eine gewisse Alison Wilde.»

«Und wer war diese Alison Wilde?»

«Sie gehörte zu den Menschen», sagte Miss Marple, «die keine Ahnung haben, wie das Leben ist. Sie besaß überhaupt keine Menschenkenntnis. Sie dachte auch nie an die andern. Und deshalb, verstehst du, passierten immer wieder Dinge, auf die sie nicht gefasst war.»

«Ich glaube, ich verstehe kein Wort von dem, was du sagst», erwiderte Mrs. Bantry.

«Es ist sehr schwer zu erklären», sagte Miss Marple entschuldigend. «Es kommt eigentlich daher, dass jemand besonders egozentrisch ist. Ich meine nicht egoistisch. Man kann trotzdem freundlich und selbstlos und sogar rücksichtsvoll sein. Aber wenn man so ist, wie zum Beispiel Alison Wilde war, dann überlegt man nie genau, was man tut, und so weiß man auch nie, was passieren kann.»

«Würdest du dich etwas deutlicher ausdrücken?»

«Vielleicht lässt es sich am besten mit einer kleinen Geschichte erklären. Wohlgemerkt, sie ist nicht passiert. Ich habe sie erfunden.»

«Nur los!»

«Also angenommen, du willst in irgendeinem Laden etwas kaufen und weißt, dass der Sohn der Ladeninhaberin nicht gerade der Typ des ehrbaren jungen Mannes ist. Der steht also dabei, während du seiner Mutter erzählst, dass du ziemlich viel Geld zu Hause herumliegen hast, oder Silber, oder Schmuck. Und du erwähnst obendrein, dass du abends eingeladen bist. Vielleicht erzählst du auch noch, dass du nie die Haustür verschließt. Du bist mit den Gedanken so bei der Sache, dass du nicht merkst, wie eifrig der junge Mann zuhört. Und nehmen wir weiter an, du kehrst an diesem bestimmten Abend noch einmal um, weil du was vergessen hast, und erwischst diesen üblen Burschen, wie er dich beklauen will, und er schlägt dich nieder.»

«Das kann heute bald jedem passieren», bemerkte Mrs. Bantry.

«Nicht unbedingt», sagte Miss Marple. «Denn die meisten Menschen besitzen einen gewissen Schutzinstinkt und merken, wann es klüger ist, etwas nicht zu sagen oder zu tun, weil es jemand falsch verstehen könnte. Aber wie ich schon sagte, Alison Wilde dachte immer nur an sich – sie gehörte zu der Sorte, die genau erzählen muss, was sie getan, erlebt, gehört oder gedacht hat. Für sie ist das Leben eine Art Einbahnstraße – es geht nur darum, wie sie vorankommen. Die Mitmenschen sind für sie nicht viel mehr als – als Tapeten in einem Zimmer.» Sie schwieg und meinte dann: «Auch Heather Badcock war so.»

«Du glaubst also», sagte Mrs. Bantry, «dass sie sich in etwas eingemischt hat, was sie nichts anging, ohne zu ahnen, was das für Folgen haben könnte?»

«Ohne zu erkennen, wie gefährlich es war», sagte Miss

Marple. «Ich kann mir keinen anderen Grund vorstellen, warum sie ermordet hätte werden sollen. Falls wir mit der Annahme Recht haben, dass es tatsächlich Mord war.»

«Glaubst du nicht, sie könnte jemanden erpresst haben?», fragte Mrs. Bantry.

«Nein, nein», wehrte Miss Marple ab. «Sie war eine harmlose, freundliche Person. So etwas hätte sie nie getan!» Sie schwieg einen Augenblick. «Die ganze Sache kommt mir so unwahrscheinlich vor. Aber sicherlich ist sie nicht – ist sie nicht …»

«Na?», drängte Mrs. Bantry.

«Sicherlich ist sie nicht irrtümlich getötet worden», sagte Miss Marple grübelnd.

Die Tür öffnete sich, und Doktor Haydock kam hereingefegt, gefolgt von einer aufgeregten Miss Knight.

«Aha!», rief er und musterte die beiden Damen, «wie ich sehe, sind Sie schon mitten dabei. Eigentlich wollte ich nur fragen, wie es Ihnen geht», sagte er, zu Miss Marple gewandt, «aber das erscheint mir jetzt überflüssig. Sie haben meine vorgeschlagene Behandlungsmethode bereits befolgt.»

«Was für eine Behandlungsmethode, Doktor?»

Haydock deutete auf das Strickzeug, das neben Miss Marple auf einem Tischchen lag. «Es wieder aufzuziehen. Oder anders gesagt, einem Problem auf den Grund gehen.»

Miss Marple blinzelte ganz leicht, auf eine diskrete, altdamenhafte Weise. «Hauptsache, Sie haben Ihren Spaß, Doktor!», sagte sie.

«Sie können mir kein X für ein U vormachen, meine Liebe! Dazu kenne ich Sie schon viel zu lange. Ein plötzlicher Todesfall in ‹Gossington Hall›, und die Münder in St. Mary Mead stehen keinen Augenblick still. Stimmt's? Sofort redet jeder von Mord, lange ehe das Ergebnis der gerichtlichen Voruntersuchung überhaupt feststeht.»

«Wann findet sie denn statt?», fragte Miss Marple unbeeindruckt.

«Übermorgen. Und bis dahin werden die Damen die ganze Geschichte durchgesprochen und ein Urteil gefällt haben. Sicherlich auch noch über eine Menge anderer Dinge. Also», fügte er hinzu, «ich werde hier nicht länger meine Zeit vertrödeln. Der Patient braucht mich nicht mehr. Die Wangen sind rosig, die Augen blitzen – Sie befinden sich eindeutig auf dem Wege der Besserung. Nichts geht über die Freude am Leben. Ich mache mich wieder auf die Beine.» Er stürmte hinaus.

«Er ist mir zehnmal lieber als Sandford», sagte Mrs. Bantry.

«Mir auch», stimmte Miss Marple zu. «Außerdem ist er ein so guter Freund», ergänzte sie nachdenklich. «Er kam nämlich nur, um mir grünes Licht zu geben.»

«Dann war es also doch Mord!», rief Mrs. Bantry. Sie sahen sich an. «Jedenfalls nehmen es die beiden Ärzte an.»

Miss Knight, die den Arzt hinausbegleitet hatte, brachte Kaffee. Zum ersten Mal in ihrem Leben waren die beiden Damen zu ungeduldig, um diese Unterbrechung genießen zu können. Nachdem Miss Knight wieder hinausgegangen war, sagte Miss Marple hastig:

«Also, Dolly, du warst dort, als ...»

«Praktisch habe ich es miterlebt», erwiderte Mrs. Bantry, nicht ohne einen gewissen Stolz.

«Großartig», sagte Miss Marple. «Ich meine – na, du weißt schon, was ich meine. Du kannst also ganz genau beschreiben, was passierte.»

«Ich wurde ins Haus gebeten», sagte Mrs. Bantry. «Weil ich zur feinen Gesellschaft gehöre.»

«Wer holte dich?»

«Ach, ein schlanker junger Mann, ich glaube, er ist Marina Greggs Sekretär oder so was. Er führte mich in den ersten Stock. Oben an der Treppe stand das Empfangskomitee.»

«An der Treppe?», fragte Miss Marple erstaunt.

«Es sieht da jetzt etwas anders aus. Die Wände zu einem Gästezimmer wurden herausgebrochen, so dass eine ziemlich große Halle entstand. Es ist recht hübsch geworden.»

«Und wer war alles da?»

«Marina Gregg, sehr charmant und natürlich, in einem grau-grünen Kleid, das ihr sehr gut stand. Und ihr Mann und diese Ella Zielinsky, ihre Sekretärin. Außerdem ungefähr – ungefähr acht oder zehn Leute, würde ich sagen. Ein paar kannte ich, ein paar nicht. Ein paar waren vom Film. Die kannte ich natürlich nicht. Der Pfarrer war da und Sandfords Frau. Sandford selbst erschien erst später. Dazu Oberst Clittering mit Frau und der große Sheriff. Ich glaube, auch ein Journalist. Und eine junge Frau, die ständig fotografierte.»

Miss Marple nickte. «Weiter.»

«Heather Badcock und ihr Mann kamen gleich nach mir. Marina Gregg sagte ein paar freundliche Worte zu mir, dann noch zu jemand anderem – ach ja, es war der Pfarrer –, und danach erschien Heather mit ihrem Mann. Sie ist die Sekretärin des Ortsvereins, weißt du. Jemand machte eine Bemerkung, dass sie sehr viel arbeite und unersetzlich sei, und Marina Gregg sagte irgendetwas Freundliches. Dann begann Mrs. Badcock – die ich übrigens ziemlich ermüdend fand, Jane –, eine lange Geschichte über eine frühere Begegnung mit Marina Gregg zu erzählen. Sie war nicht sehr taktvoll, denn sie beschrieb genau, wann es gewesen war, dass es schon viele Jahre her gewesen sei und so weiter. Ich bin überzeugt, dass Schauspielerinnen und Filmstars nicht gern daran erinnert werden, wie alt sie wirklich sind. Doch ich glaube, daran hat sie gar nicht gedacht.»

«Zu der Sorte Frauen gehörte sie nicht», sagte Miss Marple. «Und weiter?»

«Nun, es geschah nichts Besonderes. Nur Marina Gregg war nicht wie sonst.»

«Sie ärgerte sich?»

«Nein, nein, das meine ich nicht. Ich bin nicht mal sicher, dass sie auch nur ein einziges Wort von Mrs. Badcocks Geschwätz in sich aufnahm. Die ganze Zeit starrte sie auf einen Punkt hinter Mrs. Badcock. Nachdem sie dann mit ihrer ziemlich dummen Geschichte zu Ende war, entstand eine seltsame Stille. Dann sah ich ihr Gesicht.»

«Wen meinst du? Mrs. Badcock?»

«Nein, die Gregg. Sie schien tatsächlich kein Wort gehört zu haben. Sie starrte immer noch auf einen Punkt an der Wand hinter Mrs. Badcock, mit einem Ausdruck … ich weiß nicht, wie ich ihn beschreiben soll …»

«Versuch es, Dolly», sagte Miss Marple. «Es könnte wichtig sein.»

«Sie wirkte wie erstarrt», antwortete Mrs. Bantry zögernd, weil sie nach den richtigen Worten suchte, «als hätte sie etwas gesehen, das … Mein Gott, wie soll ich es schildern? Erinnerst du dich an das Gedicht ‹Lady of Shalott›? Wie heißt es da noch – Der Spiegel bekam einen Sprung, von der einen Seite bis zur andern, und Lady of Shalott rief: ‹Ich bin verdammt.› Ja, gerade so sah sie aus. Heute machen sich die Leute über Tennyson lustig, aber ‹Lady of Shalott› hat mir schon als junges Mädchen gefallen und gefällt mir immer noch.»

«Sie war wie erstarrt», wiederholte Miss Marple nachdenklich. «Und sie blickte auf einen Punkt an der Wand hinter Mrs. Badcock. Was gab es da zu sehen?»

«Ach, irgendein Bild», antwortete Mrs. Bantry. «Ich glaube, ein Italiener, die Kopie einer Madonna. Vielleicht Bellini, ich bin nicht sicher. Das Bild, auf dem die Jungfrau ein lächelndes Kind im Arm hält.»

Miss Marple runzelte die Stirn. «Ich verstehe nicht, warum sie das Bild so entsetzt haben kann.»

«Schließlich sieht sie es jeden Tag», stimmte ihr Mrs. Bantry bei.

«Es kamen immer noch Leute die Treppe herauf, nehme ich an?»

«Ja, natürlich.»

«Wer war es? Erinnerst du dich noch?»

«Du meinst, sie könnte jemanden angestarrt haben, der gerade heraufkam?»

«Wäre doch möglich, nicht wahr?»

«Ja, natürlich... Warte mal... da war der Bürgermeister in vollem Ornat, mit Kette und so, und seine Frau. Dann ein Mann mit langem Haar und einem komischen Bart, wie er heute Mode ist. Ziemlich jung. Und das Mädchen mit der Kamera. Sie hatte sich so aufgestellt, dass sie die heraufkommenden Gäste fotografieren konnte, wenn sie Marina Gregg die Hand gaben. Ja, es kamen zwei Leute, die ich nicht kannte. Wohl auch vom Film, und die Grices von ‹Lower Farm›. Sicherlich waren es noch mehr, aber an die andern erinnere ich mich nicht mehr.»

«Klingt nicht sehr hoffnungsvoll», stellte Miss Marple sachlich fest. «Was geschah weiter?»

«Ich glaube, Jason Rudd gab ihr einen Wink. jedenfalls riss sie sich zusammen. Sie lächelte Mrs. Badcock an und sagte ein paar freundliche Worte zu ihr. Du weißt schon, sie spielte die freundliche, charmante, ganz natürliche und ungezwungene Gastgeberin, all die bekannten Tricks.»

«Und weiter?»

«Dann reichte ihnen ihr Mann die Drinks.»

«Was für Drinks?»

«Daiquiris. Er behauptete, es sei das Lieblingsgetränk seiner Frau. Er reichte seiner Frau das eine Glas und Mrs. Badcock das andere.»

«Hochinteressant», sagte Miss Marple. «Wirklich, äußerst interessant! Und was geschah darauf?»

«Ich weiß es nicht, weil ich mit einer Schar Gänse die Badezimmer besichtigen ging. Als Nächstes kam diese Sekretärin angelaufen und erzählte, dass jemand schlecht geworden sei.»

7

Die vorgerichtliche Untersuchung war kurz und enttäuschend. Der Ehemann identifizierte die Tote, und laut medizinischem Befund war Mrs. Badcock an einer Dosis Hyäthyl-dexyl-barbo-quindeloritat gestorben, oder – um ehrlich zu sein, an etwas, das so ähnlich klang. Wie ihr das Mittel verabreicht worden war, konnte nicht geklärt werden. Die Sitzung wurde um zwei Wochen vertagt.

Nachdem es vorbei war, trat Kriminalinspektor Frank Cornish auf Arthur Badcock zu und fragte: «Könnte ich kurz mit Ihnen sprechen, Mr. Badcock?»

«Selbstverständlich. Selbstverständlich.» Badcock erinnerte noch mehr an ein Stück Bindfaden als gewöhnlich. «Ich begreife es nicht», murmelte er. «Ich begreife es einfach nicht.»

«Ich habe einen Wagen», sagte Cornish. «Wir könnten zu Ihrem Haus fahren. Dort sind wir ungestörter.»

«Danke, Sir. Ja, ich glaube auch, das wäre besser.»

Sie fuhren zur Arlington Close drei, und Cornish hielt vor dem freundlichen kleinen blauen Gartentor. Arthur Badcock ging voran, der Kriminalbeamte folgte ihm. Badcock holte sein Schlüsselbund hervor, doch ehe er den Schlüssel ins Schloss stecken konnte, wurde die Tür von innen geöffnet. Die Frau, die geöffnet hatte, trat einen Schritt zurück und schien etwas verlegen zu sein.

«Mary!», rief Badcock erstaunt.

«Ich habe gerade Tee gemacht, Arthur. Ich dachte, dass du gern eine Tasse trinken möchtest, wenn du zurückkommst.»

«Das ist sehr nett von dir», sagte Badcock dankbar. «Hm –» Er zögerte. «Dies ist Kriminalinspektor Cornish.» Und zu Cornish gewandt, fügte er erklärend hinzu: «Mrs. Bain ist eine Nachbarin.»

«Ich verstehe», sagte Cornish.

«Ich hole noch eine Tasse», sagte Mrs. Bain.

Sie verschwand. Badcock führte den Inspektor in das fröhliche Wohnzimmer mit den bunt bedruckten Vorhängen rechts vom Eingang.

«Sie ist sehr freundlich», sagte Badcock. «Sehr freundlich.»

«Sie kennen sie schon lange?»

«Nein. Erst seit wir hier wohnen.»

«Also seit zwei Jahren. Oder sind es schon drei?»

«Ungefähr drei», antwortete Badcock. «Mrs. Bain ist erst vor etwa sechs Monaten zugezogen», erklärte er dann. «Ihr Sohn arbeitet hier, und nach dem Tod ihres Mannes kam sie her und lebt jetzt bei ihm.»

In diesem Augenblick brachte Mrs. Bain das Teetablett aus der Küche herein. Sie war eine ziemlich energisch wirkende Frau von ungefähr vierzig Jahren und hatte dunkle Augen und dunkles Haar wie das einer Zigeunerin. Mit ihren Augen schien etwas nicht zu stimmen. Sie blickten sehr misstrauisch. Mrs. Bain stellte das Tablett auf den Tisch, und der Inspektor machte eine freundliche, unverbindliche Bemerkung. Irgendetwas, vielleicht der Kriminalbeamte in ihm, riet ihm zur Wachsamkeit. Der misstrauische Blick der Frau, ihr

Schreck, als Badcock sie vorstellte, waren ihm nicht entgangen. Dass sich die Leute in Gegenwart der Polizei unbehaglich fühlten, war ihm nichts Neues. Doch es gab zweierlei Unbehagen. Die einen empfanden eine Art natürlichen Misstrauens, eine instinktive Abwehr. Sie hatten Angst, unwissentlich gegen ein Gesetz verstoßen zu haben. Und es gab die anderen. Diese zweite Kategorie war hier im Raum vertreten, das spürte Cornish. Mrs. Bain, überlegte er, musste einmal mit der Polizei in Berührung gekommen sein aus einem Grund, der sie immer noch beunruhigte und misstrauisch machte. Er beschloss, sich bei nächster Gelegenheit näher über sie zu erkundigen. Nachdem Mrs. Bain das Tablett abgestellt hatte, erklärte sie, sie könne nicht bleiben, sie müsse nach Hause. Damit ging sie.

«Wirklich eine nette Frau», sagte Inspektor Cornish.

«Ja, das stimmt. Sehr freundlich ist sie, eine gute Nachbarin und sehr sympathisch», meinte Badcock.

«War sie auch mit Ihrer Frau befreundet?»

«Nein. Nein, das möchte ich nicht behaupten. Sie waren Nachbarinnen und verkehrten freundlich miteinander, nicht mehr.»

«Ich verstehe. Also, Mr. Badcock, wir brauchen so viele Informationen, wie wir nur bekommen können. Das Ergebnis der Untersuchung war sicherlich ein großer Schock für Sie.»

«Ja, Inspektor. Natürlich mussten Sie annehmen, dass etwas nicht stimmte, und ich vermutete es beinahe auch schon, weil Heather immer so gesund gewesen war. Praktisch war sie nie auch nur einen Tag krank gewesen. Aber es erscheint mir so unglaublich, wenn Sie verstehen, was ich meine, Inspektor. Wirklich vollkommen unfassbar! Was ist das für Zeug – dieses Hy-äthyl –» Er schwieg.

«Es gibt einen einfacheren Namen dafür», antwortete

Cornish, «unter dem es auch im Handel ist. Da heißt es einfach Calmo. Schon mal davon gehört?»

Badcock schüttelte verblüfft den Kopf.

«Es ist in den Staaten mehr verbreitet als hier», fuhr Cornish fort. «Soviel ich gehört habe, verschreibt man es dort sehr häufig.»

«Wofür?»

«Angeblich beruhigt es und hat eine positive Wirkung auf die geistige Verfassung eines Menschen», sagte Cornish. «Es wird bei Stresssituationen, gegen Depressionen und Angstzustände verschrieben. Gegen Schlaflosigkeit und noch viele andere Dinge. Wenn man die übliche Menge nimmt, ist es harmlos, doch eine Überdosis kann gefährlich sein. Ihre Frau hat das Sechsfache genommen.»

Badcock starrte ihn entgeistert an. «Heather hat nie in ihrem ganzen Leben so was genommen! Das weiß ich genau. Sie mochte überhaupt keine Medizin. Sie war auch nie deprimiert oder verängstigt. Sie gehörte zu den Menschen, die immer fröhlich und positiv sind.»

Der Inspektor nickte. «Aha. Und das Mittel war ihr von keinem Arzt verschrieben worden?»

«Bestimmt nicht. Davon bin ich völlig überzeugt.»

«Wer ist ihr Arzt?»

«Doktor Sims. Aber ich glaube nicht, dass sie mehr als einmal in seiner Sprechstunde war.»

«Also gehörte sie offenbar zu den Frauen, die ein solches Mittel nicht brauchen und auch nicht nehmen würden.»

«Sie hat so etwas nie genommen, da bin ich sicher. Es muss ein Irrtum gewesen sein.»

«Sehr schwierig, sich das vorzustellen», meinte Cornish. «Was hatte sie an jenem Nachmittag gegessen und getrunken?»

«Lassen Sie mich überlegen. Zu Mittag...»

«So weit brauchen Sie nicht zurückzugehen», sagte Cornish. «Bei der großen Dosis muss das Mittel schnell und plötzlich gewirkt haben. Wie ist es mit dem Nachmittagstee?»

«Nun, wir gingen in das Zelt am Park. Es war schrecklich voll, aber schließlich gelang es uns doch, ein Stück Kuchen und eine Tasse Tee zu bekommen. Wir beeilten uns, weil es drinnen so heiß war, und gingen sofort wieder.»

«Mehr war es nicht? Nur ein Stück Kuchen und eine Tasse Tee?»

«Ja.»

«Danach gingen Sie ins Haus. Stimmt das?»

«Ja. Die junge Dame erschien und sagte, dass Miss Marina Gregg sich freuen würde, meine Frau begrüßen zu können. Heather war natürlich begeistert. Seit Tagen hatte sie von nichts anderem als Marina Gregg geredet. Es war ja ein großes Ereignis! Nun, das wissen Sie selbst.»

«Da haben Sie Recht. Meine Frau war auch ganz aufgeregt. Von überall kamen die Leute. Sie zahlten den Shilling, um ‹Gossington Hall› zu sehen und weil sie hofften, einen Blick auf die Gregg erhaschen zu können.»

«Die junge Dame führte uns ins Haus», sagte Badcock, «und die Treppe hinauf. Dort fand der Empfang statt. Oben, am Ende der Treppe. Aber es sah ganz anders aus als früher, wie man mir erzählte. Es war ein großer Raum, eine Art Halle, mit Sesseln und Tischen, auf denen Gläser standen. Meiner Schätzung nach waren ungefähr zwölf Leute da.»

Inspektor Cornish nickte. «Wer hat Sie begrüßt?»

«Miss Marina Gregg selbst. Ihr Mann war auch da. Seinen Namen habe ich vergessen.»

«Jason Rudd», sagte Cornish.

«Ja. Ich habe ihn nicht sofort gesehen. Nun, jedenfalls begrüßte Miss Gregg Heather sehr freundlich und schien sich tatsächlich über ihr Kommen zu freuen, und Heather redete sehr viel und erzählte, wie sie vor Jahren auf den Bermudas ein Autogramm von Miss Gregg erhalten habe. Alles schien in bester Ordnung zu sein.»

«In bester Ordnung», echote der Inspektor. «Und dann?»

«Und dann fragte Miss Gregg, was wir trinken wollten. Und ihr Mann, Mr. Rudd, brachte Heather eine Art Cocktail.»

«Einen Daiquiri.»

«Stimmt, Sir. Er brachte zwei Gläser. Eines für sie und eines für seine Frau.»

«Und Sie? Was tranken Sie?»

«Einen Sherry.»

«Aha! Und Sie drei standen da und tranken?»

«Nein, so war es nicht. Wissen Sie, es kamen immer mehr Gäste die Treppe hoch. Der Bürgermeister kam und viele andere Leute – ein Amerikaner mit seiner Frau, glaube ich –, und deshalb gingen wir ein Stück weiter.»

«Und dann trank Ihre Frau den Cocktail?»

«Nein, da noch nicht.»

«Also, wann hat sie ihn nun getrunken?»

Badcock überlegte angestrengt mit gerunzelter Stirn. «Ich glaube», begann er zögernd, «ich glaube, sie stellte das Glas auf einem Tischchen ab. Sie hatte Freunde entdeckt. Jemand aus Much Benham, wenn ich mich recht erinnere. Jedenfalls unterhielt sie sich angeregt mit ihnen.»

«Und wann trank sie den Cocktail?»

«Etwas später. Es wurde immer voller. Jemand stieß gegen Heather, und sie verschüttete ihr Glas.»

«Was?» Cornish sah ihn scharf an. «Sie verschüttete ihr Glas?»

«Ja, jedenfalls habe ich es so in Erinnerung... Sie hatte das Glas wieder genommen und trank einen kleinen Schluck. Sie zog ein Gesicht, weil sie Cocktails eigentlich nicht mochte, verstehen Sie? Trotzdem ließ sie sich davon nicht die Laune verderben. Also – wie sie so dastand, stieß jemand gegen ihren Ellbogen, und sie verschüttete den Inhalt ihres Glases. Ihr Kleid wurde nass, und ich glaube, auch das von Miss Gregg. Aber Miss Gregg war reizend. Sie sagte, es sei gar nicht schlimm, und es mache keine Flecken. Sie gab Heather ihr Taschentuch, damit sie sich trockenreiben konnte. Dann gab ihr Miss Gregg das eigene Glas und sagte: ‹Nehmen Sie dies. Ich habe noch nicht davon getrunken.›»

«Sie gab ihr ihr eigenes Glas?», sagte der Inspektor. «Sind Sie sicher?»

Badcock schwieg einen Augenblick und überlegte. «Ja», antwortete er dann, «ich bin ganz sicher.»

«Und Ihre Frau nahm das Glas?»

«Zuerst wollte sie nicht. Sie sagte: ‹Nein, nein, das möchte ich nicht! › Miss Gregg lachte und erklärte: ‹Ich habe sowieso schon zu viel getrunken.›»

«Da nahm Ihre Frau das Glas. Und tat was?»

«Sie trank es ziemlich rasch aus. Dann traten wir in einen Gang und betrachteten ein paar Bilder und die Vorhänge. Es war so ein schöner Stoff. So was hatten wir noch nie gesehen. Dann traf ich einen Freund, Bürgermeister Allcock, und gerade als ich ihn begrüßt hatte, merkte ich plötzlich, dass Heather in einem Sessel saß und ganz seltsam aussah. Ich ging zu ihr und fragte, was los sei. Sie fühle sich so seltsam, meinte sie.»

«Wie denn?»

«Ich weiß auch nicht. Es passierte alles so schnell. Ihre Stimme klang sehr komisch und gepresst, und ihr Kopf wackelte ein wenig. Plötzlich rang sie nach Luft, ihr Kopf sank nach vorn, und sie war tot. Tot!»

«In St. Mary Mead, sagen Sie?» Chefinspektor Craddock blickte auf. Der stellvertretende Polizeipräsident war etwas erstaunt. «Ja», erwiderte er. «In St. Mary Mead. Warum? Spielt es eine …»

«Eigentlich nicht», sagte Dermot Craddock.

«Ein ziemlich kleiner Ort, wie ich höre», fuhr der andere fort. «Obwohl dort jetzt eine Menge neuer Häuser entstehen. Fast die ganze Gegend zwischen St. Mary Mead und Much Benham ist schon bebaut. Die Hellingforth Studios», fügte er hinzu, «liegen auf der anderen Seite, in Richtung Market Basing.» Er machte immer noch ein zweifelndes Gesicht. Craddock fand, dass er ihm eine Erklärung schuldig war.

«Ich kenne jemanden, der dort wohnt», sagte er. «In St. Mary Mead. Eine alte Dame. Eine sehr alte Dame sogar. Vielleicht ist sie schon gestorben. Ich weiß es nicht genau …»

Sein Vorgesetzter verstand, was er damit sagen wollte, oder glaubte es jedenfalls. «Ja», meinte er, «damit hätten Sie gewissermaßen einen Fuß in der Tür. Der lokale Klatsch ist immer nützlich. Die ganze Sache ist höchst seltsam.»

«Will uns die Grafschaftsverwaltung hinzuziehen?», fragte Graddock.

«Ja. Ich habe hier ein Schreiben vom Chef. Man glaubt nicht, dass der Fall in die Zuständigkeit der Ortspolizei fällt. Der größte Besitz der Gegend, ‹Gossington Hall›, wurde kürzlich an Marina Gregg verkauft, den Filmstar. Ihr Mann dreht einen Film mit der Gregg in der Hauptrolle in seinen neuen Studios, in Hellingforth. Im Park fand ein Wohltätigkeitsfest zugunsten der ‹St. John's Ambulance› statt. Die Tote, eine gewisse Mrs. Heather Badcock, war die Sekretärin der dortigen Ortsstelle und hatte bei der Organisation des Festes mitgemacht. Sie soll eine tüchtige, vernünftige Person gewesen sein, überall beliebt.»

«Eine von diesen Wichtigtuerinnen?»

«Möglich. Trotzdem werden solche wichtigtuerischen Frauen meinen Erfahrungen nach selten ermordet. Ich verstehe eigentlich nicht, warum das der Fall ist. Wenn man es recht bedenkt, manchmal sogar bedauerlich. Offenbar brach das Fest alle Rekorde, was die Besucherzahl anbelangt. Es war schönes Wetter, alles lief wie am Schnürchen. Marina Gregg und ihr Mann veranstalteten eine Art Privatempfang im Haus selbst. Ungefähr dreißig oder vierzig Gäste. Die Honoratioren des Ortes, verschiedene Leute der ‹St. John's Ambulance›, Freunde der Gregg selbst und Kollegen aus den Studios. Alle sehr harmlos, nett und fröhlich. Trotzdem wurde Heather Badcock vergiftet, was für eine phantastische Vorstellung. Unglaublich!»

«Komischer Ort für so etwas», sagte Craddock nachdenklich.

«Genau das ist auch die Meinung vom Chef. Wenn jemand die Badcock vergiften wollte, warum ausgerechnet an jenem Nachmittag und in jenem Haus? Es gab hundert einfachere Methoden. Außerdem eine riskante Geschichte, wissen Sie, eine tödliche Dosis in einen Cocktail zu praktizieren, wenn zwanzig oder dreißig Leute herumlaufen. Jemand muss doch etwas beobachtet haben!»

«War es wirklich im Cocktail?»

«Ja, das steht fest. Die Einzelheiten habe ich hier. Eines der Mittel mit einem unendlich langen Namen, die den Ärzten so gefallen, aber offensichtlich kein ausgefallenes Medikament. In den Staaten wird es sehr viel verschrieben.»

«Ach, in Amerika?»

«Hier auch. Aber auf der anderen Seite des Atlantiks geht man großzügiger damit um. In kleinen Dosen ist es sehr nützlich.»

«Ist es nur auf Rezept erhältlich oder auch ohne?»

«Nur auf Rezept.»

«Wie seltsam», sagte Craddock. «Hatte diese Heather Badcock irgendwelche Verbindungen zu den Filmleuten?»

«Gar keine.»

«Könnte es ein Familienmitglied sein?»

«Es gibt nur einen Ehemann.»

«Einen Ehemann», wiederholte Craddock nachdenklich.

«Ja, an den denkt man als Erstes», stimmte sein Vorgesetzter zu. «Aber unser Mann dort – Cornish heißt er wohl –, hält nichts von dieser Möglichkeit, obwohl er in seinem Bericht vermerkt, dass Badcock ihm nervös erschien, aber er meint auch, dass die anständigsten Leute häufig so reagieren, wenn sie von einem Polizeibeamten ausgefragt werden. Sie scheinen eine gute Ehe geführt zu haben.»

«Mit andern Worten, der Kollege glaubt nicht, dass der Ehemann unser Vogel ist. Nun, es könnte ein interessanter Fall sein. Ich vermute doch richtig: Sie wollen mich hinschicken, Sir?»

«Ja. So schnell wie möglich. Wer soll Sie begleiten?»

Craddock überlegte kurz. «Am besten Tiddler», antwortete er dann. «Er ist ein guter Mann, und was noch wichtiger ist, er geht gern ins Kino. Vielleicht ist das ganz nützlich.»

«Na, dann viel Glück.»

«Nein, so was!», rief Miss Marple und errötete vor Staunen und Freude. «Das ist eine Überraschung! Wie geht es dir, mein lieber Junge? Obwohl du ja jetzt kein kleiner Junge mehr bist. Was bist du geworden, Chefinspektor oder Commander, wie man das heutzutage nennt?»

Craddock sagte es ihr.

«Ich brauche wohl nicht zu fragen, was dich hierher verschlagen hat», meinte Miss Marple dann. «Unser Mord hat also selbst bei Scotland Yard Interesse erregt.»

«Der Fall ist mir übertragen worden», antwortete Craddock. «Und natürlich ging ich nach meiner Ankunft sofort ins Hauptquartier.»

«Willst du damit andeuten –» Miss Marple wurde ein wenig verlegen.

«Ja, liebe Tante», antwortete Dermot Craddock. «Damit meinte ich dich.»

«Ich fürchte», erwiderte Miss Marple bedauernd, «ich bin etwas aus der Übung. Ich gehe nicht mehr viel weg.»

«Du bist jedenfalls so unternehmungslustig, dass du herumspazierst, hinfällst und von einer Frau Hilfe erhältst, die zehn Tage später tot ist», bemerkte Craddock trocken.

Miss Marple schnalzte mit der Zunge, ein Geräusch, das man mit «tat-tat», hätte umschreiben können. «Ich weiß nicht, wo du das gehört hast», sagte sie.

«Das solltest du aber», antwortete Craddock. «Du hast mir selbst mal erzählt, dass in einem kleinen Ort jeder alles weiß.» Er lächelte. «Und erlaube mir eine private Frage. Hast du gleich geahnt, dass sie ermordet werden würde? Ich meine, schon als du sie zum ersten Mal sahst?»

«Natürlich nicht! Natürlich nicht!», rief Miss Marple. «Was für eine Vorstellung!»

«Du hast nicht im Auge des Ehemannes den gewissen Blick gesehen, der dich an Harry Simpson erinnerte oder David Jones oder jemanden, den du vor Jahren gekannt hast und der seine Frau in einen Abgrund stieß?»

«Nein, wirklich nicht!», sagte Miss Marple. «Ich bin überzeugt, Mr. Badcock würde niemals so etwas Verrücktes tun. Zumindest», fügte sie nachdenklich hinzu, «bin ich beinahe sicher.»

«Aber so wie die menschliche Natur nun einmal beschaffen ist...», murmelte Craddock anzüglich.

«Eben!», sagte Miss Marple. Und fügte hinzu: «Ich möchte behaupten, dass er sie nach dem ersten Kummer nicht mehr sehr vermissen wird…»

«Warum? Hat sie ihn schlecht behandelt?»

«Nein, nein», wehrte Miss Marple ab. «Nur – sie war keine sehr rücksichtsvolle Person. Freundlich wohl, aber nicht rücksichtsvoll. Sie mochte ihn und kümmerte sich um ihn, wenn er krank war, sie kochte für ihn und war eine gute Hausfrau, aber ich glaube nicht, dass sie je gewusst hat, was er dachte oder fühlte. Das kann einen Mann sehr einsam machen.»

«Aha», sagte Craddock. «Und jetzt wird sein Leben weniger einsam sein?»

«Er wird sicherlich wieder heiraten», erklärte Miss Marple überzeugt. «Vielleicht schon bald. Und vermutlich eine Frau vom gleichen Typ, was sehr bedauerlich wäre. Ich meine damit, dass er jemanden heiraten wird, der stärker ist als er.»

«Schon jemand in Aussicht?», fragte Craddock.

«Nicht dass ich wüsste», erwiderte Miss Marple und fügte bedauernd hinzu: «Aber ich weiß ja auch so wenig.»

«Nun, und was denkst du?», fragte Craddock drängend. «Du hast dich noch nie gescheut, dir deine eigenen Gedanken zu machen.»

«Ich finde», sagte Miss Marple unvermutet, «du solltest Mrs. Bantry besuchen.»

«Mrs. Bantry? Wer ist das? Gehört sie zu den Filmleuten?»

«Nein, sie wohnt in einem kleinen Haus im Park von ‹Gossington› und war auch auf dem Fest. Früher hat ihr der Besitz mal gehört. Ihr und ihrem Mann, Oberst Bantry.»

«Sie war also auch auf diesem Fest? Hat sie was gesehen?»

«Am besten erzählt sie es dir selbst. Vielleicht hältst du es für nicht wichtig, aber ich glaube, es könnte – wohlgemerkt könnte – etwas bedeuten. Sag ihr, dass ich dich geschickt habe und – ja, erwähne auch ‹Lady of Shalott›.»

Mit leicht zur Seite geneigtem Kopf sah sie Craddock an. «‹Lady of Shalott› – ist das ein Codewort?»

«So würde ich es kaum nennen», sagte Miss Marple, «aber dann weiß sie, was ich meine.»

Craddock stand auf. «Ich muss gehen», sagte er. «Aber ich komme wieder!», fügte er warnend hinzu.

«Ich würde mich freuen», antwortete Miss Marple. «Vielleicht findest du mal Zeit, mit mir Tee zu trinken. Falls du überhaupt noch Tee trinkst», sagte sie etwas besorgt. «Heute wollen die meisten jungen Leute nur noch Drinks und so etwas. Tee am Nachmittag ist für sie etwas sehr Altmodisches.»

«So jung bin ich auch nicht mehr», sagte Craddock. «Ja, ich komme mal vorbei und trinke mit dir Tee. Dann können wir uns länger unterhalten, auch über den Ort und seine Bewohner. Kennst du einen von den Filmstars oder Studioleuten?»

«Keinen einzigen», antwortete Miss Marple. «Nur was man mir so erzählt.»

«Na, gewöhnlich erfährst du doch eine Menge», erwiderte Craddock. «Also bis bald. Es war schön, dich wiederzusehen.»

«Oh, guten Tag», sagte Mrs. Bantry mit leicht erstauntem Blick, nachdem Craddock sich vorgestellt und erklärt hatte, warum er gekommen sei. «Wie aufregend, Sie kennen zu lernen. Ist es nicht üblich, dass ein Sergeant Sie begleitet?» .

«Ich habe einen Sergeanten da, ja», sagte Craddock. «Er hat zu tun.»

«Routinebefragungen?», meinte Mrs. Bantry hoffnungsvoll.

«So ungefähr», sagte Craddock kühl.

«Und Jane Marple schickt Sie zu mir», sagte Mrs. Bantry, während sie ihn in das kleine Wohnzimmer führte. «Ich war gerade beim Blumenordnen», erklärte sie. «Heute ist so ein Tag, an dem sie machen, was sie wollen, entweder sie fallen wieder aus der Vase oder stehen zu weit ab – jedenfalls bin ich froh, dass ich abgelenkt werde, besonders, wenn es eine so aufregende Ablenkung ist. Es war also doch Mord?»

«Haben Sie das angenommen?»

«Nun, es hätte auch ein Unfall sein können», antwortete Mrs. Bantry. «Niemand hat etwas Genaues gesagt, ich meine von offizieller Seite. Nur diese etwas seltsame Sache, dass es keinen Beweis dafür gab, wie und mit was ihr das Mittel eingegeben wurde. Aber natürlich redeten wir alle von einem Mord.»

«Und wer der Täter sein könnte?»

«Komischerweise sprachen wir nicht darüber. Weil wir einfach niemand kennen, der in Frage käme.»

«Sie meinen, der es unbemerkt hätte tun können?»

«Nein, nein. Ich meine, wir kennen niemanden, der ein Motiv gehabt haben könnte.»

«Sie glauben also, dass Heather Badcock keine Feinde hatte?»

«Offen gestanden, ich kann mir nicht vorstellen, warum jemand Heather Badcock hätte umbringen wollen. Ich habe sie mehrmals bei irgendwelchen Veranstaltungen der Gemeinde getroffen – Pfadfinderinnentreffen, Tagungen der ‹St. John's Ambulance› oder Versammlungen im Pfarrhaus. Ich fand, dass sie ziemlich anstrengend war. Von allem sofort begeistert, zu Übertreibungen neigend und dazu auch noch ziemlich gefühlsselig. Doch deswegen bringt man einen Menschen nicht gleich um. Sie war der Typ Frau, die man in alten Zeiten durchs Dienstmädchen hätte abwimmeln lassen. Wir hatten früher eines – eine sehr nützliche Einrichtung.»

«Sie meinen, man gab sich große Mühe, ihr aus dem Weg zu gehen, aber man wünschte ihr nicht gleich das Schlimmste.»

«Sehr gut ausgedrückt», erwiderte Mrs. Bantry und nickte.

«Sie besaß auch kein nennenswertes Vermögen», überlegte Craddock, «so dass ihr Tod niemandem finanzielle Vorteile brachte. Und so unbeliebt war sie nicht, dass man von Hass sprechen könnte. Erpressung kommt wohl nicht in Frage?»

«Daran hätte sie nicht mal im Traum gedacht!», erwiderte Mrs. Bantry. «Sie war eine Frau mit Grundsätzen und nahm es mit allem sehr genau.»

«Hatte ihr Mann vielleicht eine Freundin?»

«Halte ich für ziemlich unwahrscheinlich», antwortete Mrs. Bantry trocken. «Ich habe ihn zwar nur auf dem Fest gesehen. Er ist dünn wie ein Stück Bindfaden. Ein netter Mensch.»

«Da bleibt nicht mehr viel, nicht wahr? Man landet wieder bei der Vermutung, dass sie irgendetwas wusste.»

«Etwas wusste?»

«Das jemandem schaden konnte.»

Wieder schüttelte Mrs. Bantry den Kopf. «Ich bezweifle es», sagte sie, «ich bezweifle es sogar sehr! Sie gehörte zu den Frauen, die nichts für sich behalten können. Wenn sie etwas über irgendjemand gewusst hätte, würde sie es herumerzählt haben.»

«Damit wäre auch dieser Punkt erledigt», sagte Craddock. «Wenn Sie erlauben, komme ich jetzt zum Grund meines Besuches. Miss Marple, vor der ich den größten Respekt habe, riet mir, dass ich ‹Lady of Shalott› erwähnen sollte.»

«Ach, *das*!» rief Mrs. Bantry.

«Ja, *das*! Allerdings weiß ich nicht, was es bedeuten soll.»

«Tennyson wird heute nicht mehr viel gelesen», erklärte Mrs. Bantry.

«Jetzt erinnere ich mich wieder», sagte Craddock. «Wenn auch nur vage … Der Spiegel bekam einen Sprung, von der einen Seite bis zur andern, und Lady of Shalott rief: ‹Ich bin verdammt!› oder so ähnlich.»

«Ja. Und genauso sah sie aus.»

«Entschuldigen Sie, ich verstehe Sie nicht. Wen meinen Sie?»

«Marina Gregg.»

«Aha. Marina Gregg. Wann war das?»

«Hat Jane es Ihnen nicht erzählt?»

«Nein. Sie hat mir gar nichts erzählt. Sie hat mich nur zu Ihnen geschickt.»

«Das war nicht nett von ihr, denn sie kann Ereignisse viel besser schildern als ich. Mein Mann sagte immer, dass er nie genau wüsste, wovon ich redete, weil ich so sprunghaft sei. Nun, es kann auch nur Einbildung gewesen sein. Doch wenn jemand ein so entsetztes Gesicht macht, vergisst man es nicht so schnell.»

«Bitte, erzählen Sie!»

«Also, es war auf jenem Fest. Es war ein Fest. Wie sollte man es sonst nennen? Am oberen Ende der Treppe fand eine Art Empfang statt. Bei der Renovierung waren die Wände eines Gästezimmers eingerissen worden, und dadurch war eine Halle entstanden, ein ziemlich großer Vorraum sozusagen. Marina Gregg war dort und ihr Mann auch. Sie baten ein paar Gäste hinauf. Mich ließen sie wohl holen, weil mir das Haus einmal gehörte. Und Heather Badcock und ihren Mann, weil sie bei der Organisation des Festes mitgemacht hatte. Zufällig gingen wir ungefähr zur gleichen Zeit die Treppe hinauf, und deshalb stand ich noch in der Nähe, als es mir auffiel.»

«Als Ihnen was auffiel?»

«Also – Mrs. Badcock redete vor Aufregung noch mehr als gewöhnlich, wie das die Leute häufig tun, wenn sie jemand Berühmtes kennen lernen. Sie wissen schon – wie wundervoll es sei und wie aufregend und dass sie immer schon davon geträumt habe, sie wiederzusehen. Und sie begann eine lange Geschichte darüber, dass sie sich vor Jahren schon einmal begegnet seien und wie aufgeregt sie schon damals gewesen sei. Und ich dachte bei mir, wie lästig es für diese armen berühmten Leute sein musste, ständig Konversation zu machen. Und dann entdeckte ich, dass Marina Gregg diesmal nicht die üblichen freundlichen und unverbindlichen Bemerkungen machte. Sie stand da wie versteinert.»

«Wie versteinert?»

«Sie schien Mrs. Badcock völlig vergessen zu haben. Ich meine, ich glaube, sie hat gar nicht aufgefasst, was Mrs. Badcock sagte. Sie stand wie erstarrt da, mit entsetztem Gesicht und diesem, wie ich es nenne, Lady-of-Shalott-Blick, als habe sie etwas Entsetzliches gesehen. Etwas, vor dem sie Angst hatte, etwas, das so unfassbar war, dass sie es kaum ertragen konnte.»

«Als sei sie verdammt?», half Craddock nach.

«Ja, genau das! Deshalb nenne ich es den Lady-of-Shalott-Blick.»

«Aber was oder wen sah sie denn?»

«Wenn ich das wüsste», sagte Mrs. Bantry.

«Sie befand sich oben an der Treppe, sagen Sie?»

«Sie blickte auf eine Stelle über Mrs. Badcocks Kopf – nein, eher hinter ihrer Schulter.»

«Auf eine Stelle der Treppe?»

«Etwas seitlich.»

«Und kamen Gäste herauf?»

«Ja, ich glaube, fünf oder sechs Leute.»

«Blickte sie auf jemand bestimmten?»

«Ich kann es nicht sagen», erwiderte Mrs. Bantry. «Verstehen Sie, ich sah nicht in die gleiche Richtung. Ich blickte ja sie an. Ich stand mit dem Rücken zur Treppe. Erst vermutete ich, dass sie eines der Bilder ansah.»

«Aber die Bilder dürfte sie doch kennen! Schließlich wohnt sie dort.»

«Ja, eben. Nein, ich nehme auch an, dass es ein Gast war. Ich frage mich nur, welcher.»

«Wir werden uns bemühen, das herauszufinden», erklärte Craddock. «Erinnern Sie sich noch, wer alles da war?»

«Nun – zum Beispiel der Bürgermeister und seine Frau. Und ein Mann, den ich für einen Reporter hielt, mit rotem Haar. Später wurde ich mit ihm auch bekannt gemacht, aber Namen merke ich mir nie. Galbraith – so ähnlich hieß er. Außerdem ein sehr dunkler großer Mann. Natürlich meine ich keinen Neger, er war nur sehr dunkel und wirkte sehr kraftvoll. Und eine Schauspielerin begleitete ihn. Viel zu blond, der Typ, der immer einen Nerz trägt. Außerdem der alte General Barnstaple aus Much Benham. Er ist jetzt ziemlich verkalkt, der arme Knabe. Ich glaube nicht, dass er einem noch einen Schrecken einjagen könnte. Ach ja, die Grices vom Gut waren auch dabei.»

«Sind das alle Gäste, an die Sie sich erinnern?»

«Sicher kenne ich noch mehr, aber ich habe nicht genauer aufgepasst, verstehen Sie. Ich weiß noch, dass der Bürgermeister und General Barnstaple und die Amerikaner ungefähr zu diesem Zeitpunkt eintrafen. Ein paar Leute machten Fotos. Einer stammte aus unserem Ort, ein Mädchen war aus London gekommen. Sie machte auf Künstlerin und hatte langes Haar und eine große Kamera.»

«Sie glauben, dass einer dieser Gäste an Marina Greggs entsetztem Gesichtsausdruck schuld war?»

«Ich habe gar nichts geglaubt», antwortete Mrs. Bantry mit entwaffnender Offenheit. «Ich überlegte nur, warum, in aller Welt, sie so entsetzt war, und dann vergaß ich es. Doch später fallen einem solche Dinge wieder ein. Ich kann es mir auch nur eingebildet haben», fügte Mrs. Bantry ehrlich hinzu, «denn vielleicht hatte sie plötzlich Zahnweh oder wurde von einer Sicherheitsnadel gestochen, oder sie bekam heftige Bauchschmerzen. Man bemüht sich zu tun, als ob nichts wäre, aber das Gesicht verrät einen. Vielleicht war es nur irgendetwas ganz Harmloses.»

Craddock lachte. «Es ist mir ein Vergnügen, feststellen zu können, dass Sie Realistin sind, Mrs. Bantry», sagte er. «Möglich, dass sich die Sache als unbedeutend herausstellt. Aber es ist doch ein interessanter Punkt, der vielleicht weiterführt.»

Craddock verabschiedete sich und fuhr nach Much Benham, um mit seinen dortigen Kollegen Kontakt aufzunehmen.

9

«Sie haben hier also nur Nieten gezogen», stellte Craddock fest und bot Cornish das Zigarettenetui an.

«Ja», antwortete Cornish. «Keine Feinde, kein Streit, eine gute Ehe.»

«Keine andere Frau, kein anderer Mann?»

Sein Gegenüber schüttelte den Kopf. «Nichts dergleichen. Nirgends der Hinweis auf einen Skandal. Sie war nicht das, was man als Sexbombe bezeichnen könnte. Sie arbeitete bei einem Haufen Vereine mit, saß in Ausschüssen und so weiter, und natürlich gab es da auch schon mal Eifersüchteleien, aber nichts von Bedeutung.»

«Wollte der Mann sich vielleicht scheiden lassen und jemand anders heiraten, eine Kollegin aus dem Büro etwa?»

«Er arbeitet bei Biddle und Russell, den Grundstücksmaklern. Da gibt's nur noch Florrie West mit ihren Polypen und Miss Grundle, die mindestens fünfzig ist, solide wie ein Wanderschuh. An der ist nichts dran, was einen Mann reizen könnte. Obwohl es mich nicht wundern würde, wenn er bald wieder heiratete.»

Craddock sah ihn interessiert an.

«Eine Nachbarin», erklärte Cornish. «Sie ist Witwe. Als wir von der Voruntersuchung kamen, war sie da und hatte Tee gemacht. Er wirkte überrascht und dankbar. Wenn Sie mich fragen, so hat sie beschlossen, ihn zu heiraten, bloß weiß er es noch nicht, der arme Kerl.»

«Was für eine Frau ist sie?»

«Hübsch», gab Cornish zu. «Nicht mehr jung, aber hübsch, dunkelhaarig wie eine Zigeunerin. Kräftiger Teint, dunkle Augen.»

«Wie heißt sie?»

«Bain. Mrs. Mary Bain.»

«Was war ihr Mann?»

«Keine Ahnung. Ihr Sohn arbeitet hier irgendwo, deshalb lebt sie bei ihm. Sie macht einen ruhigen, anständigen Eindruck. Trotzdem habe ich das Gefühl, ihr schon mal begegnet zu sein.» Er warf einen Blick auf seine Uhr. «Zehn vor zwölf. Ich habe Sie für zwölf Uhr in ‹Gossington Hall› angemeldet. Am besten brechen wir jetzt auf.»

Chefinspektor Craddocks Augen, die immer leicht unaufmerksam zu blicken schienen, beobachteten in Wirklichkeit sehr scharf. Im Geist machte er eine genaue Bestandsaufnahme von «Gossington Hall». Inspektor Cornish hatte ihn hingefahren, einem Mann namens Hailey Preston übergeben und war taktvoll wieder verschwunden. Seitdem hatte Craddock ab und zu freundlich genickt, während er dem Redestrom lauschte, den Mr. Preston von sich gab. Soviel der Chefinspektor erfuhr, war Preston eine Art Pressesprecher für Jason Rudd oder sein persönlicher Assistent oder sein Privatsekretär oder, was wahrscheinlicher war, eine Mischung aus allen dreien. Er redete offen und ausführlich, ohne die Stimme zu heben oder zu senken, wobei es ihm wunderbarerweise gelang, sich nicht zu oft zu wiederholen. Er war ein freundlicher junger Mann, der gern alle Leute, in deren Gesellschaft er sich zufällig befand, zu seinen eigenen Meinungen bekehren wollte, die in dem gipfelten, was Doktor Pangloss auch schon festgestellt hatte – dass dies die beste aller Welten sei. Er sagte mehrmals und auf verschiedene Art, was für eine schreckliche Geschichte es sei, wie entsetzt alle seien, dass Marina völlig erledigt und ihr Mann aufgeregter darüber sei, als man ahne. Dass dies überhaupt habe passieren können, sei der Gipfel, nicht wahr? Möglicherweise habe eine Art Allergie auf eine bestimmte Substanz bestanden? Er meine dies nur als Anregung – Allergien seien eine höchst seltsame Sache. Chefinspektor Craddock könne mit jeder nur erdenklichen Hilfe durch die Filmstudios und deren Angestellten rechnen. Er könne so viele Fragen stellen, wie er Lust habe, und sich umsehen, wo er wolle. Wenn sie helfen könnten, würden sie helfen. Sie hätten alle die größte Achtung vor Mrs. Badcock gehabt und ihren starken Gemeinsinn bewundert. Für die «St. John's Ambulance», habe sie gute Arbeit geleistet und viel getan.

Dann begann er wieder von vorne, nicht mit denselben Worten, aber dem Inhalt nach war es das Gleiche. Niemand hätte hilfsbereiter sein können als Mr. Preston. Gleichzeitig ließ er auch durchblicken, wie weit dieses Ereignis von der künstlichen Welt der Studios entfernt war. Und auch von Mr. Rudd und Miss Gregg und jedem anderen Hausbewohner, die trotzdem alles in ihrer Macht Stehende tun würden, um den Chefinspektor zu unterstützen. Zur Bestätigung nickte er mehrmals. Craddock ergriff die Gelegenheit am Schopf und sagte in die entstandene Pause hinein:

«Vielen herzlichen Dank.»

Er sagte dies sehr gelassen, doch in einem so endgültigen Ton, dass Mr. Preston seinen Redeschwung verlor. «Hm –», machte er und schwieg wieder.

«Sie meinen, ich könne ein paar Fragen stellen?»

«Natürlich! Natürlich! Schießen Sie los!»

«Ist dies hier der Ort, an dem sie starb?»

«Mrs. Badcock?»

«Mrs. Badcock. Ist dies der Ort?»

«Ja, natürlich. Genau hier. Oder jedenfalls ... also, ich kann Ihnen sogar den Sessel zeigen.»

Sie standen in der Halle am oberen Ende der Treppe. Preston ging ein kurzes Stück den Gang entlang und deutete auf einen ziemlich unecht wirkenden Eichensessel.

«In dem ist sie gesessen», erklärte Preston. «Sie sagte, ihr sei nicht gut. Jemand lief weg, um irgendein Mittel zu holen, und dann starb sie einfach, hier in dem Sessel.»

«Ich verstehe.»

«Ich weiß nicht, ob sie bei einem Arzt in Behandlung war. Wenn man festgestellt hatte, dass ihr Herz ...»

«Mit ihrem Herzen war alles in Ordnung», erwiderte Craddock. «Sie war kerngesund. Sie starb an der sechsfachen Dosis eines Mittels, dessen offizielle Bezeichnung ich vergessen habe und das allgemein unter dem Namen Calmo bekannt ist.»

«Ich kenne es, ich kenne es», sagte Preston. «Hin und wieder nehme ich es selbst.»

«Tatsächlich? Wie interessant. Taugt es etwas?»

«Es ist hervorragend. Es möbelt auf und beruhigt gleichzeitig, wenn Sie verstehen, was ich meine. Natürlich nur», fügte er hinzu, «in der richtigen Menge.»

«Ist das Mittel hier im Haus vorrätig?»

Er kannte die Antwort, doch er stellte die Frage, als habe er keine Ahnung. Preston war die Ehrlichkeit in Person. Er erwiderte, ohne lange zu überlegen:

«Haufenweise. Sicherlich liegt in jedem Medizinschränkchen eine Packung.»

«Was uns die Arbeit nicht gerade erleichtert.»

«Natürlich nicht», stellte Preston nüchtern fest. «Sie kann das Zeug auch genommen haben und wusste nicht, dass sie allergisch drauf war.»

Craddock wirkte nicht überzeugt. Preston seufzte und meinte: «Die Höhe der Dosis wurde einwandfrei festgestellt?»

«Ja. Es war eine tödliche Menge. Außerdem nahm Mrs. Badcock keine solchen Mittel. Soviel wir erfahren haben, nahm sie höchstens mal ein Aspirin oder Natriumbicarbonat.»

Preston schüttelte den Kopf. «Das gibt uns wirklich Rätsel auf, wirklich!»

«Wo haben Mr. Rudd und seine Frau die Gäste empfangen?»

«Genau hier», rief Preston und kehrte in die Halle am Ende der Treppe zurück.

Chefinspektor Craddock stellte sich neben ihn und blickte zur gegenüberliegenden Wand. In der Mitte hing eine Madonna mit Kind, er nahm an, die Kopie eines bekannten Werkes. Die Madonna im blauen Mantel hielt den Jesusknaben empor, und Mutter und Kind lächelten. Eine kleine Gruppe von Menschen stand auf jeder Seite, die Blicke zum Kind erhoben. Ein heiteres Bild, dachte Craddock. Rechts und links des Gemäldes befanden sich zwei schmale Fenster. Die Wirkung war sehr reizvoll, und Chefinspektor Craddock konnte sich beim besten Willen nicht vorstellen, wo hier die Ursache für Marina Greggs Entsetzen hätte sein können.

«Natürlich kamen immer wieder Gäste die Treppe herauf?», fragte er.

«Ja, aber nicht ständig. Sie erschienen in kleinen Gruppen, manche habe ich geholt, andere schleppte Ella Zielinsky an, Mr. Rudds Sekretärin. Es sollte alles ungezwungen und heiter sein.»

«Waren Sie hier, als Mrs. Badcock eintraf?»

«Zu meiner Schande muss ich gestehen, dass ich mich nicht erinnere, Chefinspektor. Ich hatte eine Liste mit Namen und zog immer wieder los und holte die Gäste. Ich stellte sie vor, brachte ihnen etwas zu trinken und verschwand, um die nächste Fuhre zu holen. Damals kannte ich diese Mrs. Badcock noch nicht, und ihr Name stand auch nicht auf meiner Liste.»

«Und Mrs. Bantry?»

«Ach ja, die frühere Besitzerin, nicht wahr? Ich glaube, dass sie und Mrs. Badcock und ihr Mann ungefähr zur gleichen Zeit eintrafen. Und der Bürgermeister auch.» Er schwieg einen Augenblick. «Er trug seine dicke Amtskette. Seine Frau begleitete ihn, sie hat gelbes Haar und steckte in was Königsblauem mit Fransen. Ich erinnere mich wieder. Ich habe ihnen keine Drinks besorgt, weil ich wieder weg musste, um Nachschub heranzuschleppen.»

«Wer hat ihnen dann etwas zu trinken besorgt?»

«Tja, das kann ich nicht genau sagen. Drei oder vier von uns waren zuständig. Ich weiß noch, dass ich gerade hinunterging, als der Bürgermeister heraufkam.»

«Wer war noch auf der Treppe? Erinnern Sie sich an jemanden?»

«Jim Galbraith, einer der Presseleute, die über das Fest schreiben sollten, und drei oder vier Gäste, die ich nicht kannte. Zwei Fotografen waren auch da, einer aus dem Ort, ich erinnere mich nicht an seinen Namen, und ein Mädchen aus London, so eine Künstlertype, die gern Fotos aus den verrücktesten Winkeln schießt. Sie stand genau dort in der Ecke, so dass sie Miss Gregg im Blickfeld hatte. Ach, da fällt mir ein – dies muss der Augenblick gewesen sein, in dem Ardwyck Fenn erschien.»

«Und wer ist Ardwyck Fenn?»

Hailey Preston machte ein entsetztes Gesicht. «Er ist ein großes Tier, Chefinspektor. Ein sehr großes Tier beim Fernsehen und Film. Wir wussten nicht mal, dass er in England war.»

«Sein Kommen war also eine Überraschung?»

«Das kann man wohl sagen», antwortete Preston. «Nett, dass er kam, wenn's auch völlig unerwartet war.»

«Ist er ein alter Freund von Miss Gregg und Mr. Rudd?»

«Vor vielen Jahren, als sie noch mit ihrem zweiten Mann verheiratet war, war er eng mit ihr befreundet. Wie gut er Jason kennt, weiß ich nicht.»

«Jedenfalls war es eine freudige Überraschung, als er auftauchte?»

«Na klar! Wir waren ganz aus dem Häuschen.»

Craddock nickte und ging zu einem anderen Thema über. Er fragte eingehend nach den Drinks, den Zutaten, wie sie serviert worden waren, wer sie serviert hatte, welche Angestellten und Aushilfen gearbeitet hatten. Wie Inspektor Cornish schon angedeutet hatte, schien alles darauf hinauszulaufen, dass jeder der etwa dreißig Gäste Heather Badcock ohne große Schwierigkeiten hätte vergiften können, obwohl andererseits alle den Täter hätten beobachten können. Es war, überlegte Craddock, ein ziemlich riskantes Unternehmen gewesen.

«Vielen Dank», sagte er schließlich. «Ich würde jetzt gern Miss Gregg sprechen, falls es möglich ist.»

Preston schüttelte den Kopf. «Tut mir Leid», sagte er. «Es tut mir wirklich Leid, aber das kommt nicht in Frage.»

Craddock runzelte die Stirn. «Tatsächlich?»

«Sie ist zusammengebrochen, völlig am Ende. Ihr Arzt ist da und kümmert sich um sie. Er hat ein Attest ausgestellt. Hier ist es.»

Craddock nahm es in Empfang und las es. «Soso», sagte er dann. «Hat Marina Gregg immer ihren Arzt in der Nähe?»

«Sie sind äußerst nervös, diese Schauspieler und Stars. Ihr Leben ist sehr anstrengend. Gewöhnlich empfiehlt es sich, vor allem bei den ganz großen Stars, dass sie einen Arzt haben, der sie kennt und zu behandeln weiß. Maurice Gilchrist hat einen ausgezeichneten Ruf. Er kümmert sich schon seit vielen Jahren um Miss Gregg. Sie war sehr viel krank, wie Sie vielleicht gelesen haben, und lag auch lange im Krankenhaus. Erst seit ungefähr einem Jahr ist sie wieder gesund und ganz die Alte.»

«Ich verstehe.»

Preston wirkte erleichtert, dass Craddock keine weiteren Einwände erhob.

«Möchten Sie Mr. Rudd sprechen?», schlug er vor. «Er kommt in –», er sah auf die Uhr, «– in etwa zehn Minuten aus dem Filmstudio, falls Ihnen das passt.»

«Das passt mir ausgezeichnet», antwortete Craddock. «Inzwischen könnte ich mich mit Doktor Gilchrist unterhalten. Ist er da?»

«Ja.»

«Dann holen Sie ihn, bitte.»

«Selbstverständlich. Sofort.»

Der junge Mann eilte davon. Craddock blieb nachdenklich am Treppenende stehen. Natürlich konnte der entsetzte Blick, den Mrs. Bantry zu sehen geglaubt hatte, auch ihrer Fantasie entsprungen sein. Sie gehörte zu den Frauen, überlegte Craddock, die gern voreilige Schlüsse zogen. Gleichzeitig fand er aber auch, dass ihre Vermutung zutreffen konnte, obwohl man dabei nicht gleich an ein Verhängnis zu denken brauchte, wie es jene bewusste Lady of Shalott herannahen gesehen hatte. Vielleicht hatte Marina Gregg nur etwas beobachtet, das sie beunruhigte oder ärgerte. Und deshalb hatte sie nicht mehr richtig zugehört, was ihr die Badcock erzählte. War jemand die Treppe heraufgekommen, auf dessen Erscheinen sie nicht gefasst gewesen, war – etwa ein Gast, der nicht willkommen war?

Als er hinter sich Schritte hörte, wandte er sich um. Hailey Preston kehrte zurück, in Begleitung von Gilchrist, der nicht dem Bild glich, das sich Craddock im Geist von ihm gemacht hatte. Er war weder freundlich-herablassend noch pathetisch. Er schien vielmehr ein offener, herzlicher, sachlicher Mensch zu sein. Er trug einen Tweedanzug, der für den englischen Geschmack etwas zu elegant war. Er hatte dichtes braunes Haar und wachsame, kluge dunkle Augen.

«Doktor Gilchrist? Ich bin Chefinspektor Dermot Craddock. Könnte ich Sie einen Augenblick vertraulich sprechen?»

Der Arzt nickte und bat ihn, ihm zu folgen. Er ging den Gang bis fast zum Ende entlang, stieß eine Tür auf und machte eine einladende Handbewegung. «Hier sind wir ungestört», sagte er.

Offensichtlich war es Gilchrists eigenes Schlafzimmer, ein sehr bequem eingerichteter Raum. Gilchrist deutete auf einen Sessel und setzte sich ebenfalls.

«Wie ich höre», begann Craddock, «haben Sie erklärt, dass Marina Gregg niemanden empfangen darf. Was fehlt ihr, Doktor?»

Gilchrist zuckte leicht mit den Schultern. «Es sind die Nerven», antwortete er. «Wenn Sie ihr jetzt Fragen stellten, wäre sie in ein paar Minuten am Rand einer Hysterie. Das kann ich nicht zulassen. Wenn Sie Ihren Polizeiarzt zu mir schicken wollen, erkläre ich ihm gern die Einzelheiten. Aus dem gleichen Grund war sie auch nicht bei der gerichtlichen Voruntersuchung.»

«Wie lange», fragte Craddock, «dauert so ein Zustand?»

Gilchrist sah ihn an und lächelte. Es war ein sehr gewinnendes Lächeln.

«Wenn Sie meine Meinung als Privatmann hören wollen», antwortete er, «und nicht als Mediziner, dann kann ich Ihnen verraten, dass sie innerhalb der nächsten achtundvierzig Stunden nicht nur bereit ist, mit Ihnen zu sprechen, sondern es auch wünscht! Sie möchte Sie aushorchen, und sie möchte Ihnen erzählen, wie es war. So sind die Menschen nun einmal!» Er beugte sich vor. «Ich werde versuchen, Ihnen begreiflich zu machen, Chefinspektor, warum sich diese Leute so verhalten. Das Leben eines Filmschauspielers ist ein Leben der ständigen Anspannung, und je mehr Erfolg man hat, umso größer wird die Anspannung. Man steht immer, jeden Tag, in der Öffentlichkeit. Wenn man dreht, wenn man arbeitet, ist die Arbeit hart und eintönig und dauert lange. Schon früh am Morgen ist man da, man sitzt herum und wartet. Man hat eine kleine Szene, eine Einstellung, die wieder und wieder gedreht wird. Wenn man auf der Bühne probt, probt man meistens einen ganzen Akt, oder doch Teile eines Aktes. Die Sache hat Zusammenhang, ist mehr oder weniger glaubwürdig und human. Aber wenn man einen Film macht, geschieht alles ohne Zusammenhang mit dem großen Ganzen, eine monotone, anstrengende Arbeit. Es saugt einen aus. Natürlich lebt man im Luxus. Man bekommt Beruhigungsmittel, man hat seine Bäder, Cremes und Puder und einen Arzt, der sich um einen kümmert. Man feiert Partys, entspannt sich, trifft Leute, aber man ist nie privat. Man kann sich nie zurückziehen und sich gehen lassen.»

«Ich verstehe, was Sie meinen», sagte Craddock. «Sehr gut sogar.»

«Und noch etwas», fuhr Gilchrist fort. «Wenn sie diesen Beruf ergreifen und besonders, wenn sie auch noch Erfolg haben, sind sie ein bestimmter Typ von Mensch. Sie gehören zu den Personen – wenigstens meiner Erfahrung nach –, die eine zu dünne Haut haben, die sich ständig mit Zweifeln an ihrem Können herumschlagen. Mit einem schrecklichen Gefühl der Unzulänglichkeit, der Angst, dass sie die in sie gesetzten Erwartungen nicht erfüllen können. Es wird behauptet, dass Schauspieler und Stars eitel seien. Das stimmt nicht. Sie sind nicht eingebildet. Sie sind von sich besessen, ja, das schon, aber sie brauchen auch ständig Rückenstärkung. Ständig müssen sie bewundert und gelobt werden. Fragen Sie Jason Rudd! Er wird Ihnen das Gleiche erzählen. Man muss ihnen das Gefühl geben, dass sie es schaffen, sie davon überzeugen, wieder und immer wieder, bis man sie dort hat, wo man sie haben will. Aber sie quälen sich immer mit Minderwertigkeitskomplexen herum. Und deshalb sind sie das, was man mit einem gewöhnlichen, sehr unwissenschaftlichen Wort als ‹nervös› bezeichnet. Verdammt nervös! Nichts als ein Bündel Nerven. Und je nervöser sie sind, desto bessere Schauspieler sind sie.»

«Sehr interessant», meinte Craddock. «Wirklich.» Er schwieg einen Augenblick. «Nur begreife ich nicht, wie Sie ...»

«Ich habe nur versucht, Ihnen Marina Gregg zu schildern», sagte Gilchrist. «Sicherlich haben Sie ihre Filme gesehen.»

«Sie ist eine großartige Schauspielerin», erwiderte Craddock. «Sie besitzt Ausstrahlung, ist schön, sympathisch.»

«Ja», sagte Gilchrist, «das stimmt. Und sie hat gearbeitet wie eine Verrückte, um so weit zu kommen, wie sie gekommen ist. Nur sind dabei ihre Nerven auf der Strecke geblieben, und besonders kräftig ist sie auch nicht. Jedenfalls nicht so kräftig, wie es nötig wäre. Sie fällt von einem Extrem ins andere, mal ist sie verzweifelt, dann wieder begeistert. Sie kann nichts dafür. Es ist ihre Veranlagung. Sie hat in ihrem Leben schon viel durchmachen müssen, zum Teil war es ihre eigene Schuld, zum Teil nicht. Keine Ehe war glücklich. Rudd ist natürlich eine Ausnahme. Sie ist mit einem Mann verheiratet, der sie innig liebt, und das bereits seit Jahren. Diese Liebe ist ihr Schutz. Sie ist glücklich. Wie lange es dauert, kann ich nicht beurteilen. Die Schwierigkeit mit ihr ist, dass sie entweder glaubt, endlich sei ein Märchen wahr geworden und dies sei der schönste Augenblick in ihrem Leben, der schönste Fleck auf der Erde, nichts könne mehr schief gehen und sie würde nie wieder unglücklich sein. Oder sie glaubt, sie sei ruiniert, eine Frau, die nie geliebt wurde, nie glücklich war und nie glücklich sein wird.» Er lächelte und fügte trocken hinzu. «Wenn sie auf halbem Weg Halt machen könnte, wäre das wunderbar – auch für sie. Und die Welt würde eine große Künstlerin verlieren.»

Er schwieg, und auch Craddock sagte nichts. Er fragte sich, warum Gilchrist ihm dies alles erzählt hatte. Warum diese genaue Schilderung von Marina Gregg? Gilchrist sah ihn an. Es war, als wolle er ihn drängen, eine bestimmte Frage zu stellen. Craddock grübelte darüber nach, was das für eine Frage sein könnte. Schließlich fragte er langsam und tastend:

«Die Tragödie, die sich hier abgespielt hat, hat sie sehr aufgeregt?»

«Ja, sehr.»

«Mehr als normal?»

«Das hängt davon ab», antwortete Gilchrist.

«Wovon?»

«Von dem Grund, warum sie so durcheinander ist.»

«Vermutlich», sagte Craddock, sich weiter vortastend, «war es für sie ein großer Schock, dass mitten auf dem Fest plötzlich ein Gast starb.»

Im Gesicht seines Gegenübers regte sich nichts. «Oder», fügte er hinzu, ‹ steckt noch mehr dahinter?»

«Man weiß nie», sagte Gilchrist, «wie die Leute reagieren. Ganz gleich, wie gut man sie kennt. Immer wieder erlebt man Überraschungen. Marina hätte die Geschichte auch ziemlich gelassen hinnehmen können. Sie ist ein weichherziger Mensch. Vielleicht hätte sie gesagt: ‹Ach, die Ärmste, wie tragisch. Ich verstehe nicht, wie das passieren konnte.› Sie hätte Mitgefühl zeigen können, ohne dass es sie tiefer beeindruckte. Schließlich kann auch im Filmstudio oder bei den Dreharbeiten mal jemand sterben. Oder sie hätte den Fall hochspielen können, unbewusst natürlich, weil gerade nichts Aufregendes passierte. Sie hätte eine Szene machen können. Oder aber es steckt etwas ganz anderes dahinter.»

Craddock beschloss, den Stier bei den Hörnern zu packen. «Ich wünschte», sagte er, «Sie würden mir verraten, was Sie wirklich denken.»

«Ich weiß es nicht genau», antwortete Gilchrist. «Ich bin mir nicht klar.» Er schwieg und meinte dann: «Es gibt eine gewisse berufliche Schweigepflicht, verstehen Sie. Zwischen Arzt und Patient besteht immer eine besondere Beziehung.»

«Sie hat Ihnen etwas erzählt?»

«Ich glaube nicht, dass ich so weit gehen und mich dazu äußern darf.»

«Kannte Marina Gregg die Tote? War sie ihr schon einmal begegnet?»

«Ich glaube nicht, dass sie sie schon seit Urzeiten kannte», antwortete Gilchrist. «Nein, da liegt das Problem nicht. Wenn Sie mich fragen – es hat nichts mit Heather Badcock zu tun.»

«Dieses Mittel, Calmo, nimmt Marina Gregg es auch?», fragte Craddock abrupt.

«Sie lebt praktisch davon», antwortete Gilchrist. «Wie

alle andern hier. Ella Zielinsky nimmt es, Hailey Preston nimmt es, die halbe Sippschaft nimmt es – im Augenblick ist es groß in Mode. Dabei sind sich diese Mittel alle ziemlich ähnlich. Die Leute bekommen das eine satt und probieren ein neues aus und finden es großartig. Und dass es etwas nützt.»

«Nützt es denn etwas?»

«Nun», sagte Gilchrist «es ist schon ein Unterschied. In gewisser Weise hilft es. Es beruhigt oder macht munter und gibt einem das Gefühl, dass man Dinge schaffen kann, die man sonst nicht geschafft hätte. Ich verschreibe es nur, wenn es unbedingt notwendig ist, aber diese Mittel sind in der richtigen Dosis genommen nicht gefährlich. Sie helfen Leuten, die sich nicht selbst helfen können.»

«Ich wünschte, ich wüsste, was Sie mir sagen wollen», meinte Craddock nachdenklich.

«Ich versuche, herauszufinden, was meine Pflicht ist», antwortete Gilchrist. «Es gibt zwei Arten von Pflicht – die des Arztes gegenüber dem Patienten, das heißt, was der Patient ihm erzählt hat, ist vertraulich und muss es bleiben. Aber da ist noch das andere – wenn man zum Beispiel um das Wohlergehen des Patienten fürchten muss. Man muss etwas unternehmen, damit dem Patienten nichts passiert.»

Er brach ab. Craddock sah ihn nur an und wartete.

«Ja», fuhr Gilchrist fort, «ich glaube, ich weiß, was ich tun muss. Ich muss Sie bitten, Chefinspektor Craddock, meine Informationen vertraulich zu behandeln. Natürlich nicht gegenüber Ihren Kollegen. Aber im Hinblick auf die übrige Welt vor allem, was die Bewohner dieses Hauses betrifft. Sind Sie einverstanden?»

«Ich kann mich nicht festlegen», erwiderte Craddock. «Ich weiß nicht, was sich daraus ergeben wird. Allgemein gesehen, sage ich ja. Ich bin einverstanden, das heißt, ich glaube, dass ich alle Informationen, die Sie mir geben, vertraulich behandeln kann.»

«Dann hören Sie zu!», sagte Gilchrist. «Vielleicht hat es auch gar nichts zu bedeuten. Frauen reden viel, wenn sie mit den Nerven so fertig sind wie Marina Gregg. Ich erzähle Ihnen etwas, das sie mir berichtet hat. Vielleicht bedeutet es wirklich nichts.»

«Was sagte sie?», fragte Craddock.

«Nach der Geschichte brach sie völlig zusammen und ließ mich holen. Ich gab ihr ein Beruhigungsmittel. Ich blieb bei ihr, hielt ihr die Hand und beschwichtigte sie. Es würde schon alles wieder in Ordnung kommen. Dann, ehe sie in den Schlaf hinüberglitt, murmelte sie: ‹Es hat *mir* gegolten!›»

Craddock starrte Gilchrist erstaunt an. «Das hat sie gesagt? Und später – am nächsten Tag?»

«Sie hat es nie mehr erwähnt. Ich versuchte einmal, darauf zu sprechen zu kommen, aber sie wich mir aus. Sie meinte, ich müsse mich verhört haben. Außerdem sei sie von dem Mittel benommen gewesen.»

«Glauben Sie, es war ihr Ernst?»

«Ich bin überzeugt davon. Aber deshalb muss es noch nicht zutreffen», fügte Gilchrist warnend hinzu. «Ob der Täter Heather Badcock vergiften wollte oder Marina Gregg, weiß ich nicht. Das können Sie sicherlich viel besser beurteilen. Ich sage nur, dass Marina Gregg überzeugt ist, dass es ihr galt.»

Craddock schwieg lange. Schließlich sagte er: «Vielen Dank, Doktor Gilchrist. Ich weiß es zu würdigen, dass Sie mich eingeweiht haben, und begreife auch, warum. Falls Marina Greggs Behauptung wahr ist, könnte es bedeuten, dass sie immer noch in Gefahr ist, nicht wahr?»

«Das ist der springende Punkt», erwiderte Gilchrist. «Genau darum geht es.»

«Haben Sie irgendeinen Grund zu glauben, dass diese Vermutung zutrifft?»

«Nicht den geringsten.»

«Keine Ahnung, warum sie es glaubt?»

«Nein.»

«Vielen Dank.» Craddock erhob sich. «Nur noch eines, Doktor. Wissen Sie, ob sie es auch ihrem Mann gesagt hat?»

Langsam schüttelte Gilchrist den Kopf. «Nein, ich bin ziemlich sicher, dass sie ihm nichts verraten hat.» Einen kurzen Augenblick trafen sich ihre Blicke. Dann stand auch Gilchrist auf. «Sie brauchen mich nicht mehr? Schön. Ich werde mich wieder um meine Patientin kümmern. Ich sorge dafür, dass Sie sie so bald wie möglich sprechen können.»

10

«Jason ist da», sagte Hailey Preston. «Würden Sie, bitte, mitkommen, Chefinspektor? Ich führe Sie zu seinem Arbeitszimmer.»

Der Raum, den Jason Rudd zum Arbeiten benützte, war gleichzeitig Wohnzimmer und lag im ersten Stock. Er war sehr bequem, aber nicht luxuriös eingerichtet und verriet nichts von der Persönlichkeit des Benützers oder seinem Geschmack. Jason Rudd saß hinter seinem Schreibtisch und erhob sich, um Craddock zu begrüßen. Der Raum brauchte gar keine eigene Note, dachte Craddock, Rudd war ein Mann, der alles andere und alle anderen in den Hintergrund drängte. Preston war geschwätzig, ein Windbeutel, Gilchrist besaß Energie und Persönlichkeit, doch jetzt stand ein Mann vor Craddock, der nicht leicht einzuordnen war, wie der Chefinspektor sich eingestehen musste. Durch seinen Beruf hatte er eine Menge Leute getroffen und einschätzen gelernt. Inzwischen stufte er die Menschen, mit denen er es zu tun bekam, automatisch ein, und sehr oft wusste er sogar, was sie dachten. Doch er spürte sofort, dass man von Rudds Gedanken nur so viel erfuhr, wie es diesem passte. Die tief liegenden Augen beobachteten genau und verrieten wenig. Das hässliche, unregelmäßige Gesicht ließ auf großen Verstand schließen. Es war das Gesicht eines traurigen Clowns. Man konnte es abstoßend oder anziehend finden. Ich, dachte Craddock, höre am besten nur zu und mache mir in Gedanken Notizen.

«Entschuldigen Sie, Chefinspektor, dass Sie warten mussten. Ein paar Schwierigkeiten im Studio haben mich etwas länger aufgehalten. Darf ich Ihnen etwas zu trinken anbieten?»

«Im Augenblick nicht, vielen Dank, Mr. Rudd.»

Die Clownsmaske legte sich plötzlich in amüsiert-ironische Falten. «Kein Haus, in dem man etwas trinken möchte – ist es das, was Sie dachten?»

«Offen gestanden habe ich es nicht gedacht.»

«Nun, vielleicht nicht. Also, Chefinspektor, was möchten Sie wissen? Was kann ich Ihnen erzählen?»

«Mr. Preston hat mir sehr ausführlich auf alle Fragen geantwortet, die ich gestellt habe.»

«Und hat es Sie weitergebracht?»

«Nicht so viel, wie ich gehofft habe.»

Rudd sah ihn fragend an.

«Ich habe auch mit Doktor Gilchrist gesprochen. Er informierte mich, dass Ihrer Frau nicht wohl genug ist, um Fragen beantworten zu können.»

«Marina», antwortete Rudd, «ist sehr sensibel und offen gesagt, sehr nervös. Und Sie müssen zugeben, dass ein Mord im eigenen Haus schon zu einem Nervenzusammenbruch führen kann.»

«Jedenfalls ist es keine angenehme Erfahrung», bemerkte Craddock trocken.

«Außerdem bezweifle ich sehr, dass meine Frau Ihnen etwas Wissenswertes erzählen könnte, das Sie nicht ebenso gut von mir hören könnten. Als es passierte, stand ich neben ihr, und ich bin, ehrlich gesagt, ein besserer Beobachter als sie.»

«Meine erste Frage», antwortete Craddock, «haben Sie vermutlich schon einem meiner Kollegen beantwortet, trotzdem möchte ich sie stellen: Ist Ihnen oder Ihrer Frau Heather Badcock schon früher einmal begegnet?»

Rudd schüttelte den Kopf. «Nicht dass ich wüsste. Ich hatte diese Frau noch nie in meinem Leben gesehen. Wegen der ‹St. John's Ambulance› hatte sie mir zwei Briefe geschrieben, doch persönlich kennen gelernt habe ich sie erst fünf Minuten vor ihrem Tod.»

«Aber sie behauptete, Ihre Frau bereits getroffen zu haben?»

Rudd nickte. «Ja, etwa zwölf oder dreizehn Jahre ist das her. Auf den Bermudas. Irgendeine große Gardenparty für die ‹St. John's Ambulance›, die Marina eröffnete, wenn ich genau unterrichtet bin. Kaum war Mrs. Badcock vorgestellt worden, da begann sie eine lange Geschichte zu erzählen, wie sie damals mit Grippe im Bett gelegen habe und trotzdem aufgestanden und hingegangen sei und meine Frau ihr ein Autogramm gegeben habe, als sie sie darum bat.»

Wieder erschien das ironische Lächeln auf seinem Gesicht.

«So was, möchte ich sagen, kommt häufig vor, Chefinspektor. Gewöhnlich stehen die Leute Schlange bei meiner Frau, um ein Autogramm zu erhalten, und dies ist dann ein Augenblick, an den sie häufig zurückdenken. Verständlicherweise ist es ein aufregendes Erlebnis für sie. So ist es nur normal, dass meine Frau sich nicht an einen von tausend Autogrammjägern erinnern kann. Sie kann sich absolut nicht daran erinnern, Mrs. Badcock schon einmal gesehen zu haben.»

«Sehr begreiflich», erwiderte Craddock. «Nun wurde mir von einem Gast, der die Szene beobachtete, berichtet, dass Ihre Frau, Mr. Rudd, während des kurzen Gesprächs mit Mrs. Badcock etwas zerstreut wirkte. Würden Sie dies bestätigen?»

«Schon möglich», meinte Rudd. «Marina ist nicht sehr kräftig. Natürlich ist sie es gewöhnt, im Licht der Öffentlichkeit zu stehen, und spielt bei Anlässen wie diesem Wohltätigkeitsfest ihre Rolle automatisch. Doch am Ende eines langen Tages beginnt sie manchmal zu ermüden. Vielleicht war dies gerade ein solcher Augenblick. Wobei ich allerdings hinzufügen möchte, dass ich keine Anzeichen dafür bei ihr bemerkt habe. Nein, warten Sie, das stimmt nicht ganz. Ich erinnere mich, dass sie Mrs. Badcock nicht sofort antwortete. Ich habe ihr sogar einen zarten Rippenstoß gegeben.»

«Wurde sie durch irgendetwas abgelenkt?», fragte Craddock.

«Möglich. Doch es kann auch nur ein Anflug von Müdigkeit gewesen sein.»

Craddock schwieg ein paar Minuten. Er blickte aus dem Fenster auf die Wälder, von denen «Gossington Hall», eingeschlossen war. Sie wirkten irgendwie düster. Dann betrachtete er die Bilder an den Wänden und sah schließlich Rudd an, auf dessen Gesicht ein aufmerksamer Ausdruck lag. Was er dachte oder fühlte, konnte Craddock nicht erraten. Rudd wirkte freundlich und gelassen, doch vielleicht, überlegte Craddock, war dies nur Fassade. Rudd war ein hochintelligenter Mann. Er würde keine Informationen bekommen, das war Craddock klar, außer er legte seine Karten auf den Tisch. Craddock beschloss, genau das zu tun.

«Haben Sie schon einmal daran gedacht, Mr. Rudd, dass Heather Badcock rein zufällig vergiftet wurde. Dass eigentlich Ihre Frau das Opfer sein sollte?»

Es entstand ein längeres Schweigen. Rudds Miene blieb undurchdringlich. Craddock wartete. Schließlich seufzte Rudd tief auf und schien sich zu entspannen.

«Ja», antwortete er ruhig, «Sie haben ganz Recht, Chefinspektor. Ich habe es die ganze Zeit gewusst.»

«Aber Sie haben es nicht erwähnt, weder Inspektor Cornish gegenüber, noch bei der Voruntersuchung.»

«Ja.»

«Warum nicht, Mr. Rudd?»

«Ich könnte Ihnen antworten – und es wäre eine durchaus passende Antwort –, dass es sich nur um eine Vermutung von mir handelt und ich keine Beweise habe. Die Tatsachen, die mich zu dieser Vermutung veranlassten, waren auch den Vertretern des Gesetzes bekannt, die die Dinge vermutlich sehr viel besser beurteilen können als ich. Mrs. Badcock kannte ich nicht näher. Vielleicht hatte sie Feinde, vielleicht hatte jemand beschlossen, ihr gerade bei dieser Gelegenheit die tödliche Dosis zu verabreichen, obwohl ich ein solches Vorhaben äußerst seltsam und ziemlich unglaubwürdig fände. Doch es ist auch möglich, dass dieses Wohltätigkeitsfest absichtlich gewählt wurde, weil hier die Verwirrung größer sein würde, weil eine Menge fremder Leute erscheinen würde und es so viel schwieriger wäre, die Person zu finden, die für dieses Verbrechen verantwortlich war. Dies alles entspricht der Wahrheit, Chefinspektor, doch ich will ehrlich sein – es war nicht der Grund, warum ich schwieg. Ich will Ihnen verraten, was mein wahres Motiv war: Der Gedanke war mir unerträglich, dass meine Frau auch nur ahnte, wie nahe sie dem Tod gewesen war.»

«Ich danke Ihnen für Ihre Offenheit», antwortete Craddock. «Obwohl ich die Motive für Ihr Schweigen nicht ganz verständlich finde.»

«Nein? Vielleicht ist eine Erklärung nicht ganz einfach. Sie müssten Marina besser kennen, um meinen Standpunkt zu verstehen. Sie ist ein Mensch, der Glück und Sicherheit braucht. Im materiellen Sinne ist ihr Leben äußerst erfolgreich. Sie ist eine berühmte Schauspielerin, doch ihr Privatleben war zutiefst unglücklich. Immer wieder glaubte sie, das Glück gefunden zu haben, und war wie verrückt vor Freude darüber – und sicherlich oft zu Unrecht –, und dann musste sie erleben, wie das Gebäude ihrer Hoffnungen in sich zusammenbrach. Sie ist nicht fähig, das Leben sachlich und vernünftig zu betrachten. Jede Ehe war für sie wie ein Märchen, in dem das Paar glücklich lebte bis in alle Ewigkeit.»

Wieder erschien das ironische Lächeln auf seinem Gesicht, und die hässliche Clownsmaske wurde plötzlich mild und freundlich.

«Doch eine Ehe ist nicht so, Chefinspektor. So eine Verzückung dauert nicht ewig. Wir können froh sein, wenn es etwas Zufriedenheit, Zuneigung und solides Glück in unserem Leben gibt.» Dann fragte er: «Sind Sie zufällig verheiratet, Chefinspektor?»

«Bis jetzt hatte ich noch nicht das Glück – oder das Pech», murmelte Craddock.

«In der Welt, in der wir leben, in der Welt des Films, ist die Ehe fast so etwas wie ein Berufsrisiko. Filmschauspieler heiraten häufig. Manchmal ist es eine gute Ehe, manchmal nimmt sie ein schlimmes Ende, und meistens dauert sie nicht lange. Deshalb möchte ich auch sagen, dass Marina keinen Grund hat, verzweifelt zu sein, nur ist es eben so, dass bei ihrer Veranlagung derartige Dinge sehr tief gehen. Sie verrannte sich immer mehr in den Gedanken, dass sie vom Pech verfolgt werde, dass ihr nichts gelinge. Sie hat sich immer nach den gleichen Dingen gesehnt: Liebe, Glück, Zuneigung, Geborgenheit. Sie wollte unbedingt Kinder haben. Einige Ärzte waren der Meinung, dass ebendiese Sehnsucht nach Kindern sie unfruchtbar machte. Ein ziemlich bekannter Mediziner riet zur Adoption eines Kindes. Wenn eine Frau sich danach sehnt, Mutter zu werden und ein Kind adoptiert, passiert es sehr oft, dass sie kurz darauf doch noch schwanger wird, sagte man mir. Marina adoptierte drei Kinder. Eine gewisse Zeit war sie ganz glücklich, aber natürlich blieb es eine Notlösung. Sie können sich ihre Gefühle vorstellen, als sie dann doch schwanger wurde. Das ist elf Jahre her. Sie war außer sich vor Freude. Sie schwebte im siebten Himmel. Sie war völlig gesund, und die Ärzte versicherten ihr immer wieder, dass kein Anlass zur Sorge bestünde. Alles verliefe ganz normal. Vielleicht wissen Sie, dass es zu einer Tragödie kam. Das Kind, ein Junge, war von Geburt an schwachsinnig, blöde. Die Folgen waren entsetzlich. Marina brach völlig zusammen und war jahrelang krank. Sie kam in ein Sanatorium. Obwohl sie sich nur langsam von dem Schlag erholte, wurde sie schließlich doch gesund. Kurz danach heirateten wir, und sie begann wieder Interesse am Leben zu zeigen und zu glauben, dass sie doch noch glücklich werden könne. Anfangs war es ziemlich schwierig, einen guten Filmvertrag für sie zu bekommen. Alle Leute bezweifelten, dass ihre Gesundheit die Anstrengungen aushalten würde. Ich habe mit allen Mitteln darum gekämpft.» Jason Rudd schwieg einen Augenblick, die Lippen fest aufeinander gepresst. «Nun», fuhr er fort, «meine Bemühungen hatten Erfolg. Wir begannen mit den Dreharbeiten. Inzwischen hatten wir dieses Haus gekauft und begonnen, es zu renovieren. Es ist noch keine zwei Wochen her, dass Marina zu mir sagte, wie glücklich sie sei und sie glaube, hier Ruhe und Frieden zu finden. Wie gewöhnlich war ich etwas nervös, weil ich ihre

Erwartungen zu übertrieben fand. Jedenfalls gab es keinen Zweifel daran, dass sie froh und zufrieden war. Ihre Nervosität verschwand, sie strahlte eine Ruhe und Gelassenheit aus, die ich an ihr nicht kannte. Alles war in bester Ordnung, bis...» Er schwieg. «... bis dies passierte», fuhr er dann fort. In seiner Stimme schwang ein bitterer Unterton mit. «Jene Frau musste ausgerechnet hier sterben. Das war an sich schon ein großer Schock. Ich durfte nicht riskieren – ich war entschlossen, es mit allen Mitteln zu verhindern –, dass Marina erfuhr, der Mordanschlag habe ihr selbst gegolten. Dieser zusätzliche Schock hätte entsetzliche Folgen haben können. Ich hatte Angst, dass sie dann wieder völlig zusammenbrechen würde.»

Er sah Craddock offen an.

«Verstehen Sie mich jetzt?»

«Ich begreife Ihren Standpunkt», antwortete Craddock, «aber verzeihen Sie mir, wenn ich sage, dass Sie einen Aspekt an der Geschichte nicht berücksichtigt haben. Sie sind also überzeugt, dass jemand Ihre Frau vergiften wollte. Aber existiert diese Gefahr nicht noch immer? Wenn ein Mordplan beim ersten Mal misslingt, ist es ziemlich wahrscheinlich, dass es der Täter erneut versucht.»

«Natürlich habe ich daran gedacht», sagte Rudd, «nur bin ich überzeugt, dass ich – sozusagen vorgewarnt – alle notwendigen Maßnahmen zum Schutz meiner Frau treffen kann. Ich werde auf sie aufpassen und dafür sorgen, dass sie keinen Augenblick unbewacht ist. Das wichtigste dabei ist, dass sie selbst keine Ahnung hat, in welcher Gefahr sie schwebt.»

«Und Sie glauben», meinte Craddock vorsichtig, «dass sie es nicht weiß?»

«Selbstverständlich nicht. Sie ist völlig ahnungslos.»

«Sind Sie sicher?»

«Völlig sicher. Auf so eine Idee würde sie nie verfallen!»

«Aber Ihnen ist der Gedanke auch gekommen», erklärte Craddock.

«Das ist etwas anderes. Logisch betrachtet war es die einzige Lösung. Aber meine Frau denkt nicht logisch. Außerdem würde sie einfach nicht glauben, dass jemand sie töten wollte. An so etwas würde sie nicht einmal im Traum denken.»

«Vielleicht haben Sie Recht», erwiderte Craddock zögernd. «Trotzdem bleiben noch ein paar Fragen offen. Ich möchte nicht lange um den heißen Brei herumreden. Also: Wen verdächtigen Sie?»

«Ich kann es Ihnen nicht sagen.»

«Entschuldigen Sie, Mr. Rudd, heißt das, Sie können nicht oder Sie wollen nicht?»

«Ich kann es Ihnen nicht sagen», antwortete Rudd rasch. «Ich weiß es nicht. Mir erscheint es unglaublich, dass jemand sie so hassen könnte, dass jemand einen derartigen Hass auf sie haben könnte ... Andrerseits muss, nach allem, was passiert ist, genau dies der Fall sein.»

«Würden Sie mir bitte alle Einzelheiten genau schildern?»

«Wenn Sie wollen. Die Situation ist ziemlich eindeutig. Ich schenkte aus einem Krug mit Daiquiri zwei Gläser ein und brachte sie Marina und Mrs. Badcock. Was Mrs. Badcock dann tat, weiß ich nicht. Vermutlich mischte sie sich unter die Leute und unterhielt sich mit einem Gast, den sie kannte. Meine Frau hielt das Glas in der Hand. Im selben Augenblick erschien der Bürgermeister mit seiner Frau. Marina stellte das unberührte Glas ab und begrüßte sie. Dann musste sie sich noch um andere neue Gäste kümmern – einen alten Freund, den wir viele Jahre nicht gesehen hatten, ein paar Leute aus dem Ort und aus dem Studio. Die ganze Zeit über stand das Glas mit dem Cocktail auf einem Tisch hinter uns. Wir waren ein paar Schritte vorgetreten, bis ans Ende der Treppe. Jemand machte ein oder zwei Fotos von meiner Frau mit dem Bürgermeister. Die Lokalzeitung hatte darum gebeten, weil es den Lesern gefallen würde. Inzwischen brachte ich ein paar Nachzüglern die Drinks. Diese Gelegenheit muss der Täter benutzt haben, um das Gift ins Glas zu tun. Fragen Sie mich nicht, wie er das gemacht hat, einfach dürfte es jedenfalls nicht gewesen sein. Auf der anderen Seite ist es erstaunlich, wie wenig es auffällt, wenn jemand offen und unbekümmert agiert. Sie fragen mich, ob ich einen Verdacht habe. Ich kann darauf nur antworten, dass mindestens einer von etwa zwanzig Gästen der Täter gewesen sein kann. Die Leute standen in kleinen Gruppen herum und unterhielten sich oder schlenderten von einer Gruppe zur anderen. Manche gingen weg, um sich die Veränderungen anzusehen, die wir vorgenommen hatten. Es war ein ständiges Kommen und Gehen. Ich habe hin und her überlegt und mir den Kopf zerbrochen, doch es gibt nicht einen einzigen Hinweis, absolut keinen, der meinen Verdacht auf eine bestimmte Person lenken würde.»

Er schwieg und seufzte. «Was nun kommt», fuhr er fort, «haben Sie sicherlich bereits gehört.»

«Ich würde es aber gern von *Ihnen* hören.»

«Also weiter. Ich ging wieder zum Treppenende. Meine Frau drehte sich zum Tisch um und nahm ihr Glas in die Hand. Da stieß Mrs. Badcock einen leisen Ruf aus. Jemand musste sie am Arm gestoßen haben, denn sie ließ ihr Glas fallen, das auf dem Boden aufschlug und zerbrach. Marina tat, was jede Gastgeberin in einem solchen Fall tut. Ihr eigenes Kleid hatte ein paar Tropfen abbekommen. Sie beteuerte, dass es nicht schlimm sei, rieb mit ihrem Taschentuch Mrs. Badcocks Rock trocken und bestand darauf, dass sie ihren eigenen Drink nehme. Wenn ich mich recht erinnere, sagte Marina dabei: ‹Ich habe schon viel zu viel getrunken.› Das war alles. Aber eines kann ich Ihnen versichern: Die tödliche Dosis konnte nicht erst danach ins Glas geschmuggelt worden sein, denn Mrs. Badcock trank sofort davon. Und wie Sie wissen, war sie vier oder fünf Minuten später tot. Ich frage mich – ich frage es mich immer wieder –, was der Mörder empfunden haben musste, als er merkte, *wie* sein Plan misslang...»

«Kamen Ihnen diese Überlegungen schon gleich in jenem Augenblick?»

«Natürlich nicht. Selbstverständlich glaubte ich, dass die Frau einen Anfall hatte. Einen Herzanfall oder so etwas Ähnliches. Wie hätte ich an Gift denken sollen? Hätten Sie das vermutet? Hätte irgendjemand es vermuten können?»

«Wohl kaum», gab Craddock zu. «Sie haben die Szene genau geschildert, scheint mir, und sind überzeugt, dass es so gewesen ist. Sie sagen, dass Sie niemand Bestimmten in Verdacht haben. Und das kann ich nicht so ohne weiteres akzeptieren.»

«Es ist die Wahrheit.»

«Betrachten wir den Fall unter einem anderen Aspekt. Wer könnte Ihrer Frau etwas antun wollen? Es klingt ziemlich dramatisch, wenn man die Frage so stellt, aber – hat Ihre Frau Feinde?»

Rudd machte eine weit ausholende Geste. «Feinde? Feinde? Was verstehen Sie darunter? In der Welt, in der meine Frau und ich leben, gibt es einen Haufen Neid und Eifersucht. Immer laufen irgendwelche Leute herum, die schlecht über einen reden, die Gerüchte ausstreuen, die einem eins auswischen, wenn sich eine günstige Gelegenheit bietet. Doch deshalb sind sie noch keine Mörder oder zu einem Mord fähig. Meinen Sie nicht auch?»

«Ja, da stimme ich Ihnen zu. Es muss mehr sein als Eifersüchteleien oder kleinlicher Neid. Gibt es im Leben Ihrer Frau irgendjemand, dem sie einmal sehr wehgetan hat?»

Rudd antwortete nicht sofort. Er runzelte die Stirn.

«Offen gestanden, ich glaube es nicht», erwiderte er schließlich. «Über diese Frage habe ich auch lange nachgedacht.»

«Vielleicht eine Liebesaffäre, eine Verbindung mit einem Mann?»

«Natürlich hat es derartige Affären gegeben. Man kann sogar annehmen, dass Marina gelegentlich einen Mann schlecht behandelt hat. Doch zu einem derart lang anhaltenden Hass besteht kein Grund. Davon bin ich überzeugt.»

«Wie steht es mit Frauen. Kennen Sie eine Frau, die Miss Gregg hasst?»

«Bei Frauen kann man es nie so genau sagen. Auf Anhieb fällt mir niemand ein.»

«Wer hätte durch den Tod Ihrer Frau finanzielle Vorteile?»

«In ihrem Testament hat sie verschiedenen Leuten etwas vermacht, allerdings keine großen Summen. Ich glaube, finanzielle Vorteile, wie Sie es nennen, hätten in einem solchen Fall nur ich als ihr Mann und der Star, der ihre Rolle übernehmen würde. Obwohl gar nicht mal sicher wäre, dass der Film in einem solchen Fall neu gedreht würde.»

«Ich glaube, es ist nicht nötig, auf diesen Punkt näher einzugehen», meinte Craddock.

«Und ich habe Ihr Versprechen, dass Marina nicht erfährt, in welcher Gefahr sie schwebt?»

«Wir werden uns um dieses Problem kümmern müssen», sagte Craddock. «Ich möchte noch einmal betonen, dass Sie ein großes Risiko eingehen. Doch die Angelegenheit wird erst in ein paar Tagen aktuell werden, da Ihre Frau im Augenblick noch krank ist und ein Arzt sich um sie kümmert. Um eines möchte ich Sie noch bitten: Ich wäre Ihnen dankbar, wenn Sie so genau wie möglich notierten, welche Personen sich in der Halle am Ende der

Treppe aufhielten oder gerade die Treppe heraufkamen, als der Mord geschah.»

«Ich werde mir Mühe geben, obwohl ich gewisse Zweifel habe. Es wäre viel besser, wenn Sie meine Sekretärin Ella Zielinsky fragten. Sie hat ein hervorragendes Gedächtnis. Außerdem existiert eine Gästeliste. Wenn Sie sie sprechen wollen…»

«Das wollte ich auch schon vorschlagen», antwortete Craddock.

II

Ella Zielinsky musterte Craddock ungerührt durch ihre große Hornbrille, und Craddock fand, dass sie beinahe zu echt war, um wahr zu sein. Bereitwillig holte sie ein Blatt mit einer getippten Namenliste aus einer Schreibtischschublade und reichte es ihm, ohne eine Miene zu verziehen.

«Ich bin ziemlich sicher, dass niemand fehlt», sagte sie dabei. «Doch es ist möglich, dass die Namen von ein paar Leuten – aus dem Ort – draufstehen, die nicht erschienen sind. Sie können auch früher gegangen sein, oder wir haben sie im Garten nicht gefunden. Aber ich glaube schon, dass die Liste genau ist.»

«Gute Arbeit, wenn ich mir diese Bemerkung erlauben darf», sagte Craddock.

«Vielen Dank.»

«Ich weiß zwar nicht so recht, was man in Ihrem Beruf alles tun muss, doch ich nehme an, dass die Anforderungen sehr hoch sind.»

«Man muss immer auf dem Posten sein, ja.»

«Wie weit reichen Ihre Aufgaben? Sind Sie auch eine Art Kontaktperson zwischen Studio und ‹Gossington Hall›?»

«Nein, mit dem Filmstudio habe ich nichts zu tun, außer dass ich Telefongespräche annehme oder Nachrichten weiterleite. Meine Pflichten betreffen Miss Greggs Privatleben, ich kümmere mich um den Terminkalender, die Einladungen und beaufsichtige bis zu einem gewissen Grad die Angestellten hier im Haus:»

«Gefällt Ihnen die Arbeit?»

«Ich werde sehr gut bezahlt und finde es ganz interessant. Auf Mord war ich allerdings nicht gefasst», bemerkte sie trocken.

«Sie hielten so etwas für unmöglich?»

«Ja. Und deshalb möchte ich Sie auch fragen, ob es tatsächlich einer war.»

«Die sechsfache Dosis von Hy-äthyl-... und so weiter. Es dürfte kaum etwas anderes in Betracht kommen.»

«Kann es nicht ein Unfall gewesen sein?»

«Und wie – glauben Sie – sollte er passiert sein?»

«So was geht leichter, als Sie ahnen. Das Haus ist voll von Medikamenten aller Art, nichts Ungesetzliches wie Rauschmittel, nein, alle wurden ordnungsgemäß verschrieben, doch sehr oft ist die tödliche Dosis von einer therapeutischen nicht weit entfern.»

Craddock nickte.

«Leute vom Theater und Film benehmen sich manchmal trotz aller Intelligenz höchst seltsam. Man könnte glauben, je größer die Begabung ist, umso weniger gesunden Menschenverstand besitzen sie.»

«Kann schon sein.»

«All die Pillen, Fläschchen, Pülverchen und Döschen, die sie mit sich herumschleppen! Ständig nehmen sie Beruhigungspillen oder was zum Aufpeppen. Glauben Sie nicht auch, dass man da mal was durcheinander bringen könnte?»

«Ich finde, dass es in diesem Fall nicht möglich war.»

«Da bin ich anderer Meinung. Jemand, irgendein Gast,

wollte vielleicht was zur Beruhigung oder zur Aufmunterung nehmen und holte sein Pillendöschen hervor, das sie ja immer mit sich herumschleppen. Derjenige unterhielt sich vielleicht gerade sehr angeregt, oder er hatte die richtige Dosis vergessen, weil er das Medikament schon lange nicht mehr genommen hatte – jedenfalls, er tat zu viel in das Glas. Dann wurde er abgelenkt, schlenderte zu einer anderen Gruppe oder so, und diese Mrs. Sowieso kommt vorbei, glaubt, es sei ihr Glas, nimmt's und trinkt. Jedenfalls finde ich diese Erklärung glaubwürdiger als alle übrigen.»

«Sie nehmen also an, dass wir derartige Überlegungen noch nicht angestellt haben?»

«Ja, schon. Aber es war ein Haufen Leute da, und es standen überall Gläser herum, volle, halb volle und leere. Es passiert doch sehr oft, dass man das falsche Glas erwischt und daraus trinkt.»

«Sie glauben also nicht, dass Mrs. Badcock vorsätzlich getötet wurde. Sie glauben, dass sie aus einem Glas trank, das jemand anders gehörte?»

«Ich kann mir keine andere Möglichkeit vorstellen.»

«In diesem Fall», sagte Craddock langsam, «war es Miss Greggs Glas. Das wissen Sie doch? Marina Gregg gab ihr ihr eigenes Glas.»

«Oder sie hielt es nur für das eigene», berichtigte Ella Zielinsky ihn. «Mit Marina selbst haben Sie noch nicht gesprochen, nicht wahr? Sie kann sich nicht mehr genau erinnern. Sie würde jedes Glas nehmen, das sie für das ihre hält, und daraus trinken. Dabei habe ich sie schon oft beobachtet.»

«Nimmt sie auch Calmo?»

«O ja. Wie wir alle.»

«Sie auch, Miss Zielinsky?»

«Manchmal brauche ich es einfach», gestand Ella. «So was ist ziemlich ansteckend.»

«Ich wäre dankbar, wenn ich Miss Gregg bald sprechen könnte», sagte Craddock. «Sie wird wohl – hm – noch einige Zeit ruhen müssen?»

«Sie hat nur einen hysterischen Anfall», meinte Ella. «Sie setzt sich gern in Szene, wissen Sie. Sie dramatisiert alles. Auf eine Sache wie Mord würde sie nie mit Gelassenheit reagieren.»

«Im Gegensatz zu Ihnen, Miss Zielinsky?»

«Wenn alle Leute um einen herum ständig in einem Zustand der Erregung sind», bemerkte Ella trocken, «erliegt man immer mehr der Versuchung, ins andere Extrem zu verfallen.»

«Sie sind also stolz darauf, dass Sie nicht mal mit der Wimper zucken, wenn eine Tragödie wie dieser Mord passiert?»

Sie überlegte einen Augenblick. «Vielleicht kein sehr netter Zug. Aber ich glaube, wenn man nicht versucht, gelassen zu bleiben, dreht man selbst durch.»

«War Miss Gregg – gibt es Probleme bei Ihrer Arbeit mit Miss Gregg?»

In gewisser Weise war dies eine sehr persönliche Frage, doch Craddock betrachtete sie als eine Art Test. Falls Ella Zielinsky die Augenbrauen hochziehen und fragen würde, was dies mit dem Mord an Mrs. Badcock zu tun habe, würde er zugeben müssen, dass er zu weit gegangen war. Doch vielleicht machte es Ella Zielinsky Spaß, ihm zu erzählen, was sie von Marina Gregg hielt.

«Sie ist eine große Künstlerin. Sie besitzt eine starke Ausstrahlungskraft, die man in jedem ihrer Filme spürt. Und deshalb hält man es für eine große Ehre, dass man für sie arbeiten darf. Wenn man's aber rein privat sieht, dann ist sie ein Teufel. Natürlich.»

«Ach.»

«Sie kennt keine Mäßigkeit, verstehen Sie. Entweder

schwebt sie im Himmel oder ist zu Tode betrübt. Und alles wird immer entsetzlich übertrieben. Sie ist launisch, und es gibt viele Dinge, die man ihr gegenüber nie erwähnen oder auf die man nie anspielen darf, weil sie sich aufregen würde.»

«Zum Beispiel?»

«Man spricht nicht von Nervenzusammenbrüchen oder Sanatorien oder Nervenheilanstalten. Ich glaube, jeder weiß, dass sie darauf empfindlich reagiert. Und alles, was mit Kindern zu tun hat.»

«Mit Kindern? In welcher Beziehung?»

«Es regt sie auf, wenn sie Kinder sieht, wenn sie von Leuten hört, die Kinder haben und glücklich sind. Wenn sie erfährt, dass eine Frau ein Kind erwartet oder bekommen hat, wird sie sofort krank. Sie kann nie mehr ein Kind haben, verstehen Sie, und der einzige Sohn, den sie hat, ist schwachsinnig. Wussten Sie das eigentlich?»

«Ich habe davon gehört, ja. Eine sehr traurige Geschichte. Doch man sollte glauben, dass sie nach so langer Zeit darüber hinweggekommen ist.»

«*Sie* nicht. Es ist bei ihr zur fixen Idee geworden. Sie brütet ständig darüber nach.»

«Was hält Mr. Rudd davon?»

«Ach, das Kind war nicht von ihm. Es stammte von ihrem früheren Mann, Isidore Wright.»

«Ach, ja, ihr früherer Mann. Wo lebt er jetzt?»

«Er hat wieder geheiratet und ist in Florida», erwiderte Ella.

«Würden Sie sagen, dass sich Miss Gregg in ihrem Leben viele Feinde gemacht hat?»

«Sicherlich nicht mehr als üblich. Es gibt immer Streitereien wegen Frauen oder andern Männern oder Verträgen oder aus Eifersucht – so das Übliche.»

«Wissen Sie, ob sie vor jemandem Angst hatte?»

«Marina? Sie soll vor jemandem Angst haben? Das glaube ich nicht! Warum auch? Warum?»

«Ich weiß es nicht», antwortete Craddock. Er nahm die Namenliste vom Schreibtisch. «Vielen Dank, Miss Zielinsky. Sollte ich noch Fragen haben, darf ich doch wiederkommen?»

«Selbstverständlich. Ich möchte Ihnen helfen, so gut ich kann. Wir alle möchten Ihnen helfen.»

«Na, Tom, was haben Sie für mich?», fragte Craddock. «Sind Sie auf Gold oder Silber gestoßen?»

Die beiden Männer wohnten im «Blue Boar», und Sergeant Tom Tiddler war gerade aus dem Filmstudio zurückgekehrt, wo er den ganzen Tag gewesen war.

«Der Goldfund ist sehr klein», sagte Tiddler. «Kaum Klatsch. Keine aufregenden Gerüchte. Ein oder zwei Vermutungen, dass es Selbstmord gewesen sei.»

«Warum Selbstmord?»

«Sie soll sich mit ihrem Mann gestritten haben und brachte sich um, damit er ein schlechtes Gewissen hat. So was in der Richtung. Und dass sie es nicht ernst meinte und sich nicht töten wollte.»

«Keine sehr viel versprechende Lösung.»

«Nein, natürlich nicht. Die dort wissen überhaupt nichts, verstehen Sie? Die kennen nur ihren Beruf. Nichts als Technik und dazu diese Atmosphäre von ‹die Show muss weitergehn› oder wie das heißt. Also in diesem Fall ‹das Filmen muss weitergehen›. Die Dreharbeiten dürfen nicht unterbrochen werden. Die beschäftigt nur die eine Frage: Wann Marina Gregg weitermachen kann. Sie hat schon einmal durch einen Nervenzusammenbruch einen Film erledigt.»

«Ist sie beliebt oder nicht?»

«Sie ist eine Landplage, verteufelt schwierig, trotzdem

sind alle von ihr fasziniert, wenn sie in der Stimmung ist, charmant zu sein. Ihr Mann vergöttert sie.»

«Was hält man von ihm?»

«Sie finden, dass er der beste Regisseur oder Produzent ist, den es gibt.»

«Keine Gerüchte, dass er sich mit einem anderen Star eingelassen oder ein Verhältnis hat?»

Tom Tiddler sah ihn entgeistert an. «Nein!», rief er. «Bestimmt nicht. Nicht die kleinste Spur in dieser Richtung. Wieso halten Sie das für möglich?»

«Ich überlege nur», antwortete Craddock. «Marina Gregg ist überzeugt, dass die tödliche Dosis ihr selbst galt.»

«Tatsächlich. Hat sie Recht?»

«Das steht beinahe fest», antwortete Craddock. «Doch darum geht es nicht. Der Witz ist, dass sie es ihrem Mann nicht erzählt hat. Nur ihrem Arzt.»

«Glauben Sie, dass sie es ihm gesagt hätte, wenn er ...»

«Es könnte möglich sein, dass sie insgeheim ihren Mann für den Schuldigen hält. Der Arzt hat sich etwas seltsam benommen. Vielleicht bilde ich es mir nur ein. Allerdings glaube ich es nicht.»

«Im Filmstudio gab es solche Gerüchte nicht», erklärte Tom. «So etwas würde sich schnell herumsprechen.»

«Sie hat keine Beziehung zu einem anderen Mann?»

«Nein. Sie scheint ihren Mann zu lieben.»

«Keine interessanten Details über ihre Vergangenheit?»

Tiddler grinste. «Nichts, was nicht in jeder Filmillustrierten steht.» «Ich sollte wohl mal ein paar lesen», meinte Craddock, «um das Milieu etwas besser kennen zu lernen.»

«Um zu erfahren, was geredet und geklatscht wird.»

«Vielleicht», sagte Craddock nachdenklich, «liest meine Miss Marple Filmillustrierte.»

«Ist das die alte Dame, die in dem Haus neben der Kirche wohnt?»

«Ja.»

«Das ist eine ganz scharfe», sagte Tiddler. «Angeblich passiert nichts, ohne dass Miss Marple es nicht erfährt. Vielleicht weiß sie nicht viel über die Filmleute, aber über die Badcocks könnte sie Ihnen bestimmt viel erzählen.»

«Es ist nicht mehr so einfach wie früher», meinte Craddock. «Das Leben hier hat sich geändert. Es wurde viel gebaut, eine neue Siedlung ist entstanden. Die Badcocks sind erst zugezogen und wohnen dort.»

«Über Leute aus dem Ort habe ich natürlich nicht viel erfahren», sagte Tiddler. «Ich habe mich mehr auf das Sexleben von Filmstars und so was konzentriert.»

«Sie haben nicht gerade viel erreicht», brummte Craddock. «Wie steht es mit Marina Greggs Vergangenheit? Gibt's da irgendetwas?»

«Hat ziemlich oft geheiratet, aber auch nicht mehr als die andern. Ihrem ersten Mann passte es gar nicht, als sie ihn stehen ließ, heißt es. An ihm war nichts Besonderes dran – Grundstücksmakler oder so was Ähnliches. Dann heiratete sie einen fremden Prinzen oder Grafen. Das dauerte auch nicht lange, aber viel Geschirr wurde nicht zerschlagen. Sie schickte ihn einfach weg und nahm sich Nummer drei, einen Filmstar namens Robert Truscott. Angeblich die große Liebe. Seine Frau war nicht sehr begeistert davon, musste aber schließlich nachgeben. Riesige Abfindung. Soviel ich mitbekommen habe, sind alle knapp bei Kasse, weil sie ihren Exfrauen so viel Unterhalt zahlen müssen.»

«Es ging wieder schief?»

«Ja. Diesmal war sie es, der das Herz gebrochen wurde. Ein oder zwei Jahre später kam es wieder zu einer großen Romanze, diesmal mit einem Bühnenschriftsteller, Isidore Sowieso.»

«Was für eine exotische Welt», sagte Craddock. «Na, für heute wollen wir Schluss machen. Morgen werden wir viel zu tun haben.»

«Was zum Beispiel?»

«Ich habe eine Liste, die überprüft werden muss. Von den mehr als zwanzig Namen, die darauf stehen, müssen wir die unwichtigen herausfinden und streichen. Einer von denen, die dann noch übrig sind, muss X sein.»

«Haben Sie schon eine Vorstellung, wer X sein könnte?»

«Gar keine. Falls es nicht Jason Rudd ist», fügte er mit einem ironischen Lächeln hinzu. «Ich werde wohl Miss Marple besuchen müssen, damit ich mehr über lokale Ereignisse erfahre.»

12

Miss Marple hatte ihre eigene Methode, Nachforschungen anzustellen.

«Es ist sehr freundlich von Ihnen, Mrs. Jameson, wirklich sehr freundlich. Ich kann Ihnen gar nicht sagen, wie dankbar ich bin.»

«Ach, das tue ich doch gern, Miss Marple. Ich freue mich, dass ich Ihnen gefällig sein kann. Sicherlich möchten Sie die neuesten?»

«Nein, nein, das muss nicht sein», antwortete Miss Marple. «Im Gegenteil. Eigentlich hätte ich alte Nummern lieber.»

«Nun, dann nehmen Sie die hier», sagte Mrs. Jameson. «Es ist ein ganz schöner Stoß, aber wir werden kaum merken, dass sie nicht da sind. Behalten Sie sie, solange Sie wollen. Aber Sie können sie nicht tragen, sie sind zu schwer für Sie. Jenny, was macht die Dauerwelle?»

«Alles in Ordnung, Mrs. Jameson. Sie wurde gewaschen und jetzt sitzt sie unter der Haube.»

«In diesem Fall, meine Liebe, könnten Sie Miss Marple begleiten und ihr die Illustrierten tragen. Nein, wirklich nicht, Miss Marple, es macht uns keine Mühe. Es freut uns immer, wenn wir Ihnen einen Gefallen tun können.»

Wie freundlich die Leute waren, dachte Miss Marple, vor allem, wenn sie einen praktisch das ganze Leben lang kannten. Mrs. Jameson, die schon immer ein Friseurgeschäft im Ort geführt hatte, war eines Tages auf den mutigen Einfall gekommen, ihren Laden im Namen des Fortschritts umzutaufen. Die Firmenschrift wurde überstrichen, und jetzt nannte sich das Unternehmen «Diane – Haarstylistin». Abgesehen davon hatte sich im Laden nichts geändert, und man erfüllte die Wünsche der Kunden in der gewohnten Weise: Man bekam eine ordentliche, solide Dauerwelle. Auch die jüngere Generation wurde dort mit modischen Frisuren und Schnitten versehen, und das meist trübselige Ergebnis wurde gewöhnlich ohne zu viele Beschwerden akzeptiert. Doch die Masse von Mrs. Jamesons Kunden bestand aus einer Truppe vernünftiger und konservativer mittelalterlicher Damen, die überzeugt waren, dass ihr Haar nur in diesem Geschäft so frisiert wurde, wie sie es wünschten.

«Nein, so was!», rief Cherry am nächsten Morgen, als sie mit ihrem gefährlich brummenden Hoover loslegen und die Halle saugen wollte, wie sie das Wohnzimmer in Gedanken immer noch nannte. «Was soll denn das bedeuten?»

«Ich versuche», antwortete Miss Marple, «mich über die Welt des Films etwas fortzubilden.»

Sie legte eine Nummer der «Movie News», weg und ergriff eine Nummer der «Amongst the Stars».

«Es ist wirklich äußerst interessant. Es erinnert mich an so viele andere Dinge.»

«Die müssen ein herrliches Leben haben», meinte Cherry.

«Das Leben von Spezialisten», erwiderte Miss Marple. «Alles spielt sich nach einem genauen Muster ab. Es erinnert mich sehr an die Geschichten, die eine Freundin mir zu erzählen pflegte. Sie war Krankenschwester. Die gleiche Naivität der Lebensanschauung und viel Klatsch und Gerüchte. Und gut aussehende Ärzte, die jede Menge Verheerung anrichteten.»

«Kommt ziemlich plötzlich, Ihr Interesse, finden Sie nicht?», fragte Cherry.

«Das Stricken fällt mir immer schwerer», erklärte Miss Marple. «Natürlich ist der Druck ziemlich klein, aber ich kann ja ein Vergrößerungsglas nehmen.»

Cherry sah sie neugierig an. «Es verblüfft mich immer wieder», sagte sie, «für wie viele Dinge Sie sich interessieren.»

«Ich interessiere mich für alles.»

«Ich meine, dass Sie in Ihrem Alter noch etwas Neues anfangen.»

«Eigentlich ist es nichts Neues für mich. Es ist einfach die menschliche Natur, die mich interessiert, verstehen Sie, und die menschliche Natur bleibt sich ziemlich gleich, ob es sich um Filmstars oder Krankenschwestern handelt oder Einwohner von St. Mary Mead oder», fügte sie nachdenklich hinzu, «oder um Leute, die in der Siedlung wohnen.»

«Zwischen einem Filmstar und mir kann ich nicht viel Ähnlichkeit entdecken», meinte Cherry lachend, «was sehr schade ist. Sicherlich sind Marina Gregg und ihr Mann schuld, dass Sie jetzt so was lesen.»

«Und ein sehr bedauerlicher Vorfall, der in ‹Gossington Hall› passiert ist», sagte Miss Marple.

«Sie meinen Mrs. Badcock. Das war wirklich Pech.»

«Was hält man in der –» Miss Marple machte eine Pause.

Das «S», lag ihr schon auf den Lippen. Doch dann fragte sie nur: «Was halten Sie und Ihre Freunde von der Geschichte?»

«Alles sehr seltsam, wirklich», erwiderte Cherry. «Sieht doch aus, als wär's Mord, nicht wahr, aber natürlich schweigt sich die Polizei darüber aus. Trotzdem – es war Mord.»

«Ich wüsste nicht, was es sonst sein sollte.»

«Selbstmord kommt nicht in Betracht», stimmte ihr Cherry zu. «Das passt nicht zu Heather Badcock.»

«Kannten Sie sie gut?»

«Nicht besonders. Eigentlich gar nicht. Sie war eine ziemlich neugierige Person und wollte immer, dass man hier mitmachte und dort und zu irgendwelchen Versammlungen ging. Viel zu viel überflüssige Energie. Ich glaube, ihr Mann hatte es manchmal ziemlich satt.»

«Aber sie hatte doch keine Feinde?»

«Manchmal hatten die Leute die Nase ziemlich voll. Doch der springende Punkt ist, dass eigentlich nur ihr Mann als Täter in Frage kommt. Und er ist ein sehr freundlicher, bescheidener Typ. Trotzdem – wenn man auf einen Wurm tritt, krümmt er sich, oder wie man so schön sagt. Auch Doktor Crippen soll ein ganz reizender Mann gewesen sein, genau wie dieser Haigh, der seine Opfer in Säure legte. Er soll sehr charmant gewesen sein. Man kann eben nie wissen, nicht wahr?»

«Der arme Mr. Badcock», meinte Miss Marple nur.

«Und man erzählt sich, dass er beim Fest aufgeregt und nervös – war bevor es passierte, meine ich –, aber so was wird ja hinterher immer behauptet. Wenn Sie mich fragen, er sieht besser aus als seit Jahren. Irgendwie wirkt er munterer, als wäre er aufgewacht.»

«Ach, tatsächlich?»

«Niemand glaubt natürlich, dass er's war», fuhr Cherry

fort. «Nur, wenn er sie nicht vergiftete, wer dann? Ich komme immer wieder drauf, dass es ein Unfall oder so was gewesen ist. Unfälle passieren andauernd. Da denkt man, dass man alle Pilze kennt, geht in den Wald und sammelt sie, und dann ist ein giftiger drunter, und schon hat man die Bescherung, man windet sich in Krämpfen und kann von Glück sagen, wenn der Arzt noch rechtzeitig kommt.»

«Cocktails und Sherry scheinen mir für Unfälle nicht besonders geeignet», sagte Miss Marple.

«Ach, ich weiß nicht», antwortete Cherry. «Manchmal gerät irgendeine falsche Flasche dazwischen. Jemand, den ich kannte, hat mal eine starke Dosis DDT erwischt. Schrecklich gelitten hat er.»

«Ein Unfall!», sagte Miss Marple grüblerisch. «Ja, das scheint die beste Lösung zu sein. Ich finde auch, dass im Fall von Heather Badcock vorsätzlicher Mord höchst unwahrscheinlich ist. Damit will ich nicht sagen, dass es unmöglich wäre. Nichts ist unmöglich, doch es ist nicht wahrscheinlich. Ja, ich glaube, wir müssen die Wahrheit woanders suchen.» Sie raschelte mit ihrer Illustrierten, legte sie weg und nahm eine andere in die Hand.

«Suchen Sie nach einem bestimmten Bericht über irgendjemanden?», fragte Cherry.

«Nein», antwortete Miss Marple, «ich lese nur die Klatschspalten mit Nachrichten über prominente Leute und ihr Leben und so weiter – vielleicht finde ich einen kleinen Hinweis.» Miss Marple begann wieder, in ihren Zeitschriften zu blättern, und Cherry trug ihren Staubsauger in den ersten Stock.

Miss Marples Wangen waren rosig, und sie vertiefte sich in ihre Lektüre, und da sie etwas taub geworden war, hörte sie die Schritte nicht, die den Gartenweg entlangkamen und vor dem Wohnzimmerfenster anhielten. Erst als ein schwacher Schatten auf die Seite fiel, blickte sie auf.

Chefinspektor Craddock stand draußen und lächelte auf sie hinunter.

«Wie ich sehe, machst du Hausaufgaben», sagte er.

«Mein Junge, wie nett, dass du mich besuchst. Möchtest du eine Tasse Kaffee? Oder lieber ein Glas Sherry?»

«Ein Sherry wäre großartig», erwiderte Craddock. «Aber bemüh dich nicht!», fügte er hinzu. «Ich sage beim Hineingehen Bescheid.» Er schritt zur Hintertür und trat kurz darauf ins Zimmer.

«Na», sagte er, «hat dir das Zeug da schon zu einer Inspiration verholfen?»

«Einfälle habe ich genug», sagte Miss Marple. «Ich bin nicht so leicht entsetzt, das weißt du ja, aber dies hier hat mich doch etwas erschüttert.»

«Was, das Leben der Filmstars?»

«Nein, nein», antwortete Miss Marple. «Das nicht. Das ist alles ganz normal, wenn man die Umstände bedenkt, das viele Geld und wie klein die Welt für diese Leute ist. Nein, nein, das ist ganz normal. Ich meine die Art, wie über diese Leute geschrieben wird! Ich bin ziemlich altmodisch, und ich finde, dass man so etwas nicht erlauben sollte.»

«Es sind eben Sensationsmeldungen. Manchmal kann man in einem ziemlich harmlos klingenden Artikel ganz gemeine Dinge sagen.»

«Eben», sagte Miss Marple. «Und das ärgert mich. Sicherlich findest du es verrückt von mir, dieses Zeug zu lesen. Ich möchte so gern das Gefühl haben, dabei zu sein, aber wenn man hier im Haus herumsitzt, kann man natürlich nicht so viel erfahren, als man gern erfahren würde.»

«Das habe ich mir auch gedacht», erwiderte Craddock, «und deshalb bin ich hergekommen, um dir alles zu erzählen.»

«Aber, mein lieber Junge, entschuldige, wenn ich das frage: Würden deine Vorgesetzten das billigen?»

«Warum denn nicht?», sagte Craddock. «Sieh mal», fuhr er dann fort, «hier habe ich eine Liste. Mit den Namen der Leute, die oben in der Halle standen, als Heather Badcock eintraf. Und die auch noch dort waren, als sie starb. Ein paar haben wir bereits gestrichen, vielleicht etwas zu voreilig, doch ich glaube es nicht. Wir haben den Bürgermeister und seine Frau gestrichen, den Stadtrat Sowieso und viele Leute aus dem Ort. Der Ehemann steht allerdings weiter drauf. Wenn ich mich recht erinnere, waren dir Ehemänner stets besonders verdächtig.»

«Weil sie häufig der logische Täter sind», meinte Miss Marple. «Und was logisch ist, stimmt meistens.»

«Da kann ich dir nur beipflichten.»

«Aber welchen Ehemann meinst du eigentlich, mein lieber Junge?», fragte Miss Marple.

«Was glaubst du wohl?», fragte Craddock zurück und sah sie prüfend an.

Miss Marple hielt seinem Blick ruhig stand. «Jason Rudd?», fragte sie dann.

«Aha!», rief Craddock. «Deine Gedanken gehen in dieselbe Richtung wie meine. Ich glaube nicht, dass es Arthur Badcock war, weil ich nicht davon überzeugt bin, dass das Gift für Heather Badcock bestimmt war. Marina Gregg sollte das Opfer sein.»

«Das scheint mir ziemlich sicher, nicht wahr?», sagte Miss Marple.

«Und da wir uns über diesen Punkt einig sind, wird das Feld größer. Wenn ich dir also erzähle, wer bei jenem Fest war, was sie beobachteten oder behaupten, beobachtet zu haben, und wo sie sich befanden oder behaupten, gewesen zu sein – so hättest du all das auch selbst hören können, wenn du hingegangen wärst. Deshalb können meine Vorgesetzten, wie du sie nennst, nichts dagegen haben, dass ich mich darüber mit dir unterhalte.»

«Sehr hübsch ausgedrückt, mein lieber Junge», meinte Miss Marple.

«Ich werde dir eine kurze Zusammenfassung von dem geben, was man mir erzählt hat, und dann gehen wir die Liste durch.» Craddock berichtete Miss Marple genau und holte dann seine Liste aus der Tasche.

«Der Täter muss darunter sein», sagte er. «Mein Pate, Sir Henry Clithering, hat mir erzählt, dass es hier mal eine Art Club gab. Der Dienstagabenddub hieß er, glaube ich. Ihr kamt jede Woche zusammen, und jemand erzählte eine Geschichte, eine, Geschichte, die tatsächlich passiert war. Nur der Erzähler kannte die Lösung. Und jedes Mal sollst du sie erraten haben. Das ist auch ein Grund, warum ich hergekommen bin. Ich wäre dir dankbar, wenn du auch für mich ein wenig Rätsel raten würdest.»

«Es so auszudrücken, erscheint mir ein wenig unsachlich», meinte Miss Marple vorwurfsvoll, «aber vorher möchte ich dir noch eine Frage stellen.»

«Und die wäre?»

«Was ist mit den Kindern?»

«Mit den Kindern? Sie hat nur eines. Es ist schwachsinnig und lebt in Amerika in einer Heilanstalt. War es das, was du wissen wolltest?»

«Nein. Natürlich ist das sehr traurig. Wieder so eine Tragödie, die einfach passiert und an der niemand Schuld hat. Nein, ich meine die Kinder, die in den Artikeln erwähnt werden.» Sie klopfte auf den Stoß Illustrierte vor sich. «Marina Gregg hat sie adoptiert – zwei Jungen und ein Mädchen. Im einen Fall war es eine Mutter mit einem Haufen Kinder und sehr wenig Geld. Sie schrieb ihr und fragte, ob sie nicht ein Kind haben wolle. Es wurden viele falsche und sentimentale Geschichten darüber geschrieben. Über die Selbstlosigkeit der Mutter und das schöne neue Zuhause, die gute Erziehung und die herrliche Zukunft, die das Kind haben würde. Über die anderen beiden habe ich nicht viel gefunden. Offenbar war das eine ein Flüchtling und das andere ein amerikanisches Kind. Die Gregg hat sie nicht alle zur gleichen Zeit adoptiert. Ich wüsste gern, was aus ihnen geworden ist.»

Craddock sah sie neugierig an. «Komisch, dass du daran gedacht hast», sagte er. «Ich habe mir auch schon Gedanken darüber gemacht. Aber was sollten sie mit dem Fall zu tun haben?»

«Nun», sagte Miss Marple, «soviel ich gehört und gelesen habe, leben sie nicht bei ihr.»

«Sicherlich hat sie gut für sie gesorgt», meinte Craddock. «Die Gesetze zur Adoption eines Kindes sind da sehr streng. Wahrscheinlich wurde irgendeine Stiftung für sie eingerichtet.»

«Als sie sie – satt hatte», sagte Miss Marple mit einer kleinen Pause vor dem Wort «satt», «schob sie sie ab! Nachdem die Kinder in Luxus und mit allen Privilegien der reichen Leute erzogen worden waren. Trifft das zu?»

«Vermutlich. Ich weiß es nicht genau.» Immer noch sah er sie verwundert an.

«Kinder sind sehr feinfühlig, weißt du», fuhr Miss Marple fort und nickte nachdrücklich, «sie sind viel feinfühliger, als die Erwachsenen glauben. Sie spüren es sehr genau, wenn sie ungerecht behandelt werden, nicht erwünscht sind oder zurückgestoßen werden. So etwas vergisst man nicht, nur weil man dafür andere Vorteile hat, wie zum Beispiel eine gute Erziehung oder ein angenehmes Leben, ein sicheres Einkommen oder eine Berufsausbildung. Das nagt an einem.»

«Ja, schon. Trotzdem – ist diese Möglichkeit nicht etwas weit hergeholt? Zu glauben, dass … Ja, was glaubst du eigentlich?»

«So weit bin ich noch nicht», antwortete Miss Marple. «Ich habe mich nur gefragt, wo sie stecken und wie alt sie wohl heute sind. Nach allem, was ich gelesen habe, müssten sie erwachsen sein.»

«Das ließe sich feststellen», erwiderte Craddock langsam.

«Ach, ich möchte dir keine Mühe machen oder gar andeuten, dass diese Idee überhaupt der Rede wert ist.»

«Es kann nichts schaden, wenn wir nachforschen.» Er machte sich eine Notiz. «Möchtest du dir nun meine Liste ansehen?»

«Ich glaube nicht, dass ich dir viel helfen kann. Ich kenne die Leute doch gar nicht.»

«Ich werde dir jedes Mal einen Kommentar dazu liefern», sagte Craddock. «Also los! Da hätten wir zum Beispiel Jason Rudd. Alle Leute behaupten, dass er sie anbetet. Das allein ist schon verdächtig, findest du nicht auch?»

«Nicht unbedingt», erwiderte Miss Marple mit Würde.

«Er hat mit allen Mitteln versucht, die Tatsache zu vertuschen, dass seine Frau das wahre Opfer des Mordanschlags sein sollte. Gegenüber meinen Kollegen hat er nicht mal eine Andeutung darüber gemacht. Wieso er glaubt, dass wir zu dumm sind, um selbst darauf zu kommen, begreife ich nicht. Wir haben von Anfang an daran gedacht. Wie dem auch sei, er hat jedenfalls Folgendes behauptet: Er hatte Angst, dass seine Frau davon erfahren und in Panik geraten würde.»

«Ist sie der Typ Frau, der leicht die Fassung verliert?»

«Ja, sie ist neurasthenisch, launisch, hat Nervenzusammenbrüche und Zustände.»

«Trotzdem kann sie Mut haben», bemerkte Miss Marple.

«Andrerseits», fuhr Craddock fort, «falls sie weiß, dass das Gift für sie selbst bestimmt war, könnte sie den Täter kennen.»

«Du meinst, dass sie weiß, wer es getan hat, es aber nicht sagen möchte?»

«Jedenfalls ist es eine Möglichkeit, und wenn sie stimmt,

dann muss man sich fragen, warum sie schweigt. Vielleicht ist das Motiv, die Wurzel der ganzen Geschichte, ein Punkt, den der Ehemann nicht erfahren soll.»

«Ein höchst interessanter Gedanke», meinte Miss Marple.

«Hier sind noch ein paar Namen. Die Sekretärin, Ella Zielinsky. Eine sehr tüchtige junge Person.»

«Verliebt in den Ehemann?», fragte Miss Marple.

«Meiner Meinung nach ganz bestimmt nicht», antwortete Craddock. «Warum?»

«Weil das häufig passiert», sagte Miss Marple. «Und deshalb mag sie die arme Gregg nicht, was?»

«Also ein mögliches Mordmotiv», stellte Craddock fest.

«Eine Menge Sekretärinnen und Angestellte verlieben sich in den Mann der Arbeitgeberin», sagte Miss Marple, «aber sehr, sehr wenige versuchen, sie zu vergiften.»

«Es gibt immer Ausnahmen», bemerkte Craddock trocken. «Außerdem waren drei Fotografen da, eine Dame aus London, zwei aus dem Ort. Dazu zwei Reporter. Sehr unwahrscheinlich, dass einer von ihnen der Täter ist, aber wir lassen sie überprüfen. Dann eine Frau, die mal mit dem zweiten oder dritten Mann der Gregg verheiratet war. Es gefiel ihr nicht, dass die Gregg ihr den Mann wegnahm. Trotzdem, das ist etwa elf oder zwölf Jahre her. Ziemlich unwahrscheinlich, dass sie herkommt und dieses Fest zum Anlass nimmt, um Marina Gregg zu vergiften. Ein Mann namens Ardwyck Fenn war ebenfalls Gast. Er soll mit der Gregg mal eng befreundet gewesen sein. Er hat sie seit Jahren nicht gesehen. Kein Mensch hatte eine Ahnung, dass er in England war, und alle waren sehr überrascht, als er auftauchte.»

«War sie verblüfft, als sie ihn entdeckte?»

«Sicher.»

«Vielleicht überrascht und entsetzt?»

«‹Ich bin verdammt›», murmelte Craddock. «Ja, das ist es. Der junge Hailey Preston war an dem Tag auch in Hochform und kümmerte sich mit um die Gäste. Er redete eine Menge, hat aber nichts gesehen, nichts gehört und weiß auch nichts. Er hatte es beinahe zu eilig, uns das zu verraten. Klingelt's jetzt irgendwie bei dir?»

«Leider nicht», antwortete Miss Marple. «Viele interessante Möglichkeiten, mehr nicht. Trotzdem würde ich gern mehr über die Kinder erfahren.»

Er lächelte ihrzu. «Das ist ja fast zur fixen Idee bei dir geworden»,sagte er. «Na gut, ich werde mich umhören.»

13

«Der Bürgermeister kann es wohl nicht gewesen sein?», fragte Inspektor Cornish sehnsüchtig und klopfte mit dem Bleistift auf die Namenliste, die vor ihm auf dem Schreibtisch lag.

Craddock grinste. «Der Wunsch ist wohl der Vater des Gedankens, was?»

«So könnte man es nennen», sagte Cornish. «So ein alter Angeber und Heuchler!», fuhr er fort. «Keiner kann ihn leiden. Spielt sich auf, tut, als könnte er kein Wässerchen trüben, und steckt dabei seit Jahren bis zum Hals im Dreck: Korrupt bis in die Knochen.»

«Aber Sie können ihm nichts beweisen?»

«Nein. Dazu ist er zu gerissen. Er steht immer auf der richtigen Seite.»

«Es ist eine große Versuchung», sagte Craddock, «das kann ich verstehen, aber Sie sollten dieses hoffnungsvolle Bild lieber aus Ihrem Kopf verbannen, Frank.»

«Ich weiß, ich weiß», antwortete Cornish. «Er könnte es

gewesen sein, doch es ist höchst unwahrscheinlich. Wen haben wir noch?»

Beide Männer beugten sich wieder über die Liste. Acht Namen waren noch übrig.

«Es steht doch einwandfrei fest», sagte Craddock, «dass niemand übersehen wurde?» Ein leiser Zweifel schwang in seiner Stimme mit.

«Ich bin überzeugt, dass keiner fehlt», antwortete Cornish. «Nach Mrs. Bantry kam der Pfarrer, danach erschienen die Badcocks. Zu dem Zeitpunkt befanden sich acht Leute auf der Treppe. Der Bürgermeister mit seiner Frau, Joshua Grice und seine Frau vom Gut, Donald McNeil vom ‹Herald and Argus› aus Much Benham, Ardwyck Fenn aus den Staaten, Miss Lola Brewster, amerikanische Filmschauspielerin. Das sind alle. Außerdem war noch eine verrückte Fotografin aus London da, die ihre Kamera in Richtung Treppe aufgebaut hatte. Wenn stimmt, was Mrs. Bantry behauptet, dass Marina Gregg zur Treppe sah, als sie ‹ein versteinertes Gesicht› machte, dann kommen nur diese Leute in Frage. Den Bürgermeister müssen wir laufen lassen, leider. Die Grices fallen auch weg. Die sind vermutlich nie aus St. Mary Mead rausgekommen. Bleiben noch vier. Der Reporter? Kaum. Die Fotografin aus London? Die war schon seit einer halben Stunde da. Warum sollte die Gregg erst dann so ein Gesicht machen? Wen haben wir noch?»

«Die großen Unbekannten aus Amerika», sagte Craddock mit einem schwachen Lächeln.

«Sie sagen es!»

«Bei weitem am verdächtigsten, finde ich auch», meinte Craddock. «Sie tauchen ganz plötzlich auf. Ardwyck Fenn war ein alter Verehrer der Gregg, den sie seit Jahren nicht gesehen hatte. Lola Brewster war mal mit dem dritten Mann der Gregg verheiratet. Er ließ sich scheiden, weil er die Gregg heiraten wollte. Sicherlich keine freundschaftliche Trennung.»

«Dann ist sie Verdächtige Nummer eins», erklärte Cornish.

«Glauben Sie? Nach einem Zeitraum von etwa fünfzehn Jahren? Und nachdem sie noch zweimal geheiratet hat?»

Cornish fand, dass man bei Frauen nie wissen könne. Craddock nahm die Bemerkung für das, was sie war, doch entgegnete er, dass eine derartige Reaktion zumindest höchst seltsam sei.

«Aber Sie sind auch der Meinung, dass einer von den beiden in Frage kommt?»

«Möglich. Doch diese Lösung gefällt mir nicht besonders. Wie steht es mit den Aushilfskellnern, die die Getränke servierten?»

«Und was ist mit dem ‹versteinerten Gesicht›? Das müssen wir dann außer Acht lassen. Na, jedenfalls haben wir die Leute überprüft. Ein Geschäft in Market Basing hatte die Verpflegung übernommen. Im Haus gibt es den Butler Giuseppe, dem zwei Frauen von der Filmkantine halfen. Ich kenne die beiden. Keine großen Leuchten und harmlos.»

«Damit habe ich wieder den schwarzen Peter, was? Ich werde mal ein Wörtchen mit dem Reporter reden. Vielleicht hat der was gesehen. Dann fahre ich nach London. Zu Ardwyck Fenn, zu dieser Lola Brewster und der Fotografin. Wie hieß sie noch? Ach ja, Margot Bence! Vielleicht hat *die* was beobachtet.»

Cornish nickte. «Ich setze auf diese Lola Brewster», sagte er. Dann sah er Craddock fragend an. «Sie scheinen von ihrer Schuld nicht so überzeugt zu sein wie ich.»

«Ich ziehe die schwierigen Umstände in Betracht», entgegnete Craddock vorsichtig.

«Das trifft auf jeden zu, finde ich, nicht nur auf diese Brewster. Verrückt, so was zu tun.»

«Das finde ich zwar auch, aber wenn die Brewster der Täter ist, ist das noch verrückter, als wenn es jemand anders gewesen wäre.»

«Warum?»

«Weil sie ein prominenter Gast war. Sie ist berühmt, ein großer Star; stand sozusagen immer im Scheinwerferlicht.»

«Stimmt!», musste Cornish zugeben.

«Die Leute aus dem Ort haben sie angestarrt und über sie geflüstert, und nachdem Marina Gregg und ihr Mann sie begrüßt hatten, wurde sie an eine Sekretärin weitergereicht, die sich um sie kümmern musste. Es wäre nicht einfach gewesen, Frank, ganz gleich, wie geschickt man ist, irgendjemand hätte einen dabei beobachten können. Das ist das Haar in der Suppe. Ein ziemlich kräftiges Haar.»

«Wie ich schon sagte – alle hatten dasselbe Problem.»

«Nein, ganz bestimmt nicht! Weit davon entfernt! Nehmen wir mal den Butler Giuseppe. Er musste sich um die Drinks, um die Gläser kümmern und eingießen und herumreichen. Er hätte völlig unbemerkt ein oder zwei Calmo-Pillen in ein Glas gleiten lassen können.»

«Was, der Butler?», rief Cornish. «Glauben Sie das wirklich?»

«Noch haben wir kein Motiv», erwiderte Craddock, «doch das könnten wir noch finden. Ein hübsches, hieb- und stichfestes Motiv. Ja, er hatte die Gelegenheit dazu. Oder einer von den Aushilfen kann es gewesen sein. Unglücklicherweise war keiner von ihnen zur fraglichen Zeit am Ort der Tat – ein Jammer.»

«Vielleicht hat sich jemand als Aushilfskellner eingeschlichen, weil er den Anschlag exakt geplant hatte. Wir wissen es nicht», sagte Craddock bedrückt. «Wir wissen einfach nichts Genaueres, solange wir nicht mit Marina Gregg gesprochen haben. Oder bis ihr Mann mit der Wahrheit herausrückt. Sie *müssen* etwas wissen. Sie *müssen* jemand im Verdacht haben. Und wir wissen auch noch nicht, warum sie schweigen. Es ist noch ein langer Weg.»

Er schwieg nachdenklich. Dann sagte er: «Lassen wir mal jenen bewussten entsetzten Gesichtsausdruck der Gregg außer Acht. Es kann reiner Zufall gewesen sein. Dann bleiben noch einige Leute übrig, die sehr wohl diese Überdosis ins Glas hätten schmuggeln können. Zum Beispiel die Sekretärin, Ella Zielinsky. Sie hat sich auch um die Getränke gekümmert und Gläser herurngereicht. Kein Mensch hat sie beachtet. Das Gleiche gilt für diesen dünnen agilen jungen Mann – wie heißt er noch? Ach ja, Hailey, Hailey Preston. Genau. Der hatte auch jede Gelegenheit dazu. Tatsache ist, wenn einer der beiden die Gregg erledigen wollte, war es viel sicherer, sie bei dem Fest zu töten.»

«Wen haben wir außerdem?»

«Bleibt immer noch der Ehemann!»

«Damit wären wir wieder bei ihm gelandet», sagte Cornish. Er lächelte matt. «Erst hielten wir diesen armen Teufel Badcock für den Schuldigen, ehe wir erkannten, dass die Gregg das tatsächliche Opfer war. Also geriet Jason Rudd in Verdacht. Obwohl er sie anbetet, wie alle Welt weiß.»

«Das wird behauptet», antwortete Craddock, «doch man kann nie wissen.»

«Wenn er sie lossein wollte, warum hat er sich nicht scheiden lassen?»

«Das wäre das Übliche gewesen», stimmte Craddock ihm zu. «Doch vielleicht standen einer Scheidung zu viele Hindernisse im Wege, die wir noch nicht kennen.»

Das Telefon klingelte. Cornish hob ab.

«Wie bitte? Ja, stellen Sie durch! Ja, er ist da.» Er lauschte einen Augenblick, legte die Hand über die Sprechmuschel und sah Craddock an. «Miss Marina Gregg geht es besser», sagte er. «Sie ist bereit, Sie zu empfangen.»

«Ich werde mich lieber beeilen», entgegnete Craddock. «Ehe sie ihre Meinung ändert.»

In «Gossington Hall», wurde Chefinspektor Craddock von Ella Zielinsky in Empfang genommen, die kühl und tüchtig war wie üblich. «Miss Gregg erwartet Sie, Mr. Craddock», sagte sie nur.

Craddock musterte sie mit ziemlichem Interesse. Schon als er sie kennen gelernt hatte, war er zu dem Schluss gekommen, dass sie eine faszinierende Persönlichkeit war. Wenn das keine gerissene Pokerspielerin ist, hatte er damals gedacht. Alle seine Fragen hatte sie mit größter Bereitwilligkeit beantwortet. Mit keiner Geste hatte sie verraten, dass sie mit der Wahrheit hinterm Berg hielt, doch was sie über den Fall tatsächlich wusste oder dachte, ahnte er noch immer nicht. Im Panzer ihrer strahlenden Tüchtigkeit schien es keine schwache Stelle zu geben. Vielleicht wusste sie nicht mehr, als sie erzählte. Oder sie wusste eine Menge. Nur von einem war Craddock überzeugt – und er musste zugeben, dass er dafür keine Gründe nennen konnte –, dass Ella Jason Rudd liebte. Wie er schon früher einmal gesagt hatte, war es die Berufskrankheit der Sekretärinnen. Vermutlich hatte es nichts zu bedeuten. Doch damit war zumindest ein Motiv vorhanden, und er war überzeugt – ziemlich überzeugt –, dass sie etwas verheimlichte. Falls es nicht Liebe war, war es vielleicht Hass. Oder – ganz einfach – ein Schuldgefühl. An jenem Nachmittag hatte sie vielleicht die Gelegenheit genützt, oder sie hatte die ganze Sache geplant. Er konnte sich gut vorstellen, wie sie es gemacht hatte. Im Geist sah er ihre geschickten, aber nicht zu hastigen Bewegungen, wie sie hin und her ging und sich um die Gäste kümmerte, Gläser herumreichte, wegtrug, während sie sich einprägte, wo Marina Gregg ihr Glas abgestellt hatte. Und dann – etwa in dem Augenblick, als die Gregg die Gäste aus Übersee überschwänglich begrüßte und alle Augen sich ihr zuwandten – hatte sie still und leise die tödliche Dosis in das Glas gleiten lassen. Dazu war Kühnheit, Mut, Geschicklichkeit nötig. Und diese Eigenschaften besaß sie. Was sie auch getan hatte – jedenfalls würde sie nicht schuldbewusst ausgesehen haben. Es wäre ein brillant geplanter, sauberer Mord gewesen, ein Verbrechen, das nur wenige Risiken in sich barg. Doch der Zufall hatte es anders gewollt. Es hatte ein ziemliches Gedränge geherrscht, und irgendjemand hatte Heather Badcock angestoßen. Sie hatte ihr Glas fallen gelassen, und Marina hatte ihr impulsiv und charmant ihr eigenes angeboten, das sie noch nicht angerührt hatte. Und deshalb musste die falsche Frau sterben. Nichts als Theorie, die vielleicht gar nichts wert war, dachte Craddock, während er Ella Zielinsky gegenüber ein paar freundliche Bemerkungen fallen ließ.

Plötzlich fragte er: «Eines würde ich gern noch wissen, Miss Zielinsky. Eine Firma aus Market Basing lieferte das Buffet, stimmt das?»

«Ja.»

«Warum wurde diese Firma ausgesucht?»

«Das weiß ich eigentlich auch nicht», antwortete Ella. «Um so etwas kümmere ich mich nicht. Ich weiß nur, dass Mr. Rudd es taktvoller fand, ein ortsansässiges Geschäft zu beauftragen als ein Unternehmen in London. Die ganze Sache war uns nicht besonders wichtig.»

«Ich verstehe.» Er beobachtete sie, wie sie mit gerunzelter Stirn dastand und zu Boden starrte. Eine gute Stirn, ein energisches Kinn, eine Figur, die eigentlich ziemlich üppig war, was sie aber durch ein streng geschnittenes Kleid verbarg, ein energischer Mund – ein gieriger Mund. Und die Augen? Überrascht entdeckte er, dass ihre Lider gerötet waren. Hatte sie geweint? Es schien so. Dabei hätte er geschworen, dass sie nicht der Typ der jungen Frau war, die weinte. Sie blickte auf, und als könne sie in seinen Gedanken lesen, nahm sie ein Taschentuch aus der Tasche und schnäuzte sich.

«Sie sind erkältet», sagte er.

«Nicht erkältet. Es ist ein Heuschnupfen. Ich bin allergisch. Um diese Jahreszeit habe ich ihn immer.»

Ein leises Summen ertönte. Zwei Telefone standen da, eines auf dem Schreibtisch, das andere auf einem kleinen Ecktisch. Ella ging hinüber und nahm den Hörer ab.

«Ja», sagte sie, «er ist da. Ich bringe ihn sofort zu Ihnen.» Sie legte auf. «Marina ist bereit», sagte sie.

Marina Gregg empfing Chefinspektor Craddock in einem Raum im ersten Stock, der offenbar ihr privates Wohnzimmer war und eine Verbindungstür zu ihrem Schlafzimmer besaß. Nach all den Berichten über ihren Zusammenbruch und ihren schlechten Gesundheitszustand hatte Craddock erwartet, dass Marina Gregg schwach und kränklich sein würde. Marina Gregg ruhte zwar auf einem Sofa, doch ihre Stimme war kräftig und ihre Augen glänzten. Sie hatte sehr wenig Make-up aufgetragen. Trotzdem merkte man ihr ihr Alter nicht an. Craddock war von ihrer strahlenden Schönheit betroffen. Was für eine klare Linie der Wangenknochen, was für ein schönes Kinn! Wie herrlich umrahmte ihr langes Haar ihr Gesicht. Die großen meergrünen Augen, die schmalen Brauen und das warme Lächeln strahlten einen großen Zauber aus.

«Sie sind Chefinspektor Craddock?», sagte sie. «Ich habe mich schrecklich benommen. Bitte, verzeihen Sie mir! Es war einfach zu viel für mich. Was für eine entsetzliche Geschichte. Ich hätte mich zusammenreißen müssen, aber ich schaffte es nicht. Ich schäme mich.» Sie lächelte reuevoll.

Ihre Mundwinkel zogen sich nach oben. Sie reichte ihm die Hand, die er freundlich drückte.

«Es ist doch ganz normal», sagte er, «dass Sie sich aufgeregt haben.»

«Nun, wir haben uns alle sehr aufgeregt», antwortete sie, «aber ich hatte kein Recht, mich mehr aufzuregen als die andern.»

«Wirklich nicht?»

Sie musterte ihn schweigend und nickte schließlich. «Ja», sagte sie, «Sie sind sehr klug. Doch, ich hatte einen Grund.» Sie blickte in ihren Schoß und fuhr mit dem einen langen Zeigefinger über die Sofalehne, eine Bewegung, die er einmal in einem ihrer Filme gesehen hatte. Eine nichtssagende Geste, die trotzdem voll Bedeutung zu sein schien, voll nachdenklicher Zärtlichkeit.

«Ich bin feige», sagte sie, die Augen immer noch gesenkt. «Jemand wollte mich töten, und ich wollte nicht sterben.»

«Wieso glauben Sie, dass *Sie* das Opfer sein sollten?»

Ihre Augen weiteten sich erstaunt. «Weil es *mein* Glas war. *Mein* Cocktail, in dem die Überdosis war. Ein trauriger Irrtum, dass die arme Frau ihn trank. Das ist das Entsetzliche an der Geschichte. Außerdem ...»

«Außerdem?»

Sie schien nicht zu wissen, wie sie fortfahren sollte.

«Es gab einen triftigen Grund für Ihre Annahme?», forschte Craddock.

Sie nickte.

«Was für einen Grund?»

Sie schwieg lange, ehe sie antwortete. «Jason meint, ich solle Ihnen alles erzählen.»

«Sie haben sich ihm also anvertraut?»

«Ja. Zuerst wollte ich es nicht – doch Doktor Gilchrist bestand darauf. Und dann entdeckte ich, dass er auch schon daran gedacht hatte. Die ganze Zeit... es ist sehr seltsam ...»

Ein trauriges Lächeln lag auf ihren Lippen. «... er wollte mich nicht beunruhigen. Mein Gott!» Mit einer energischen Bewegung richtete sie sich auf. «Der gute Jinks! Hält er mich denn für so dumm?»

«Sie haben mir immer noch nicht gesagt, Miss Gregg, warum Sie glauben, dass jemand Sie töten wollte.»

Wieder schwieg sie eine Weile. Plötzlich streckte sie die Hand aus und griff nach ihrer Handtasche, öffnete sie, nahm ein Blatt Papier heraus und hielt es Craddock hin. Er nahm es und las, was darauf stand. Es war nur eine mit Schreibmaschine getippte Zeile: Das nächste Mal kommen Sie nicht davon.

«Wann haben Sie es erhalten?», fragte Craddock scharf.

«Der Bogen lag auf meinem Ankleidetisch, als ich aus dem Bad zurückkam!»

«Es ist also jemand aus dem Haus –»

«Nicht unbedingt. Derjenige kann auch den Balkon vor meinem Fenster hochgeklettert sein und das Blatt zum Fenster hineingeworfen haben. Man wollte mir wohl noch mehr Angst machen, aber eigentlich habe ich gar keine. Ich bin nur schrecklich wütend und beschloss sofort, Sie holen zu lassen.»

Craddock lächelte. «Sicherlich für den Absender ein ziemlich überraschendes Ergebnis seiner Bemühungen. Ist dies die erste derartige Nachricht, die Sie erhalten haben?»

Wieder zögerte Marina Gregg. Dann meinte sie: «Nein, nicht die Erste.»

«Möchten Sie mir nicht auch von den andern erzählen?»

«Der erste Drohbrief kam vor drei Wochen. Nicht hierher, sondern ins Studio. Er war ziemlich lächerlich. Nur drei Worte, nicht mit Schreibmaschine geschrieben, sondern mit der Hand – Druckbuchstaben. Sie werden sterben, hießen die Worte.» Sie lachte. Ein leichter hysterischer Unterton schwang in ihrem Lachen mit. Doch ihre Heiterkeit war echt. «Es war so völlig verrückt», sagte sie. «Ich bekomme häufig Briefe von Verrückten oder Drohungen und ähnliches Zeug. Zuerst hielt ich den Absender für einen religiösen Eiferer. Irgendjemand, der Filmstars nicht mag. Ich habe das Blatt einfach zerrissen und in den Papierkorb geworfen.»

«Haben Sie es jemandem erzählt?»

Marina Gregg schüttelte den Kopf. «Nein, ich habe kein Wort gesagt. Wir hatten auch gerade mit einer Einstellung Probleme, die wir drehten, und ich konnte an nichts anderes denken. Jedenfalls, wie ich schon sagte, hielt ich es für einen üblen Scherz oder für das Schreiben eines Fanatikers, der etwas gegen Schauspieler hat.»

«Es blieb nicht die einzige Nachricht?»

«Nein. Am Tag des Wohltätigkeitsfests traf wieder ein Brief ein. Wenn ich mich recht erinnere, brachte ihn mir einer der Gärtner. Er sagte, jemand habe ihn für mich abgegeben, ob er auf eine Antwort warten solle. Ich dachte, dass es etwas mit den Festvorbereitungen zu tun habe, und riss ihn auf. Auf dem Blatt stand nur: Heute ist Ihr letzter Tag auf Erden. Ich knüllte das Blatt einfach zusammen und sagte: ‹keine Antwort›. Dann rief ich den Mann noch einmal zurück und fragte, wer ihm den Brief gegeben habe. Es war ein Typ mit Brille gewesen, auf einem Fahrrad. Was hätte ich weiter tun sollen? Ich hielt das Ganze wieder für den Einfall eines Verrückten. Nicht einen Augenblick lang habe ich geglaubt – ich meine, natürlich habe ich nicht an eine ernst zu nehmende Drohung gedacht.»

«Wo ist der Brief, Miss Gregg?»

«Keine Ahnung. Ich trug eines dieser italienischen bunten Seidenkleider und habe den Zettel wohl einfach in die Tasche gesteckt. Aber da ist er nicht mehr. Vermutlich ist er rausgefallen.»

«Und Sie können sich nicht vorstellen, wer diese Drohbriefe schrieb, Miss Gregg? Wer der Verfasser sein könnte? Selbst jetzt noch nicht?»

Ihre Augen wurden groß. Es lag eine Art unschuldiges Staunen darin, das Craddock sehr wohl bemerkte. Er bewunderte es, doch er hielt es nicht für echt.

«Wie soll ich das wissen?»

«Ich glaube, Sie haben sehr wohl eine Ahnung, Miss Gregg.»

«Ganz bestimmt nicht. Da können Sie ganz sicher sein!»

«Sie sind eine berühmte Filmschauspielerin», sagte Craddock. «Sie haben viel Erfolg. Erfolg im Beruf und auch im Privatleben. Männer haben sich in Sie verliebt, wollten Sie heiraten, haben Sie geheiratet. Frauen waren eifersüchtig auf Sie und beneideten Sie. Männer haben Sie verehrt und sind von Ihnen zurückgewiesen worden. Es ist ein ziemlich weites Feld von Möglichkeiten, das gebe ich zu, doch ich finde, Sie müssten eine Vermutung darüber haben, wer der Verfasser ist.»

«Es hätte jeder sein können.»

«Nein, Miss Gregg, nicht jeder. Aber einer von vielen, vielleicht ein einfacher Angestellter wie ein Garderobier, ein Elektriker, ein Hausmädchen. Oder es ist einer Ihrer Freunde oder so genannten Freunde. Auf jeden Fall müssen Sie einen Verdacht haben, an einen bestimmten Namen denken oder sogar an mehrere.»

Die Tür ging auf, und Jason Rudd trat ein. Marina Gregg wandte sich ihm zu und streckte wie Hilfe suchend einen Arm aus.

«Jinks, Liebling, Mr. Craddock behauptet, ich müsste den Briefschreiber kennen. Aber ich habe keine Ahnung. Das weißt du doch genau! Wir haben alle nicht den kleinsten Verdacht!»

Sie bestürmt ihn geradezu, dachte Craddock. Hat sie Angst, ihr Mann könnte etwas Falsches antworten?

In Rudds Augen lag ein müder Ausdruck, und seine Miene schien noch finsterer zu sein als gewöhnlich. Er trat zu seiner Frau und ergriff ihre Hand.

«Sicherlich erscheint es Ihnen unglaublich, Chefinspektor», sagte er, «aber es stimmt wirklich: Weder Marina noch ich haben irgendeine Ahnung, wer dahinter stecken könnte.»

«Sie gehören also zu den glücklichen Menschen, die keine Feinde haben», bemerkte Craddock, und die Ironie in seiner Stimme war nicht zu verkennen.

Rudd errötete leicht. «Feinde, Chefinspektor? Das klingt fast alttestamentarisch. Auf jeden Fall kann ich Ihnen versichern, dass wir in diesem wörtlichen Sinne keine Feinde haben. Manche Leute mögen einen nicht, wollen einem eins auswischen, wenn sie können, ob aus Bosheit oder Gedankenlosigkeit. Oder man versucht, uns beruflich fertig zu machen. Doch von da bis zu einer tödlichen Überdosis ist ein großer Schritt.»

«Gerade fragte ich Ihre Frau, wer diese Briefe geschrieben haben könnte. Sie erklärte, sie wisse es nicht. Doch wenn wir uns an die gegebenen Fakten halten, wird der Kreis der Personen, die als Täter in Frage kommen, schon kleiner. Denn es wurde ja tatsächlich eine tödliche Dosis in das Glas getan.»

«Ich habe nichts gesehen», sagte Rudd.

«Und ich erst recht nicht», erklärte Marina Gregg. «Ich meine, wenn ich beobachtet hätte, wie jemand etwas in mein Glas tat, hätte ich nicht davon getrunken, nicht wahr?»

«Ich kann mir nicht helfen», sagte Craddock freundlich, «aber ich glaube trotzdem, dass Sie etwas mehr wissen, als Sie mir bis jetzt erzählt haben.»

«Das ist nicht wahr!», rief Marina Gregg. «Bitte, sag ihm, dass das nicht wahr ist, Jason!»

«Ich versichere Ihnen», sagte Rudd, «dass mir die ganze Sache völlig unbegreiflich ist. Eine höchst phantastische Geschichte. Man könnte glauben, dass sich jemand einen Scherz erlaubt hat – einen Scherz, der irgendwie schief gegangen ist. Dass die fragliche Person nicht ahnte, wie gefährlich ...» Ein leichter Zweifel war aus seinen Worten herauszuhören. Dann schüttelte er den Kopf und fuhr fort: «Nein, ich merke schon, diese Lösung gefällt Ihnen nicht, Chefinspektor.»

«Es gibt noch eine Frage, die ich Ihnen gern stellen würde», sagte Craddock. «Sie erinnern sich sicherlich noch, wann Mr. und Mrs. Badcock ankamen. Gleich nach dem Pfarrer. Sie begrüßten das Ehepaar mit der gleichen charmanten Herzlichkeit wie Ihre übrigen Gäste. Doch wie ein Augenzeuge mir berichtete, sahen Sie plötzlich über Mrs. Badcocks Schulter hinweg und machten ein entsetztes Gesicht, als hätte Sie etwas erschreckt. Stimmt das? Und wenn ja, was war es?»

Marina Gregg antwortete sofort. «Natürlich ist das Unsinn», rief sie. «Wieso erschrecken – was hätte mich erschrecken sollen?»

«Das ist es ja, was ich gern wissen möchte», sagte Craddock geduldig. «Der Augenzeuge ist sich seiner Sache sehr sicher, verstehen Sie?»

«Wer ist das denn? Was hat er oder sie genau gesagt?»

«Sie blickten in Richtung Treppe», erwiderte Craddock. «Es kamen gerade weitere Gäste herauf: ein Reporter, Mr. Grice und seine Frau, ein älteres Ehepaar, das schon seit langem in der Gegend lebt, dann Mr. Ardwyck Fenn, der frisch aus den Staaten eingetroffen war, und eine gewisse Lola Brewster. War es der Anblick einer dieser Personen, der Sie so erregte, Miss Gregg?»

«Ich sage Ihnen doch, ich war nicht erregt.» Sie schrie die Worte fast.

«Und doch passierte Ihnen eine kleine Unaufmerksamkeit. Mrs. Badcock sagte etwas zu Ihnen, aber Sie antworteten nicht, weil Sie durch irgendetwas hinter ihr abgelenkt waren.»

Marina Gregg bemühte sich, ruhig zu bleiben. Rasch und nachdrücklich sagte sie: «Dafür habe ich eine gute Erklärung. Eine sehr gute sogar. Wenn Sie etwas mehr über die Schauspielerei wüssten, würden Sie es längst selbst erkannt haben. Auch wenn man eine Rolle gut kennt – oder gerade, weil man sie so gut kennt –, gibt es Augenblicke, wo man ganz mechanisch weiteragiert. Man lächelt, macht die passenden Gesten, sagt die richtigen Worte mit der richtigen Betonung. Doch mit den Gedanken ist man ganz woanders. Und ganz plötzlich hat man eine Sperre. Man weiß nicht mehr, wo man ist, wie weit man in dem Stück gekommen ist, wie der nächste Satz heißt. Man ist völlig leer im Kopf. Und ebendies ist passiert. Ich bin nicht sehr kräftig, wie Ihnen mein Mann bestätigen wird. Ich habe ziemlich schlimme Zeiten hinter mir, und wegen meines neuen Films bin ich nervlich sehr angespannt. Ich wollte, dass dieses Wohltätigkeitsfest ein Erfolg wurde. Ich wollte nett und charmant zu allen sein und alle Gäste oben in der Halle selbst begrüßen. Man sagt also immer wieder die gleichen Dinge, ganz mechanisch, zu Leuten, die auch immer wieder das Gleiche sagen. Sie wissen schon – dass sie sich freuen, einen kennen zu lernen, dass sie einen mal vor einem Kino in San Francisco gesehen haben oder mit demselben Flugzeug gereist sind. Irgendetwas Idiotisches, aber man muss nett und freundlich bleiben und irgendetwas Höfliches antworten. Wie ich Ihnen schon sagte, macht man das völlig automatisch. Man muss nicht lange überlegen, weil man diese Antworten schon so häufig gegeben hat. Plötzlich war ich schrecklich müde, mein Kopf war leer. Dann entdeckte ich, dass Mrs. Badcock mir eine lange Geschichte erzählt hatte und mich erwartungsvoll ansah und ich nicht geantwortet und eine passende freundliche Bemerkung gemacht hatte. Es war die Müdigkeit.»

«Nur die Müdigkeit?», fragte Craddock nachdenklich. «Sind Sie sicher, Miss Gregg?»

«Ja, absolut. Ich begreife nicht, warum Sie mir nicht glauben.»

«Mr. Rudd», sagte Craddock und sah ihn an, «ich denke, Sie verstehen besser als Ihre Frau, worum es mir geht. Ich bin um die Sicherheit Ihrer Frau besorgt – sehr besorgt. Man hat versucht, sie urnzubringen, man hat ihr Drohbriefe geschickt. Das bedeutet, dass der Täter am Tag des Wohltätigkeitsfestes im Haus war und vermutlich noch immer hier ist, dass er über alle Vorgänge im Haus genau Bescheid weiß. Diese Person, wer immer sie auch ist, könnte leicht verrückt sein. Es handelt sich nicht nur um Drohungen. Damit hat sich der Unbekannte nicht begnügt. Er hat versucht, Miss Gregg zu vergiften. Es liegt in der Natur der Sache, dass er diesen Anschlag auf Miss Greggs Leben wiederholt. Sehen Sie das denn nicht? Es gibt nur eine Möglichkeit, ein Höchstmaß an Sicherheit zu erreichen: Sie müssen mir alle Hinweise geben, die Sie kennen. Ich behaupte damit nicht, dass Sie wissen, wer dahinter steckt, aber ich glaube, dass Sie eine Vermutung haben, eine vage Vorstellung. Wollen Sie mir nicht die Wahrheit verraten? Oder falls Sie sie nicht wissen, Ihre Frau veranlassen, sie mir zu erzählen? Es ist im Interesse ihrer eigenen Sicherheit, dass ich Sie darum bitte!»

Langsam wandte Rudd den Kopf. «Du hast gehört, was Chefinspektor Craddock gesagt hat, Marina. Vielleicht weißt du wirklich etwas, von dem ich keine Ahnung habe. Wenn das stimmt, dann sei um Gottes willen nicht dumm und erzähle es uns! Und sei es auch nur ein vager Verdacht!»

«Aber ich weiß doch nichts!», rief Marina Gregg klagend. «Du *musst* mir glauben!»

«Vor wem hatten Sie Angst?», fragte Craddock.

«Ich hatte keine Angst!»

«Hören Sie, Miss Gregg, unter den Gästen, die die Treppe heraufkamen, waren zwei Freunde von Ihnen, die Sie lange nicht gesehen und an jenem Tag auch nicht erwartet hatten. Sie waren über ihr Erscheinen überrascht. Es waren Mr. Ardwyck Fenn und Miss Brewster. Hat es Sie irgendwie aufgeregt, als Sie sie plötzlich auf der Treppe sahen? Sie wussten doch nicht, dass sie kommen wollten?»

«Wir hatten nicht einmal eine Ahnung, dass sie sich in England befanden», warf Rudd ein.

«Ich war entzückt», sagte Marina Gregg, «ganz entzückt!»

«Sie freuten sich, Miss Brewster zu sehen?»

«Nun ...» Sie warf ihm einen kurzen, etwas misstrauischen Blick zu.

«Lola Brewster war einmal mit Ihrem dritten Mann verheiratet», bemerkte Craddock. «Mit Robert Truscott.»

«Ja, das stimmt.»

«Er ließ sich wegen Ihnen von ihr scheiden.»

«Mein Gott, das weiß doch die ganze Welt!», rief Marina Gregg ungeduldig. «Sie brauchen nicht zu glauben, dass nur Sie allein darüber Bescheid wissen. Damals hat es etwas Aufregung gegeben, aber am Ende haben wir uns alle wieder vertragen.»

«Hat sie Ihnen gedroht?»

«Nun ja, in gewisser Weise schon. Es ist so schwer zu erklären. Verstehen Sie, niemand nimmt derartige Drohungen ernst. Es war auf einer Party, sie hatte eine Menge getrunken. Vielleicht hätte sie sogar auf mich geschossen, wenn sie eine Waffe gehabt hätte. Glücklicherweise hatte sie keine. Doch das ist *Jahre* her! Solche Gefühle verschwinden mit der Zeit. Sie dauern nicht ewig. Das stimmt doch, Jason, nicht wahr?»

«Natürlich», antwortete Rudd. «Außerdem kann ich Ihnen versichern, Mr. Craddock, dass Lola Brewster an jenem Tag keine Gelegenheit hatte, meine Frau umzubringen. Die meiste Zeit stand ich neben ihr. Die Vorstellung, dass Lola plötzlich – nach all den Jahren – in unserem Haus erscheint mit der Absicht, den Drink meiner Frau ... völlig absurd!»

«Ich verstehe, was Sie meinen», sagte Craddock.

«Außerdem bleibt die Tatsache bestehen, dass sie nicht einmal in die Nähe von Marinas Glas gekommen ist.»

«Und der andere Besucher – Ardwyck Fenn?»

Craddock hatte den Eindruck, dass Rudd etwas zögerte, ehe er antwortete.

«Er ist ein sehr alter Freund von uns», erwiderte Rudd schließlich. «Wir hatten ihn viele Jahre nicht gesehen, wir hatten uns nur hin und wieder geschrieben. Im amerikanischen Fernsehen ist er ein ziemlich großes Tier.»

«Ist er auch ein alter Freund von Ihnen?», fragte Craddock Marina Gregg.

Sie atmete etwas rascher und antwortete sofort: «Ja, o ja! Er – er ist wirklich ein guter Freund von mir, nur habe ich ihn in letzter Zeit aus den Augen verloren.», jetzt überstürzten sich ihre Worte fast. «Wenn Sie glauben, dass ich über Ardwycks Erscheinen erschrocken bin, dann ist das Unsinn. Absoluter, Unsinn! Warum sollte ich vor ihm Angst haben. Was für einen Grund hätte ich denn? Wir sind gute Freunde. Ich habe mich schrecklich gefreut, als ich ihn entdeckte. Eine große Überraschung, wie ich Ihnen schon sagte. Ja, eine große Überraschung!» Auf ihrem Gesicht lag ein trotziger Ausdruck. Sie hob den Kopf und sah ihn offen an.

«Ich danke Ihnen, Miss Gregg», sagte Craddock ruhig. «Sollten Sie irgendwann das Bedürfnis haben, mich weiter ins Vertrauen zu ziehen, dann tun Sie das, bitte, sofort!»

14

Mrs. Bantry lag auf den Knien. Es war ein guter Tag zum Hacken und Unkrautjäten, die Erde schön trocken. Es würde eine Menge Arbeit werden. Erst die Disteln, dann der Löwenzahn. Energisch machte sie sich ans Werk.

Schließlich erhob sie sich, atemlos, aber siegreich. Das Beet war ohne Unkraut. Zufrieden blickte sie über die Hecke auf die Straße. Leicht erstaunt stellte sie fest, dass die dunkelhaarige Sekretärin, an deren Namen sie sich nicht erinnern konnte, aus der Telefonzelle bei der Bushaltestelle trat.

Wie hieß die Frau noch? Etwas mit einem B – oder war es ein R? Nein, Zielinsky hieß sie. Mrs. Bantry war der Name gerade noch rechtzeitig eingefallen, denn Ella Zielinsky überquerte schon die Straße und kam die Einfahrt herauf.

«Guten Morgen, Miss Zielinsky», rief Mrs. Bantry freundlich.

Ella Zielinsky zuckte zusammen. Oder vielmehr sie scheute zurück, fand Mrs. Bantry, wie ein Pferd, das erschrickt. Mrs. Bantry war verblüfft.

«Guten Morgen», grüßte Ella Zielinsky und fügte hastig hinzu: «Ich musste von hier aus telefonieren. Mit unserem Apparat ist etwas nicht in Ordnung.»

Mrs. Bantrys Verblüffung wuchs. Sie wunderte sich, warum Ella Zielinsky sich die Mühe machte, ihr so genau davon zu erzählen.

«Wie ärgerlich», erwiderte sie verbindlich. «Sie können jederzeit hereinkommen und von meinem Apparat aus telefonieren.»

«Oh – vielen Dank...» Ella Zielinsky musste heftig niesen.

«Sie haben Heuschnupfen», diagnostizierte Mrs. Bantry

sofort. «Versuchen Sie's mal mit einer schwachen Natriumbicarbonatlösung!»

«Ach, es geht schon. Ich habe einen ganz guten Spray. Trotzdem vielen Dank für den Rat.» Sie nieste wieder und ging rasch die Auffahrt weiter hinauf.

Mrs. Bantry blickte ihr nach. Dann wanderten ihre Augen zum Beet zurück. Sie betrachtete es verdrießlich. Kein einziges Unkraut war mehr zu sehen.

«Da gibt's nichts mehr zu tun», murmelte sie etwas verlegen in sich hinein. «Was bin ich doch für eine neugierige Person! Trotzdem wüsste ich gern ...»

Ein kurzer Augenblick der Unentschlossenheit, dann gab Mrs. Bantry der Versuchung nach. Sie war eben eine neugierige alte Person, zum Teufel mit dem schlechten Gewissen. Sie schritt ins Haus und zum Telefon, hob den Hörer ab und wählte. Eine kühle Stimme mit amerikanischem Akzent meldete sich: «‹Gossington Hall›.»

«Hier spricht Mrs. Bantry, von der ‹East Lodge›.»

«Oh, guten Morgen, Mrs. Bantry. Ich bin Hailey Preston. Wir haben uns am Wohltätigkeitsfest kennen gelernt. Was kann ich für Sie tun?»

«Ich dachte, dass ich Ihnen vielleicht helfen könnte. Wenn Ihr Telefon kaputt –»

«Unser Telefon kaputt?», unterbrach er sie erstaunt. «Das ist völlig in Ordnung. Wieso haben Sie es angenommen?»

«Da muss ich mich geirrt haben», erwiderte Mrs. Bantry. «Manchmal höre ich nicht mehr so gut», fügte sie hinzu, ohne zu erröten.

Man trennte sich. Mrs. Bantry legte auf, wartete eine Minute, hob ab und wählte erneut.

«Jane, bist du's? Hier Dolly.»

«Dolly? Was gibt's?»

«Tja, es ist etwas ziemlich Komisches passiert. Diese schwarzhaarige Sekretärin hat von der Telefonzelle an der

Straße telefoniert. Und dann hat sie mir völlig überflüssigerweise erzählt, dass in ‹Gossington Hall› die Verbindung gestört ist. Ich habe dort angerufen und ...»

Sie schwieg erwartungsvoll. Was würde ihre kluge Freundin dazu sagen?

«Tatsächlich?», sagte Miss Marple nachdenklich. «Wie interessant.»

«Warum, glaubst du wohl?»

«Nun, ganz einfach. Es sollte keiner mithören.»

«Genau!»

«Und dafür kann es eine Menge Gründe geben.»

«Ja.»

«Sehr interessant», sagte Miss Marple noch einmal.

Niemand hätte auskunftsfreudiger sein können als Donald McNeil. Er war ein freundlicher rothaariger junger Mann, der Chefinspektor Craddock fröhlich und neugierig begrüßte.

«Wie kommen Sie voran?», fragte er munter. «Haben Sie einen hübschen kleinen Tipp für mich?»

«Noch nicht. Vielleicht später.»

«Er wimmelt mich ab wie gewöhnlich», seufzte McNeil. «Sie werden sich auch nicht mehr ändern. Mitteilsam wie eine Auster! Sind Sie noch nicht in dem Stadium, wo Sie einen bitten ‹Sie bei Ihren Nachforschungen zu unterstützen›?»

«Immerhin bin ich hier», antwortete Craddock leicht grinsend.

«Höre ich da eine gewisse böse Zweideutigkeit heraus? Verdächtigen Sie mich tatsächlich, diese Heather Badcock ermordet zu haben, und glauben Sie, dass ich mich irrte und eigentlich Marina Gregg mein Opfer war, oder hatte ich es von Anfang an auf die arme Badcock abgesehen?»

«Ich habe keine diesbezüglichen Andeutungen gemacht», bemerkte Craddock.

«Nein, natürlich nicht. Sie bleiben immer ganz korrekt. Also gut, fangen wir an. Ich war da. Ich hatte die Gelegenheit, aber hatte ich auch ein Motiv? Ja, das würden Sie wohl gern wissen – was war mein Motiv?»

«Bis jetzt habe ich keines entdecken können», antwortete Craddock.

«Da bin ich Ihnen dankbar. Jetzt fühle ich mich sicherer.»

«Mich interessiert nur, was Sie gesehen haben.»

«Meine Aussage haben Sie bereits. Die Ortspolizei hat mich sofort verhört. Es ist beschämend. Ich war am Ort des Verbrechens, praktisch *sah* ich, wie der Mord geschah. Ich *muss* es beobachtet haben, und trotzdem weiß ich nicht, wer es ist. Zu meiner Schande muss ich gestehen, dass ich erst etwas merkte, als die arme Person in ihrem Sessel saß und nach Luft schnappte und abkratzte. So konnte ich als Augenzeuge genau darüber berichten. Ein Knüller für mich. Aber ich gestehe, dass ich mich schäme, weil ich nicht *mehr* weiß. Und ich müsste mehr wissen. Dass die Überdosis für Heather Badcock bestimmt war, kaufe ich Ihnen nicht ab. Sie war eine nette Frau, die zu viel redete, doch deshalb wird man nicht gleich ermordet – außer, natürlich, man plaudert irgendwelche Geheimnisse aus. Aber ich glaube kaum, dass jemand Heather Badcock Geheimnisse anvertraute. Sie war nicht der Typ, der sich für die Geheimnisse anderer Leute interessierte. Meiner Meinung nach sprach sie am liebsten von sich selbst.»

«So wird sie allgemein eingeschätzt», stimmte Craddock zu.

«Damit kommen wir zu der berühmten Marina Gregg. Ich bin überzeugt, dass es bei ihr einen Haufen schönster Mordmotive gibt. Neid und Eifersucht und verschmähte Liebe – alles Stoff für ein Drama. Aber was war es? Vermutlich war bei dem Täter eine Schraube locker. So, da haben Sie meine geschätzte Meinung. Sind Sie deswegen hier?»

«Nicht nur. Man sagte mir, dass Sie zusammen mit dem Pfarrer und dem Bürgermeister die Treppe heraufkamen.»

«Stimmt. Aber ich war vorher schon mal da gewesen.»

«Das wusste ich nicht.»

«Ja. Um mich umzusehen und ein paar Aufnahmen machen zu lassen. Es war ein Fotograf dabei. Ich war hinuntergegangen, damit wir ein paar Fotos vom Eintreffen des Bürgermeisters machten. Ringwerfen, Schatzsuche, Tombola und der ganze Unsinn. Dann kehrte ich in die Halle zurück, nicht etwa aus dienstlichen Gründen, sondern weil ich was trinken wollte. Die Drinks waren ausgezeichnet.»

«Aha! Können Sie sich noch erinnern, wer mit Ihnen zusammen die Treppe hinaufging?»

«Margot Bence aus London war da, mit ihrer Kamera.»

«Kennen Sie sie gut?»

«Man begegnet sich immer wieder. Sie ist ein tüchtiges Mädchen und hat mit ihren Bildern viel Erfolg. Sie fotografiert alle gesellschaftlichen Ereignisse – Premieren, Galas, Empfänge. Sie sucht sich immer besondere Bildwinkel aus. Fast schon Kunst! Sie stand in einer Ecke der Halle, strategisch sehr geschickt. Sie konnte jeden fotografieren, der heraufkam und begrüßt wurde. Lola Brewster war vor mir. Zuerst habe ich sie nicht erkannt. Sie hatte eine neue Haarfarbe – rostbraun – und war frisiert wie eine Fidschi-Insulanerin. Als ich sie das letzte Mal gesehen hatte, trug sie das Haar lang. Es war schön gewellt und kastanienbraun. Ein großer dunkler Mann begleitete sie, Amerikaner, schätze ich. Ich kenne ihn nicht, aber er wirkte sehr bedeutend.»

«Haben Sie Marina Gregg angesehen?»

«Ja, natürlich.»

«Sie war nicht aufgeregt oder machte den Eindruck, als habe sie einen Schock gehabt? Als habe sie Angst?»

«Komisch, dass Sie es erwähnen. Einen Augenblick dachte ich tatsächlich, sie würde in Ohnmacht fallen.»

«Ich verstehe», sagte Craddock nachdenklich. «Vielen Dank. Sonst haben Sie mir nichts zu erzählen?»

McNeil machte unschuldige Augen. «Was sollte das sein?», fragte er.

«Ich traue Ihnen nicht!», erklärte Craddock.

«Aber Sie scheinen ziemlich sicher zu sein, dass ich's nicht getan habe. Enttäuschend. Angenommen, es stellt sich heraus, dass ich ihr erster Ehemann bin. Kein Mensch kennt ihn. Er war so unbedeutend, dass man sogar seinen Namen vergessen hat.»

Craddock grinste. «Eine Schülerliebe vielleicht?», fragte er. «Oder sie haben schon in den Windeln geheiratet. Ich muss mich beeilen. Mein Zug wartet nicht.»

Auf Craddocks Schreibtisch in New Scotland Yard lag ein sauber beschriftetes Häufchen Akten. Er sah es flüchtig durch und fragte über die Schulter:

«Wo wohnt Lola Brewster?»

«Im ‹Savoy›, Sir. Suite 1800. Sie erwartet Sie.»

«Und Ardwyck Fenn?»

«Im ‹Dorchester›. Erster Stock, Zimmer 190.»

«Sehr schön.»

Er nahm ein paar Telegramme, las sie durch und steckte sie in die Jackentasche. Nachdem er das Letzte gelesen hatte, lächelte er kurz. «Sag nur, dass ich meine Sache nicht gut mache, Tante Jane», murmelte er in sich hinein.

Dann machte er sich auf den Weg ins «Savoy».

Lola Brewster empfing Chefinspektor Craddock überschwänglich, obwohl das sonst nicht ihre Art war. Craddock dachte an den Bericht, den er über sie gelesen hatte, und musterte sie eingehend. Immer noch eine Schönheit, fand er, wenn auch etwas üppig und eine Spur verblüht, doch immer noch ein Typ, der gefiel. Natürlich eine ganz andere Frau als Marina Gregg. Nachdem sie ein paar Höflichkeiten ausgetauscht hatten, warf Lola ihr rostbraunes Haar zurück, schürzte ihre kräftig mit Lippenstift nachgezogenen Lippen verführerisch und klapperte mit den blau geschminkten Augendeckeln.

«Warum wollen Sie mir noch mehr schreckliche Fragen stellen?», rief sie. «Das hat schon Ihr Kollege getan.»

«Ich hoffe, sie waren nicht zu schrecklich, Miss Brewster.»

«Oh, ich bin überzeugt, Sie sind ein ganz Schlimmer. Das Ganze kann nur ein entsetzlicher Irrtum gewesen sein.»

«Glauben Sie?»

«Ja. Was für ein Unsinn! Meinen Sie wirklich, dass jemand Marina vergiften wollte? Sie ist so lieb und süß, wissen Sie. Alle Leute mögen sie.»

«Sie auch?»

«Ich habe sie immer geliebt.»

«Aber, Miss Brewster! Gab's da nicht einmal Schwierigkeiten, vor etwa elf oder zwölf Jahren?»

«Ach, das», meinte Lola wegwerfend. «Ich war so empfindlich und völlig durcheinander. Rob und ich hatten schrecklich viel Streit. Damals war keiner von uns beiden normal. Marina verliebte sich Hals über Kopf in ihn. Es hat ihn richtig umgeworfen, den Guten.»

«Und Ihnen ging es sehr nahe?»

«Das glaubte ich damals, Chefinspektor. Heute weiß ich natürlich, dass mir nichts Besseres hätte passieren können. Eigentlich machte ich mir nur wegen der Kinder Sorgen, verstehen Sie? Dass sie nun kein richtiges Zuhause mehr hatten. Dass Rob und ich nicht zusammenpassten, spürte ich schon lange. Sicherlich wissen Sie, dass ich Eddie Groves heiratete, sobald die Scheidung ausgesprochen war? Ich muss ihn schon immer geliebt haben, aber natürlich wollte ich meine Ehe nicht zerstören, eben wegen der Kinder. Ich finde, es ist sehr wichtig, dass Kinder ein richtiges Zuhause haben.»

«Es wird behauptet, Sie hätten sich ziemlich aufgeregt.»

«Ach, die Leute reden doch immer», meinte Lola vage.

«Sie haben damals in Ihrer Wut manches gesagt, Miss Brewster. Sie sollen Marina Gregg gedroht haben, sie zu erschießen. Jedenfalls habe ich so etwas gehört.»

«Ich sagte Ihnen doch, man redet viel. Es wird sogar von einem erwartet. Natürlich habe ich es nicht ernst gemeint.»

«Obwohl Sie ein paar Jahre später auf Groves schossen?»

«Ach, wir hatten uns gestritten», sagte Lola. «Ich verlor die Fassung.»

«Ich habe aus zuverlässiger Quelle erfahren, was Sie damals gesagt haben, Miss Brewster –» Er schlug sein Notizbuch auf und las vor: «Die Person braucht nicht zu glauben, dass sie so einfach davonkommt. Wenn ich sie jetzt nicht erschießen kann, werde ich sie auf andere Weise erledigen. Es ist mir egal, wie lange ich warten muss, und wenn es Jahre sind, aber am Ende mache ich sie fertig.»

«So was habe ich nie im Leben gesagt», erklärte Lola.

«Ich bin mir meiner Sache sehr sicher, Miss Brewster.»

«Die Leute übertreiben so.» Ein reizendes Lächeln ließ ihr Gesicht erstrahlen. «Ich war damals einfach entsetzlich wütend, verstehen Sie?», sagte sie leise und vertraulich. «Was man nicht alles redet, wenn man wütend ist. Sie glauben doch nicht im Ernst, dass ich vierzehn Jahre wartete, den weiten Weg nach England machte, Marina suchte und drei Minuten, nachdem ich sie wiedergesehen hatte, Gift in ihr Cocktailglas warf?»

Eigentlich glaubte es Craddock nicht. Es erschien ihm höchst unwahrscheinlich. Doch er antwortete nur:

«Ich habe nur klargestellt, Miss Brewster, dass Sie sie früher einmal bedrohten und Marina Gregg über das Erscheinen eines Gastes erschrak, der an jenem Tag die Treppe heraufkam. Natürlich könnten *Sie* es gewesen sein.»

«Die liebe Marina war entzückt, mich wiederzusehen! Sie küsste mich und rief, wie sehr sie sich über meinen Besuch freue. Wirklich, Chefinspektor. Sie machen sich lächerlich!»

«Eine einzige glückliche Familie, was?»

«Nun, das dürfte jedenfalls der Wahrheit näher kommen als alles Übrige.»

«Und Sie haben keine Vermutungen, die uns weiterhelfen könnten? Keinen Verdacht, wer sie getötet haben könnte?»

«Ich schwöre Ihnen, dass kein Mensch Marina umbringen wollte. Sie ist sowieso eine ganz verrückte Person. Immer redet sie von ihrer Gesundheit, ändert ständig ihre Meinung, mal will sie dies, mal will sie das, und wenn sie's bekommen hat, ist sie unglücklich darüber. Ich begreife nicht, warum sie so beliebt ist! Jason betet sie an. Was der Mann alles aushalten muss! Aber da haben Sie es: Die Leute lassen sich Marinas Launen gefallen und bringen sich noch halb um für sie! Als Dank bekommen sie ein süßes, trauriges Lächeln von ihr. Und offensichtlich finden sie, dass dies der Mühe wert ist. Ich weiß wirklich nicht, wie sie das macht. Sie sollten sich die Idee, dass sie jemand umbringen wollte, so schnell wie möglich aus dem Kopf schlagen.»

«Das würde ich gern», antwortete Craddock. «Aber unglücklicherweise geht es nicht, denn, verstehen Sie, es ist ja passiert.»

«Was soll das heißen? Marina wurde doch nicht umgebracht!»

«Nein. Aber man hat den Versuch gemacht.»

«Das glaube ich nicht eine Sekunde lang! Ich bin überzeugt, die andere Frau sollte getötet werden, die Frau, die dann ja auch getötet wurde! Vermutlich erbt jemand viel Geld.»

«Sie hat kein Vermögen, Miss Brewster.»

«Na, dann gibt's eben einen anderen Grund. Jedenfalls würde ich mir an Ihrer Stelle keine Sorgen um Marina machen. Marina geht's *immer* gut.»

«Wirklich? Sie machte keinen besonders glücklichen Eindruck auf mich.»

«Weil sie immer wunder was für Aufheben um alles macht. Liebestragödien zum Beispiel. Oder weil sie keine Kinder kriegen kann.»

«Sie hat welche adoptiert, nicht wahr?», fragte Craddock, der im Geist Miss Marples drängende Stimme hörte.

«Soviel ich weiß, ja. Aber es war kein großer Erfolg. Sie handelt immer sehr impulsiv, und hinterher möchte sie es wieder rückgängig machen.»

«Was ist aus den Kindern geworden?»

«Keine Ahnung. Nach einer Weile waren sie einfach nicht mehr da. Sicherlich bekam sie sie satt – wie gewöhnlich.»

«Ich verstehe.»

Als nächstes fuhr Craddock zum «Dorchester». Zimmer 190.

«Nun, Chefinspektor –» Ardwyck Fenn blickte auf die Visitenkarte in seiner Hand.

«Craddock.»

«Was kann ich für Sie tun?»

«Ich hoffe, es macht Ihnen nichts aus, wenn ich Ihnen ein paar Fragen stelle.»

«Absolut nicht. Es handelt sich um die Geschichte in Much Benham. Nein – wie heißt der Ort noch? St. Mary Mead?»

«Ja, das stimmt. In ‹Gossington Hall›.»

«Begreife nicht, wie Jason so was kaufen konnte. Es gibt

doch eine Menge schöner alter Landsitze in England. Warum gerade so ein viktorianischer Kasten? Was hat ihn daran gereizt, frage ich mich?»

«Oh, solche Häuser haben ihre Vorzüge, für manche Leute zumindest. Sie strahlen Geborgenheit aus, Sicherheit.»

«Geborgenheit? Na, vielleicht. Ich nehme an, Marina liebt so was. Sie selbst ist so unsicher, das arme Ding. Deshalb sehnt sie sich wohl immer nach solchen Dingen. Na, hoffentlich ist sie jetzt eine Weile glücklich.»

«Kennen Sie sie gut, Mr. Fenn?»

Fenn zuckte mit den Achseln. «Was heißt da, gut? Das möchte ich nicht behaupten. Ich kenne sie seit Jahren, das heißt, ich bin ihr immer wieder über den Weg gelaufen.»

Craddock sah ihn abschätzend an. Ein dunkler Mann, kräftig, mit klugen Augen hinter dicken Brillengläsern verborgen und energischem Kinn.

«Soviel ich in der Zeitung gelesen habe», sagte Fenn, «scheint diese Mrs. Sowieso irrtümlich vergiftet worden zu sein. Dass das Gift eigentlich für Marina bestimmt war. Trifft das zu?»

«Ja. Die Überdosis war in Marina Greggs Cocktail. Mrs. Badcock verschüttete ihr Glas, und Marina gab ihr ihr eigenes.»

«Nun, das ist wohl eindeutig. Obwohl ich mir nicht vorstellen kann, wer Marina töten wollte. Vor allem, da Lynette Brown gar nicht da war.»

«Lynette Brown?», fragte Craddock leicht verwirrt.

Fenn lächelte. «Wenn Marina vertragsbrüchig wird, wenn sie ihre Rolle hinwirft – dann bekommt sie Lynette. Und es würde für Lynette sehr viel bedeuten. Trotzdem kann ich mir nicht vorstellen, dass sie einen Killer losschickt. Was für eine melodramatische Vorstellung!»

«Etwas sehr weit hergeholt!», bemerkte Craddock trocken.

«Ach, Sie würden staunen, wozu Frauen in ihrem Ehrgeiz fähig sind!», rief Fenn. «Bedenken Sie, vielleicht hätte sie nicht sterben sollen! Vielleicht hätte man sie nur erschrecken wollen! Eine Dosis, die sie umwirft, aber nicht tötet.»

Craddock schüttelte den Kopf. «So wenig war es nicht.»

«Manchmal irrt man sich in der Menge. Es geschieht öfter, als man denkt.»

«Vertreten Sie tatsächlich diese Theorie?»

«Nein, eigentlich nicht. Es war nur eine Vermutung. Ich habe keine Theorie. Ich war nur unschuldiger Zuschauer.»

«War Marina Gregg über Ihr Auftauchen sehr erstaunt, Mr. Fenn?»

«Ja, es war eine große Überraschung.» Er lachtete amüsiert. «Sie glaubte ihren Augen nicht zu trauen, als sie mich die Treppe heraufkommen sah. Sie hat mich ganz entzückend begrüßt, das muss ich sagen.»

«Sie hatten sie lange nicht gesehen?»

«Ungefähr vier oder fünf Jahre nicht.»

«Aber davor waren Sie einmal sehr befreundet, nicht wahr?»

«Wollen Sie mit dieser Bemerkung auf etwas Bestimmtes hinaus, Chefinspektor?»

Sein Ton hatte sich kaum geändert, doch es schwang etwas mit, das vorher nicht zu hören gewesen war. Eine Andeutung von Härte, von Warnung. Craddock war klar, dass dieser Mann ein erbarmungsloser Gegner sein konnte.

«Es wäre wohl besser», meinte Fenn, «wenn Sie mit der Sprache herausrückten.»

«Das beabsichtige ich auch, Mr. Fenn. Es ist meine Pflicht, mich mit Marina Greggs Vergangenheit zu beschäftigen und mit den Beziehungen, die gewisse Leute zu ihr hatten, die an jenem Tag ihre Gäste waren. Es scheint allgemein bekannt zu sein, dass zu der Zeit, von der ich eben gesprochen habe, Sie sehr heftig in Marina Gregg verliebt waren.»

Wieder zuckte Fenn mit den Achseln. «Man macht eben mal eine Dummheit, Chefinspektor. Gott sei Dank dauern derartige Gefühle nicht.»

«Angeblich hat sie Sie dazu ermuntert und später stehen gelassen,was Ihnen gar nicht gefiel.»

«Angeblich, angeblich! Vermutlich haben Sie das Zeug im ‹Confidential› gelesen?»

«Ich habe es von ziemlich zuverlässigen und informierten Leuten erfahren.»

Fenn warf den Kopf zurück, was die Muskeln an seinem Hals noch mehr betonte.

«Ja», sagte er, «ich war einmal in sie verliebt. Sie war eine schöne, reizvolle Frau und ist es immer noch. Zu behaupten, dass ich sie bedroht hätte, würde zu weit gehen. Aber es passt mir nicht, wenn man meine Pläne durchkreuzt. Leute, die das versucht haben, mussten es später sehr bedauern, Chefinspektor. Doch im Prinzip meine ich damit nur geschäftliche Dinge.»

«Wie ich hörte, machten Sie Ihren Einfluss geltend, damit sie eine bestimmte Rolle nicht erhielt?»

Fenn schüttelte den Kopf. «Sie war nichts für sie. Außerdem konnten sich der Regisseur und Marina nicht leiden. Ich hatte Geld in den Film gesteckt und wollte es nicht verlieren. Es war eine rein geschäftliche Transaktion, das kann ich Ihnen versichern.»

«Vielleicht dachte Marina Gregg nicht so?»

«Selbstverständlich nicht. Sie nimmt so etwas immer gleich persönlich.»

«Sie hat sogar gewissen Freunden erzählt, dass sie Angst vor Ihnen habe.»

«Wirklich? Wie kindisch! Ich bin überzeugt, dass sie die Aufregung genossen hat.»

«Sie finden also, dass es keinen Grund für ihre Angst vor Ihnen gab?»

«Absolut keinen. Wenn ich tatsächlich eine persönliche Enttäuschung erlebte, so werde ich sie rasch verdaut haben. Was Frauen betrifft, so habe ich immer nach dem Prinzip gelebt, dass es mehr als nur eine einzige gibt.»

«Eine sehr gute Methode, sich durchs Leben zu schlagen, Mr. Fenn.»

«Finde ich auch:»

«Ich bin sicher, Sie kennen sich in der Welt des Films gut aus, nicht wahr?»

«Ich habe finanzielle Interessen.»

«Und deshalb müssen Sie gut informiert sein.»

«Vermutlich.»

«Sie sind ein Mann, auf dessen Urteil man hört. Kennen Sie irgendeine Person, die Marina Gregg so gehasst haben könnte, dass sie sie umbringen wollte?»

«Sicherlich ein Dutzend», erwiderte Fenn trocken. «Das heißt, wenn sie es nicht selbst tun müssten. Wenn es sich nur darum handelte, auf einen Knopf zu drücken, gäbe es wohl eine ganze Menge eifriger Finger.»

«Sie waren an jenem Tag dort. Sie sahen sie und unterhielten sich mit ihr. Glauben Sie, dass unter den Gästen, die sich in dem kurzen Augenblick in der Halle befanden – von Ihrer Ankunft bis zu Mrs. Badcocks Tod –, glauben Sie, Sie könnten mir andeuten – nur andeuten –, wer als Täter in Frage käme?»

«Ich kann es nicht sagen», antwortete Fenn.

«Wollen Sie damit andeuten, dass Sie eine Vermutung haben?»

«Es bedeutet, dass ich mich zu diesem Thema nicht äußern möchte, Chefinspektor Craddock. Und mehr, mein Lieber, erfahren Sie von mir nicht.»

15

Craddock blickte auf den letzten Namen und die letzte Adresse, die er sich in seinem Notizbuch notiert hatte. Schon zweimal war versucht worden, dort anzurufen, aber es hatte sich niemand gemeldet. Er probierte es erneut. Als wieder alles still blieb, zuckte er die Schultern und beschloss, hinzufahren und persönlich mit Margot Bence zu sprechen.

Ihr Atelier lag in einer Sackgasse, die von der Tottenham Court Road abging. Nur ihr Name stand auf einem Schild neben der Tür. Nichts verriet ihren Beruf, keine Reklame. Craddock kletterte in den ersten Stock. An der Eingangstür hing ein großes weiß gestrichenes Brett, auf dem in schwarzen Buchstaben zu lesen war: Margot Bence, Porträtfotograf. Bitte, eintreten.

Craddock trat ein. Er befand sich in einem kleinen Wartezimmer. Kein Mensch war zu sehen. Er zögerte und räusperte sich dann laut und vernehmlich. Als sich auch danach noch nichts rührte, rief er laut:

«Ist jemand da?»

Er hörte das Klappern von Sandalen, ein Samtvorhang wurde zur Seite geschoben, und ein junger Mann mit üppigem Haarwuchs und rosigem Gesicht spähte in den Raum.

«Tut mir schrecklich Leid, mein Lieber», sagte er. «Ich habe Sie nicht gehört. Ich hatte gerade einen großartigen Einfall, den ich ausprobieren wollte.»

Er schob den Samtvorhang weiter zur Seite, und Craddock folgte dem jungen Mann in einen anderen Raum, der überraschend groß war, offensichtlich das Atelier. Es gab eine Menge Kameras, Lampen, Bogenlampen, Dekorationen und Wandschirme auf Rollen.

«Was für eine Unordnung», sagte der junge Mann, der fast so agil war wie Hailey Preston. «Aber man kann eben nur bei einer gewissen Unordnung arbeiten. Was war es noch, weswegen Sie uns sprechen wollten?»

«Ich wollte Miss Margot Bence besuchen.»

«Ach, Margot! Wie bedauerlich! Wenn Sie eine halbe Stunde früher erschienen wären, hätten Sie sie noch angetroffen. Sie ist weg, um ein paar Modefotos für ‹Fashion Dream› zu schießen. Sie hätten anrufen und sich einen Termin geben lassen sollen, wissen Sie. Margot ist im Augenblick schrecklich beschäftigt.»

«Ich habe ja angerufen. Niemand hat abgehoben.»

«Natürlich!», erwiderte der junge Mann. «Wir hatten ausgehängt. Jetzt fällt es mir wieder ein. Das Klingeln stört so.» Er strich sich über die lilafarbene Bluse, die er trug. «Kann ich etwas für Sie tun? Einen Termin notieren? Ich erledige einen Haufen geschäftliches Zeug für Margot. Sollen Fotos gemacht werden? Geschäftlich oder privat?»

«Wenn man es genau betrachtet, weder noch», erwiderte Craddock. Er gab dem jungen Mann eine Visitenkarte.

«Wie außerordentlich aufregend», sagte der junge Mann. «Kriminalpolizei! Wissen Sie, dass ich schon Bilder von Ihnen gesehen habe? Sind Sie nicht einer der vier wichtigsten Leute? Oder der fünf wichtigsten? Es gibt so viele Verbrechen heutzutage, dass man nie genug Leute hat. Ach, mein Lieber, hat das etwa respektlos geklungen? Ich fürchte es beinahe. Das wollte ich nicht. Also, warum wollten Sie Margot sprechen? Sie sind doch nicht gekommen, um sie zu verhaften?»

«Es handelt sich nur um ein paar Fragen.»

«Sie macht keine unanständigen Fotos oder so was», erklärte der junge Mann besorgt. «Ich hoffe, dass man Ihnen nicht solchen Unsinn erzählt hat, denn es ist nicht wahr. Margot ist eine Künstlerin. Sie legt großen Wert auf die Szenerie und arbeitet viel im Studio. Aber ihre Bilder sind sehr, sehr edel – fast prüde, möchte ich sagen.»

«Ich verrate Ihnen gern, warum ich Miss Bence sprechen möchte», sagte Craddock. «Sie war kürzlich Augenzeuge eines Verbrechens, das sich in der Nähe eines Ortes namens Much Benham zugetragen hat – in St. Mary Mead.»

«Ach, mein Lieber, natürlich! Ich weiß Bescheid! Margot hat es mir erzählt. Schierling im Cocktail, nicht wahr? Oder etwas Ähnliches. Es klang so trübselig. Es hatte was mit Sanitätern zu tun, und die sind doch alles andere als trübselig! Aber haben Sie Margot nicht bereits verhört oder war es ein Kollege von Ihnen?»

«Es tauchen immer noch mehr Fragen auf, je weiter der Fall sich entwickelt», erklärte Craddock.

«Ja, ich verstehe. Wie ein Foto, das man entwickelt. Genau.»

«So ähnlich», sagte Craddock. «Ein guter Vergleich.»

«Nett, das zu sagen. Aber reden wir wieder von Margot. Möchten Sie sie sofort sprechen?»

«Wenn Sie es ermöglichen können, ja.»

«Also, im Augenblick dürfte sie bei Keats Haus sein», antwortete der junge Mann und warf einen Blick auf seine Uhr. «Mein Wagen steht draußen. Soll ich Sie nach Hampstead Heath fahren?»

«Sehr freundlich von Ihnen, Mr. -

«Jethroe», antwortete der junge Mann. «Johnny Jethroe.»

Während sie zur Treppe gingen, fragte Craddock: «Warum gerade das Haus von Keat?»

«Na, Sie wissen sicherlich, dass man Mode heute nicht mehr im Studio fotografiert. Es soll natürlich aussehen, mit Wind und so. Und wenn möglich ein kontrastierender Hintergrund. Ein Ascot-Rock vor dem Wandsworth-Gefängnis, oder ein frivoles Kleidchen vor einem Dichterhaus.»

Mr. Jethroe fuhr schnell und geschickt die Tottenham Court Road entlang, durch Camden Town, und schließlich erreichten sie die Gegend von Hampstead Heath. Auf dem Bürgersteig vor Keats Haus war eine entzückende kleine Szene arrangiert worden. Ein schlankes Mädchen in einem durchsichtigen Seidenkleid stand da und hielt ihren riesigen schwarzen Hut fest. Etwas hinter ihr hockte ein zweites Mädchen, die den Rock des Seidenkleides so nach hinten zog, dass sich Knie und Beine deutlich darunter abzeichneten. Eine Frau mit tiefer Stimme gab Anweisungen.

«Mein Gott, Jane, nimm deinen Hintern runter. Man sieht ihn hinter ihrem rechten Knie. Mach dich noch kleiner! So ist es gut! Nein, mehr nach links! Ja, richtig! Jetzt verdeckt dich der Strauch. So wird es gehen. Haltet still! Wir machen noch ein Foto. Diesmal beide Hände am Hut. Gut – und jetzt dreh dich zur Seite, Elsie. Beug dich vor! Mehr! Beug dich, als wolltest du die Zigarettenschachtel aufheben. Ja! Großartig! Ich hab's. Jetzt mehr nach links. Dieselbe Pose, nur dreh den Kopf etwas nach hinten! So!»

«Ich verstehe nicht, wieso du mich von hinten aufnehmen willst», maulte das Mädchen namens Elsie.

«Weil du so einen entzückenden Hintern hast, meine Liebe», rief die Fotografin. «Und wenn du den Kopf drehst, geht dein Kinn hoch wie der Mond, der aus den Bergen aufsteigt. Ich glaube, wir sind fertig.»

«He – Margot!», rief Mr. Jethroe.

Sie wandte den Kopf. «Ach, du bist es. Was willst du denn hier?»

«Ich habe jemanden hergebracht, der dich sprechen möchte. Chefinspektor Craddock von der Kriminalpolizei.»

Die Augen der Frau wanderten kurz zu Craddock. Ihm schien, dass sie wachsam und besorgt blickten, doch das war nichts Besonderes, wie er wohl wusste. Es war die übliche Reaktion, wenn ein Kriminalbeamter auftauchte. Sie war sehr dünn, nichts als Ellbogen und Knöchel, aber nicht ohne Reiz. Ein dichter Vorhang aus schwarzem Haar umrahmte ihr Gesicht. Sie sah schmutzig und blässlich aus und erschien ihm nicht sehr verführerisch. Aber sie hatte Charakter, das musste er zugeben. Sie zog die Augenbrauen hoch, die sie sich bereits künstlich etwas höher gemalt hatte, und fragte:

«Was kann ich für Sie tun, Chefinspektor?»

«Guten Tag, Miss Bence. Ich wollte Sie bitten, mir einige Fragen über das tragische Ereignis in ‹Gossington Hall› zu beantworten. Sie sind dort gewesen, um Fotos zu machen, wenn ich recht informiert bin.»

Sie nickte. «Natürlich erinnere ich mich sehr genau.» Sie musterte ihn wieder mit einem raschen Blick. «Ich habe Sie dort nicht bemerkt. Es hat mich jemand anders ausgefragt, ein Inspektor – Inspektor –»

«Inspektor Cornish?»

«Ja, genau.»

«Wir wurden erst später hinzugezogen.»

«Sie sind von Scotland Yard?»

«Ja.»

«Sie haben sich eingeschaltet und den Fall von der Ortspolizei übernommen?»

«Nun, wir haben uns nicht aufgedrängt. Es ist Sache des Leiters der Grafschaftspolizei zu entscheiden, ob ein Fall bei den Beamten von Scotland Yard besser aufgehoben ist oder nicht.»

«Was beeinflusst seine Entscheidung?»

«Häufig ist wichtig, ob der Fall nur ein lokales Interesse hat oder ob er weitere Kreise zieht. Manchmal kann er auch von internationalem Interesse sein.»

«Und er hat entschieden, dass dies so einer ist?»

«Mit Verbindungen nach Übersee wäre wohl genauer.»

«In der Zeitung stand auch so was. Angeblich sollte die

Gregg um die Ecke gebracht werden. Irrtümlich hat der Kerl dann eine arme Person aus dem Ort erwischt. Stimmt das, oder machen die nur Reklame für den Film?»

«Ich fürchte, es besteht kein Zweifel, Miss Bence.»

«Was möchten Sie mich denn fragen? Muss ich in Ihr Büro in Scotland Yard kommen?»

Er schüttelte den Kopf. «Nur wenn Sie wollen. Wir könnten uns in Ihrem Atelier unterhalten.»

«Einverstanden. Mein Wagen steht direkt um die Ecke.»

Sie ging eilig den Bürgersteig entlang. Craddock blieb an ihrer Seite. «Bis später, meine Liebe!», rief ihnen Jethroe nach. «Ich will mich nicht aufdrängen. Du und der Inspektor habt euch bestimmt wichtige Geheimnisse zu erzählen.» Er trat zu den beiden Fotomodellen und begann, sich angeregt mit ihnen zu unterhalten.

Margot schlüpfte auf den Fahrersitz, entriegelte die Beifahrertür, und Craddock stieg ebenfalls ein. Während der Rückfahrt zur Tottenham Court Road sprach sie kein Wort. Sie bog in die Sackstraße ein und fuhr an ihrem Ende durch ein Tor.

«Ich habe meinen privaten Parkplatz», erklärte sie. «Eigentlich gehört der Hof zu einem Möbellager, aber sie haben mir den Stellplatz vermietet. In London einen Parkplatz zu finden, ist ein fast unlösbares Problem, doch das wissen Sie sicherlich genauso gut wie ich. Aber mit dem Straßenverkehr haben Sie wohl nichts zu tun?»

«Nein, da habe ich andere Sorgen.»

«Mir wäre ein Mordfall auch lieber», bemerkte Margot.

Sie schritt ihm voran die Treppe hinauf. Im Studio deutete sie auf einen bequemen Sessel, bot ihm eine Zigarette an und ließ sich auf das große Sofa ihm gegenüber sinken. Das dichte Haar fiel ihr ins Gesicht. Zwischen zwei Strähnen hindurch sah sie ihn düster und fragend an.

«Schießen Sie los, Fremder!», sagte sie.

«Sie haben an jenem Tag dort fotografiert, wenn ich richtig informiert bin.»

«Ja.»

«Hatte man Ihnen offiziell den Auftrag dazu gegeben?»

«Ja. Ich sollte einige besondere Aufnahmen machen. Das tue ich häufig. Manchmal arbeite ich mit einem Filmstudio direkt zusammen, aber diesmal sollte ich nur Bilder von dem Fest machen und danach noch ein paar Aufnahmen von Leuten, die die Gregg und Jason Rudd oben in der Halle empfingen. Lokalgrößen und ein paar Berühmtheiten. Das Übliche.»

«Ja, ich weiß. Sie standen mit Ihrer Kamera oben an der Treppe.»

«Ja, zum Teil. Ich hatte von dort ein gutes Schussfeld. Die Gäste kamen von unten, und ich konnte zu Marina Gregg schwenken, wenn sie sie begrüßte. So erzielt man verschiedene Bildwinkel, ohne sich von der Stelle rühren zu müssen.»

«Selbstverständlich weiß ich, dass Sie bereits befragt wurden, ob Sie etwas beobachtet haben. Das waren ganz allgemeine Fragen.»

«Haben Sie jetzt weniger allgemeine auf Lager?»

«Vielleicht. Konnten Sie die Gregg gut sehen – von dort, wo Sie standen?»

Sie nickte. «Sehr gut sogar.»

«Und Jason Rudd?»

«Den nicht immer. Er bewegte sich mehr. Er holte Drinks und so und machte die Gäste untereinander bekannt. Die Leute aus dem Ort mit den Filmgrößen und so weiter. Mrs. Baddeley sah ich überhaupt nicht –»

«Mrs. Badcock.»

«Entschuldigung. Mrs. Badcock. Ich habe nicht beobachtet, wie sie das Gift trank. Ich wusste gar nicht, wer sie war.»

«Erinnern Sie sich an die Ankunft des Bürgermeisters?»

«O ja! Sehr genau sogar. Er trug seine Amtskette und seine Robe. Ich habe ihn fotografiert, wie er die Treppe heraufkam – eine Großaufnahme. Ein sehr markantes Profil. Und noch einmal, als er der Gregg die Hand gab.»

«Also könnten Sie die Zeit ungefähr berechnen. Mrs. Badcock und ihr Mann gingen vor ihm.»

Sie schüttelte den Kopf. «Tut mir Leid, ich erinnere mich nicht.»

«Es ist nicht wichtig. Ich nehme an, dass Sie Marina Gregg genau sehen konnten und Ihre Kamera häufig auf sie richteten.»

«Die meiste Zeit sogar. Ich wartete immer auf einen günstigen Augenblick.»

«Kennen Sie Ardwyck Fenn – zumindest vom Sehen?»

«Ja. Ein großer Mann beim Fernsehen und beim Film.»

«Haben Sie ihn auch aufgenommen?»

«Ja. Zusammen mit der Brewster.»

«Das war nach dem Bürgermeister?»

Sie überlegte kurz und nickte. «Ja, ich glaube.»

«Ist Ihnen zu diesem Zeitpunkt aufgefallen, dass die Gregg sich nicht wohl fühlte? Lag irgendein seltsamer Ausdruck auf ihrem Gesicht?»

Margot Bence beugte sich vor, nahm eine Zigarette aus der Dose und zündete sie an. Sie antwortete nicht sofort. Craddock drängte sie nicht, sondern überlegte im Stillen, was sie wohl dachte.

Plötzlich fragte sie abrupt: «Warum wollen Sie das wissen?»

«Weil es sehr wichtig ist. Ich brauche eine zuverlässige Antwort.»

«Und *mich* halten Sie für zuverlässig?»

«Ich gebe zu, dass ich darauf baue. Es gehört zu Ihrem

Beruf, die Leute zu beobachten, auf einen bestimmten Ausdruck, einen günstigen Moment zu warten.»

Sie nickte.

«Haben Sie irgend so etwas bemerkt?»

«Hat es noch jemand beobachtet?»

«Ja. Mehr als nur eine Person, aber alle schildern es anders.»

«Wie denn?»

«Jemand behauptete, sie sei nahe daran gewesen, in Ohnmacht zu fallen.»

Margot Bence schüttelte langsam den Kopf.

«Ein Zeuge erzählte, sie sei erregt gewesen.» Er schwieg einen Augenblick und fuhr dann fort: «Und jemand schilderte ihr Gesicht als ‹versteinert›.»

«Versteinert!», wiederholte Margot Bence nachdenklich.

«Ist das auch Ihre Meinung?»

«Ich weiß nicht recht. Vielleicht.»

«Es gibt noch eine – ziemlich blumige – Version», sagte Craddock. «Es wurde sogar ein Gedicht von Tennyson zitiert. Der Spiegel bekam einen Sprung, und Lady of Shalott rief: ‹Ich bin verdammt.› Oder so ähnlich.»

«Es war kein Spiegel da», erklärte Margot Bence. «Aber wenn einer vorhanden gewesen wäre, wäre er vielleicht zersprungen.» Plötzlich stand sie auf. «Einen Augenblick», sagte sie. «Ich habe etwas Besseres. Ich werde es Ihnen zeigen.»

Sie schob am anderen Ende des Raumes einen Vorhang zur Seite und verschwand dahinter. Er hörte sie etwas Unverständliches murmeln. Ein paar Augenblicke später tauchte sie wieder auf.

«Zum Teufel!», schimpfte sie. «Man findet doch nie die Bilder, die man braucht. Trotzdem – jetzt habe ich es!»

Sie trat zu ihm und legte ein Hochglanzfoto in seine Hand. Craddock sah es sich an. Es war ein sehr gutes Bild von Marina Gregg. Ihre Hand lag in der Hand einer Frau, die vor ihr stand und der Kamera den Rücken zuwandte. Doch Marina Gregg blickte die Frau nicht an. Ihre Augen starrten nicht direkt in die Kamera, sondern etwas nach links. Was Craddock besonders interessierte, war der Umstand, dass ihr Gesicht kein Gefühl ausdrückte, weder Angst noch Schmerz. Die Frau auf dem Foto starrte auf etwas, das nur sie sah, und ihre Erregung war so groß, dass sie nicht mehr in der Lage war, sie auszudrücken. Craddock hatte einen ähnlichen Ausdruck einmal auf dem Gesicht eines Mannes beobachtet, der eine Sekunde später erschossen worden war.

«Zufrieden?», fragte Margot Bence.

Craddock seufzte tief auf. «Ja, vielen Dank. Es ist immer schwierig zu beurteilen, ob Augenzeugen übertreiben und ihre Beobachtungen Einbildung gewesen sind oder nicht. Aber in diesem Fall trifft es nicht zu. Es gab tatsächlich etwas zu sehen, und sie sah es.» Er schwieg nachdenklich und fragte dann: «Darf ich das Foto behalten?»

«Ja, natürlich. Ich habe noch das Negativ.»

«Sie haben es nicht der Zeitung gegeben?»

Margot Bence schüttelte den Kopf.

«Warum denn nicht? Es ist ein sehr gutes Foto. Sie hätten vielleicht viel Geld dafür bekommen.»

«Trotzdem», sagte Margot Bence. «Wenn man zufällig jemandem ins Herz blickt, finde ich es etwas peinlich, sich dafür noch bezahlen zu lassen.»

«Kannten Sie. Marina Gregg bereits?»

«Nein.»

«Sie stammen aus den Staaten, nicht wahr?»

«Ich wurde in England geboren, bin aber in den USA aufgewachsen. Vor ungefähr drei Jahren kam ich rüber.»

Craddock nickte. Er hatte die Antworten bereits gekannt. Sie gehörten zu den Informationen, die auf seinem

Schreibtisch gelegen hatten. Margot Bence schien ihm nichts verheimlichen zu wollen.

«Wo wurden Sie ausgebildet?»

«In den Reingarden Studios. Eine Zeit lang habe ich bei Andrew Quilp gearbeitet. Ich habe viel von ihm gelernt.»

«Reingarden Studios und Andrew Quilp.» Craddock war plötzlich hellwach. Die beiden Namen erinnerten ihn an etwas. «Sie haben in Seven Springs gewohnt, nicht wahr?», fragte er.

Sie sah ihn amüsiert an. «Sie wissen eine Menge über mich. Haben Sie sich über mich erkundigt?»

«Sie sind eine bekannte Fotografin, Miss Bence. Über Sie wurde schon öfter in Zeitungen und Illustrierten geschrieben. Warum kamen Sie nach England?»

Sie zuckte die Achseln. «Ach, ich liebe eben Veränderungen. Außerdem wurde ich in England geboren, wie ich Ihnen schon erzählte. Als Kind kam ich dann nach Amerika.»

«Sie waren noch sehr klein.»

«Fünf Jahre, falls es Sie interessiert.»

«Es interessiert mich tatsächlich. Ich glaube sogar, Miss Bence, dass Sie mir noch viel mehr erzählen können.»

Ihr Gesicht wurde hart. Sie starrte ihn ausdruckslos an. «Was meinen Sie damit?», fragte sie.

Craddock beschloss, es zu riskieren. Es war nicht viel, was er hatte – Reingarden Studios und Andrew Quilp und der Name einer Stadt. Aber ihm war, als stünde Miss Marple hinter ihm und feuerte ihn an. «Ich bin überzeugt, dass Sie Marina Gregg besser kennen, als Sie zugeben möchten.»

Sie lachte. «Beweisen Sie es! Das ist nur eine Vermutung von Ihnen.»

«Ich wäre an Ihrer Stelle nicht so sicher. Und mit etwas Zeit und Mühe könnte es Ihnen selbstverständlich auch nachgewiesen werden. Wollen Sie es nicht lieber gleich zugeben, Miss Bence? Zugeben, dass Marina Gregg Sie als Kind adoptierte und Sie vier Jahre bei ihr gelebt haben?»

Sie zog scharf den Atem ein. «Sie gemeiner neugieriger Kerl!», rief sie.

Es überraschte ihn etwas, dass sie so ausfallend wurde. Bis jetzt war sie immer höflich gewesen. Sie sprang auf und warf den Kopf zurück, dass der schwarze Haarvorhang flog. «Na gut!», sagte sie. «Es stimmt! Ja. Marina Gregg nahm mich nach Amerika mit. Meine Mutter hatte acht Kinder. Sie lebte irgendwo in einem Annenviertel. Vermutlich schreiben Hunderte von Frauen an Filmschauspielerinnen, von denen sie zufällig gehört oder einen Film gesehen haben, und erzählen ihnen ihre traurige Lebensgeschichte. Und betteln sie, ihr Kind zu adoptieren, weil sie ihm keine gute Erziehung geben können. Ach, wie widerlich das ist!»

«Sie waren drei», antwortete Craddock. «Drei Kinder hat sie adoptiert, nicht alle zur gleichen Zeit.»

«Ja. Mich und Rod und Angus. Angus war älter, Rod praktisch noch ein Baby. Was für ein herrliches Leben wir hatten. Wie wunderschön! Und wie gut es uns ging!» Ihre Stimme wurde immer spöttischer. «Kleider und Autos und ein schönes Haus und Leute, die uns bedienten, und gute Schulen und nette Lehrer und köstliches Essen! Man überhäufte uns mit allem, was gut und teuer war. Und sie selbst, unsere ‹Mama›! In Anführungszeichen natürlich. Sie hatte ihre Rolle, sie spielte die hingebungsvolle Mutter und ließ sich bei jeder Gelegenheit mit uns fotografieren. Ach, was für ein hübsches gefühlvolles Bild!»

«Aber sie wollte doch Kinder haben», sagte Craddock. «Das meinte sie ehrlich, nicht wahr? Das war nicht nur ein Reklametrick.»

«Ja, vielleicht. Ich glaube, das stimmt. Sie wollte Kinder haben. Aber nicht *uns*! Es war nicht echt. Nur eine großartige Rolle, die sie spielte: ‹Meine Familie! Wie schön, eine eigene Familie zu haben.› Und Izzy ließ sie gewähren. Er hätte es besser wissen sollen.»

«Izzy ist Isidore Wright?»

«Ja, ihr dritter Mann, oder ihr vierter? Ich habe es vergessen. Er war wirklich ein großartiger Mann. Er verstand sie, aber er spielte nicht den liebenden Vater. Er fühlte sich nicht als Vater. Ihn interessierte eigentlich nur das Schreiben. Inzwischen habe ich etwas von ihm gelesen. Ziemlich realistisch und grausam, aber auch sehr überzeugend. Sicherlich wird er eines Tages ein großer Schriftsteller sein.»

«Wie lange dauerte es?»

Margot Bence verzog den Mund. «Bis sie das Stück satt bekam. Nein, das stimmt nicht ganz … sie entdeckte, dass sie schwanger war.»

«Und weiter?»

Sie lachte bitter auf. «Da hatte sie die Nase voll. Wir waren nicht länger erwünscht. Als Lückenbüßer hatten wir ihr gepasst, aber eigentlich waren wir ihr völlig egal. Natürlich fand sie uns großzügig ab. Wir bekamen eine Ziehmutter, ein neues Zuhause und Geld für unsere Ausbildung und eine nette kleine Summe als Startkapital. Niemand kann behaupten, dass nicht alles ordentlich und korrekt zuging. Aber sie wollte uns eigentlich nie haben – sie wollte nur ein eigenes Kind.»

«Das können Sie ihr nicht zum Vorwurf machen.»

«Dass sie ein Kind haben wollte? Natürlich nicht. Aber was war mit uns? Sie nahm uns unseren eigenen Eltern weg, entwurzelte uns. Meine Mutter hat mich für ein Butterbrot verkauft, wenn Sie so wollen, aber sie tat es nicht, um einen eigenen Vorteil davon zu haben. Sie verkaufte mich, weil sie eine verdammt dumme Person war, die dachte, ich würde ein besseres Leben haben, eine gute Erziehung und so weiter. Sie war überzeugt, es sei zu meinem Besten! Wenn sie wüsste!»

«Sie sind immer noch sehr bitter.»

«Nein, nicht mehr. Ich bin darüber weg. Es ist nur die Erinnerung, wenn ich an jene Zeit zurückdenke. Wir waren alle sehr enttäuscht.»

«Alle drei?»

«Rod nicht. Rod machte es nichts aus. Außerdem war er noch sehr klein. Aber Angus fühlte wie ich. Und er schwor Rache. Er sagte, wenn er erwachsen sei, würde er das Kind, das sie haben würde, umbringen.»

«Sie wissen, was geschah?»

«Selbstverständlich. Alle Welt weiß, was passierte. Sie war verrückt vor Freude über ihre Schwangerschaft, und als es dann geboren war, war es schwachsinnig! Geschah ihr recht. Aber schwachsinnig oder nicht – *uns* wollte sie nicht zurückhaben.»

«Sie hassen Sie sehr?»

«Warum sollte ich sie nicht hassen? Sie hat mir das Schlimmste angetan, was man einem Menschen antun kann. Einen glauben zu machen, dass man geliebt und gebraucht wird, und dann stellt sich alles als Lüge heraus.»

«Was wurde aus Ihren beiden – Brüdern? Ich möchte sie der Bequemlichkeit halber so nennen.»

«Ach, wir haben uns später getrennt. Rod hat irgendwo im Westen eine Farm. Er hat eine glückliche Natur. Angus? Keine Ahnung. Ich habe ihn aus den Augen verloren.»

«Wollte er sich immer noch rächen?»

«Glaube ich kaum», antwortete Margot. «Derartige Gefühle dauern nicht. Als ich ihn das letzte Mal sah, erzählte er mir, dass er Schauspieler werden wolle. Ich weiß nicht, ob er's geworden ist.»

«Aber daran erinnern Sie sich noch.»

«Ja, daran erinnere ich mich noch.»

«War Marina Gregg über Ihr Erscheinen bei jenem Fest überrascht, oder hatte sie Sie als Fotografin hingebeten, um Ihnen eine Freude zu machen?»

«Marina?» Margot lächelte verächtlich. «Sie hat sich um die Festvorbereitungen nicht gekümmert. Ich wollte sie gern wiedersehen, und deshalb habe ich ein paar Drähte gezogen, um den Auftrag zu erhalten. Wie ich sagte, habe ich ein paar Beziehungen zu Filmleuten.» Sie strich über die Tischplatte. «Sie erkannte mich nicht mal! Was halten Sie davon? Ich habe vier Jahre lang bei ihr gelebt – von fünf bis neun –, und sie erkannte mich nicht mal!»

«Kinder verändern sich», erwiderte Craddock. «Sie können sich so verändern, dass man sie tatsächlich nicht wieder erkennt. Kürzlich habe ich eine Nichte wiedergetroffen, die mir so fremd war, dass ich sie auf der Straße nicht wiedererkannt hätte.»

«Glauben Sie, dass das ein Trost ist? Es ist mir egal! Ach, zum Teufel, es ist mir nicht egal! Sie konnte einen verzaubern, wissen Sie. Sie besitzt einen unseligen Zauber, dem man nicht entfliehen kann. Man kann jemanden hassen und ihn trotzdem noch mögen.»

«Sie haben ihr nicht verraten, wer Sie sind?»

Sie schüttelte den Kopf. «Nein, das wäre das Letzte, was ich tun würde.»

«Haben Sie versucht, sie zu vergiften, Miss Bence?»

Ihre trübe Stimmung verflog. Sie sprang auf und lachte. «Was für eine dumme Frage! Aber vermutlich gehört das zu Ihren Pflichten als Kriminalbeamter. Nein, ich kann Ihnen versichern, dass ich sie nicht getötet habe.»

«Das habe ich Sie auch nicht gefragt, Miss Bence.»

Stirnrunzelnd blickte sie ihn an.

«Marina Gregg», sagte er, «lebt ja noch.»

«Aber wie lange?»

«Was meinen Sie damit?»

«Halten Sie es nicht für möglich, Chefinspektor, dass es derjenige noch einmal versucht und beim nächsten Mal Erfolg haben könnte?»

«Es sind gewisse Vorsichtsmaßnahmen getroffen worden.»

«Oh, davon bin ich überzeugt. Der liebende Gatte wird sich um sie kümmern, damit ihr kein Härchen gekrümmt wird.»

Der Spott, der nicht zu überhören war, gab Craddock zu denken.

«Was haben Sie gemeint, als Sie sagten, das hätten Sie nicht gefragt?», wollte sie plötzlich wissen.

«Ich fragte Sie, ob Sie sie töten wollten. Sie antworteten, dass Sie sie nicht umgebracht hätten. Das stimmt, aber jemand anders starb, jemand anders wurde getötet.»

«Sie wollen damit andeuten, dass ich zwar versuchte, Marina zu töten, doch irrtümlich diese Mrs. Soundso umbrachte. Ich habe weder Marina noch die andere Frau vergiften wollen.»

«Wissen Sie, wer es getan haben könnte?»

«Ich weiß absolut gar nichts, Chefinspektor, davon können Sie überzeugt sein.»

«Eine Vermutung?»

«Ach, man denkt sich immer was.» Sie lächelte ihn an, ein ziemlich spöttisches Lächeln. «Es kommen so viele Leute in Frage, nicht wahr, vielleicht dieser schwarzhaarige Roboter von einer Sekretärin, der elegante Hailey Preston, Angestellte, Hausmädchen, der Masseur, der Friseur, jemand aus dem Studio – ein Haufen Leute –, und nicht jeder muss das sein, wofür er sich ausgibt.»

Als er unwillkürlich eine Bewegung machte, schüttelte sie heftig den Kopf.

«Keine Angst, Chefinspektor», sagte sie. «Ich mache nur Witze. Jemand lechzt nach Marinas Blut, aber ich habe keine Ahnung, wer es ist, wirklich nicht. Nicht die geringste Ahnung!»

16

In der Aubrey Close sechzehn unterhielt sich die junge Mrs. Baker mit ihrem Mann. Jim Baker, ein großer, gut aussehender blonder Riese setzte gerade ein Modellflugzeug zusammen.

«Nachbarn!», sagte Cherry und schüttelte den Kopf, dass ihre schwarzen Locken wippten. «Nachbarn!», wiederholte sie mit Verachtung. Vorsichtig nahm sie die Bratpfanne vom Herd und ließ den Inhalt auf zwei Teller gleiten, auf den einen mehr als auf den anderen. Den volleren stellte sie vor ihren Mann hin.

«Mixed Grill!», verkündete sie.

Jim sah auf und schnupperte anerkennend.

«Was für eine Überraschung», sagte er. «Ist heute etwa ein besonderer Tag? Etwa mein Geburtstag?»

«Ein Mann muss ordentlich essen», erklärte Cherry.

Sie sah in ihrer dunkelrot-weiß gestreiften Schürze mit der kleinen Rüsche am Saum ganz reizend aus. Jim Baker schob die Flugzeugteile weg, um mehr Platz für den Teller zu machen. Er grinste und fragte: «Wer behauptet das?»

«Zum Beispiel Miss Marple», antwortete Cherry. «Und wenn wir schon beim Thema sind», fuhr sie fort und setzte sich ihrem Mann gegenüber, «so finde ich, dass sie auch ein wenig mehr vertragen könnte. Dieser alte Drache von einer Pflegerin kocht nichts als Kohlenhydrate,. Aufläufe, Makkaroni mit Käse, wabbelige Puddings mit rosa Sauce. Und den ganzen Tag redet sie. Die redet sich noch ins Grab.»

«Na ja», meinte ihr Mann nicht sehr interessiert, «das ist sicherlich Krankenkost.»

«Krankenkost!», rief Cherry verächtlich. «Miss Marple ist nicht krank – nur alt. Und in alles mischt sie sich ein.»

«Wer, Miss Marple?»

«Nein. Diese Miss Knight. Schreibt mir vor, was ich zu

tun habe. Sie erklärt mir sogar, wie man richtig kocht! Ich weiß besser darüber Bescheid als sie!»

«Du bist eine großartige Köchin!», sagte Jim zärtlich.

«Ob jemand gut kocht», meinte Cherry, «merkt man immer sofort. Man braucht nur zu probieren.»

Jim lachte. «Ich fang ja schon an. Aber warum sagte Miss Marple, dass ich was Gutes zu essen brauche? Fand sie, dass ich unterernährt aussah, als ich hinkam und das Abstellbrett im Bad festschraubte?» Cherry lachte. «Ich will dir verraten, was sie gesagt hat. Sie sagte: ‹Ihr Mann sieht sehr gut aus, meine Liebe. Ein sehr gut aussehender Mann.› Klingt wie aus einem Liebesroman, was?»

«Fandest du das auch?», fragte Jim lächelnd.

«Ich meinte, du seist schon in Ordnung.»

«In Ordnung! Das ist nicht gerade ein Kompliment.»

«Und dann sagte sie: ‹Sie müssen gut für Ihren Mann sorgen, meine Liebe. Kochen Sie ordentlich! Männer brauchen viel Fleisch. Gut zubereitet! ›»

«Hört! Hört!»

«Und sie sagte, ich solle nur frische Sachen nehmen und keine Tiefkühlgerichte, die ich bloß zum Wärmen in den Ofen schöbe. Eigentlich tue ich das auch nicht oft», fügte sie offen hinzu.

«Wegen mir kannst du's überhaupt sein lassen», antwortete ihr Mann. «Es schmeckt alles gleich.»

«Hauptsache, du merkst, was du isst», stellte Cherry fest. «Und denkst nicht nur an das Flugzeug, das du da zusammenmontierst. Und sag nicht, dass du es für unseren Neffen Michael als Weihnachtsgeschenk gekauft hast! Du hast es gekauft, weil du selbst damit spielen möchtest.»

«Er ist noch zu klein dazu», sagte Jim entschuldigend.

«Und ich vermute, dass du den ganzen Abend damit verbringst. Wie wäre es mit etwas Musik? Hast du die neue Platte gekauft, von der wir sprachen?»

«Ja. 1812, die Festouvertüre von Tschaikowsky.»

«Das ist die laute, mit der Kanone», sagte Cherry. Dann zog sie ein Gesicht. «Die gute Mrs. Hartwell wird sich beschweren! Nachbarn! Ich habe die Nase voll von Nachbarn. Immer meckern sie und beschweren sich. Ich weiß nicht, wer von beiden schlimmer ist. Die Hartwells oder die Barnabys. Die Hartwells klopfen manchmal schon zwanzig vor elf gegen die Wand. Ein starkes Stück. Sogar das Fernsehen und die BBC senden länger. Warum sollten wir nicht etwas Musik hören, wenn es uns Spaß macht. Und immer wollen sie, dass wir's leiser stellen!»

«Dabei hat man nichts davon, wenn die Lautstärke nicht stimmt», sagte Jim nachdrücklich. «Das ist allgemein bekannt. Und was ist mit ihrer Katze – die kommt immer in unseren Garten und wühlt in unseren Beeten, wenn wir sie gerade in Ordnung gebracht haben.»

«Ich sage dir was, Jim. Ich habe es satt.»

«In Huddersfield hattest du nichts gegen die Nachbarn», sagte Jim.

«Dort war es anders», antwortete Cherry. «Ich meine, dort fühlte man sich freier. Wenn man in Not war, hat einem jemand geholfen oder umgekehrt. Aber niemand hat sich eingemischt. Diese Siedlung ist schuld, dass sich die Leute nicht vertragen. Weil wir alle neu sind, nehme ich an. Ich begreife einfach nicht, warum so viel gezankt und geklatscht wird und sich ständig jemand bei der Stadtverwaltung beschwert. In einer richtigen Stadt sind die Menschen dazu viel zu beschäftigt.»

«Da könnte was dran sein.»

«Gefällt es dir denn hier, Jim?»

«Die Arbeit ist in Ordnung. Und wir wohnen in einem nagelneuen Haus. Wenn wir etwas mehr Platz hätten, wäre mir das lieber. Ich würde mich gern etwas mehr ausbreiten können. Am liebsten hätte ich einen Bastelraum.»

«Zuerst fand ich es herrlich hier», sagte Cherry, «aber jetzt bin ich mir nicht mehr so klar. Das Haus gefällt mir, auch der blaue Anstrich und das Bad. Nur die Leute mag ich nicht und die Atmosphäre. Ein paar Nachbarn sind ja ganz in Ordnung. Habe ich dir erzählt, dass Lily Price und Harry sich getrennt haben? Er hat sich so komisch benommen, als sie sich damals das Haus ansahen. Sie wäre beinahe aus dem Fenster gefallen, weißt du, und er stand wie angewachsen da und hat ihr nicht geholfen.»

«Ich bin froh, dass es zu Ende ist. Er taugt nicht viel.»

«Es ist auch nicht gut, nur zu heiraten, weil ein Kind unterwegs ist», meinte Cherry. «Er wollte sie nämlich nicht heiraten, weißt du. Er ist kein angenehmer Mensch. Miss Marple findet es auch», fügte sie nachdenklich hinzu. «Sie hat zu Lily eine Bemerkung über ihn gemacht. Lily hielt sie für übergeschnappt.»

«Miss Marple? Ich wusste gar nicht, dass sie sie mal getroffen hat.»

«Es war an jenem Tag, als sie hier spazieren ging und stürzte. Damals hat sich Mrs. Badcock um sie gekümmert und zu sich ins Haus geholt. Glaubst du, dass Arthur und Mrs. Bain ein Paar werden?»

Jim runzelte die Stirn und nahm ein Bauteil in die Hand, das er mit dem Bauplan verglich.

«Warum hörst du nicht zu, wenn ich dir was erzähle?»

«Was hast du gesagt?»

«Ob Arthur Badcock und Mrs. Bain …»

«Mein Gott, Cherry, seine Frau ist kaum unter der Erde! Ich habe gehört, dass er schrecklich nervös ist – er zuckt schon zusammen, wenn man ihn nur ansieht.»

«Warum eigentlich … ich hätte nicht gedacht, dass es bei ihm so tief geht.»

«Könntest du den Tisch etwas frei machen?», fragte Jim, den die Geschichten über seine Nachbarn nicht besonders interessierten. «Dann könnte ich die Teile besser ordnen.»

Cherry seufzte übertrieben.

«Wenn man in diesem Haus beachtet werden will, muss man ein Düsenflugzeug oder ein Raumschiff sein», sagte sie empört. «Du und deine Modelle!»

Sie stellte das Geschirr auf ein Tablett und trug es zum Ausguss. Sie beschloss, nicht abzuwaschen, eine Arbeit, die sie jeden Tag so lange wie möglich hinauszögerte. Sie schlüpfte in eine Cordjacke und rief im Hinausgehen ihrem Mann über die Schulter zu:

«Ich will nur kurz zu Gladys und mir ein ‹Vogue›-Schnittmuster borgen.»

«In Ordnung.» Jim beugte sich tiefer über sein Modellflugzeug.

Cherry warf einen giftigen Blick auf die Tür des Nachbarhauses, bog kurz darauf um die Ecke in die Blenheim Close ein und blieb vor Nummer sechzehn stehen. Die Tür war nicht geschlossen. Cherry klopfte, trat in den Flur und rief:

«Ist Gladys da?»

«Sind Sie das, Cherry?» Mrs. Dixon steckte den Kopf aus der Küchentür. «Sie ist oben in ihrem Zimmer und näht.»

«Dann geh ich mal hinauf.»

Cherry lief die Treppe hoch und zu einem kleinen Schlafzimmer. Gladys, ein pummeliges Mädchen mit einem klaren Gesicht, kniete auf dem Boden und steckte mit geröteten Wangen ein Schnittmuster auf einem Stück Stoff fest.

«Hallo, Cherry! Sieh mal, was für einen hübschen Stoff ich im Ausverkauf bei Harper in Much Benham gefunden habe! Ich nähe mir noch mal das gleiche Modell wie das aus Frottee.»

«Gute Idee», sagte Cherry.

Gladys stand auf und keuchte etwas dabei. «Jetzt tut mir der Magen weh», seufzte sie.

«So kurz nach dem Essen solltest du nicht gleich nähen», meinte Cherry, «und dich nicht bücken wie eben.»

«Vermutlich sollte ich abnehmen», sagte Gladys und setzte sich aufs Bett.

«Was gibt's Neues im Studio?», fragte Cherry, die nie genug davon hören konnte.

«Nicht viel. Es wird immer noch eine Menge geklatscht. Marina Gregg hat gestern wieder zu drehen angefangen – und einen schrecklichen Skandal gemacht.»

«Weshalb?»

«Der Kaffee schmeckte ihr nicht. Du weißt ja, dass sie am Vormittag alle Kaffee trinken. Sie nahm einen Schluck und behauptete, dass er nicht gut schmecke. Was natürlich Unsinn war. Ich hole ihn in einem Krug direkt aus der Kantine. Sie hat allerdings ihre eigene Tasse, eine sehr schöne, aber der Kaffee war der Gleiche. Deshalb musste mit dem alles in Ordnung sein, nicht wahr?»

«Bloß die Nerven», sagte Cherry. «Was passierte dann?»

«Nichts. Mr. Rudd beruhigte sie. Er kann das großartig. Er nahm ihr die Tasse ab und goss sie aus.»

«Das war nicht sehr klug», sagte Cherry langsam.

«Warum – was meinst du damit?»

«Na, wenn irgendetwas mit ihm nicht stimmte, kann das jetzt niemand mehr feststellen.»

«Glaubst du wirklich, dass er nicht in Ordnung war?», fragte Gladys besorgt.

«Nun», Cherry zuckte mit den Achseln, «am Fest hat mit ihrem Cocktail auch was nicht gestimmt, warum nicht auch mit dem Kaffee? Wenn einem beim ersten Mal etwas nicht gelingt, probiert man's immer wieder.»

Gladys erschauerte. «Das gefällt mir nicht, Cherry», sagte sie. «Jemand anders hat für sie büßen müssen, das steht fest.

Inzwischen hat sie auch Drohbriefe gekriegt, verstehst du, und dann die seltsame Geschichte mit der Büste.»

«Was für einer Büste?»

«Aus Marmor. In der Dekoration. Sie haben ein Zimmer aus einem österreichischen Schloss aufgebaut. Hat einen komischen Namen, ‹Shotbrun›, oder so ähnlich. Mit Gemälden und Porzellan und Marmorbüsten. Eine stand auf einer Konsole, offenbar nicht ganz fest. Jedenfalls als draußen ein Laster vorbeifuhr, fiel sie herunter – genau auf den Sessel, in dem Marina Gregg in ihrer großen Szene mit Graf Sowieso gesessen hätte. Sie ging in tausend Scherben. Zum Glück drehten sie gerade nicht. Mr. Rudd sagte darüber kein Wort zu ihr. Er stellte einfach einen anderen Sessel hin, und als sie gestern fragte, warum der Sessel ausgewechselt worden sei, meinte er nur, der andere habe im Stil nicht gepasst. Aber es hat ihm gar nicht gefallen, das kann ich dir verraten.»

Die beiden Frauen sahen sich an.

«Wie aufregend», sagte Cherry. «Und auch wieder nicht…»

«Ich glaube, ich gebe meine Arbeit in der Studiokantine auf», sagte Gladys.

«Warum denn? Kein Mensch will dich vergiften oder mit einer falschen Marmorbüste erschlagen.»

«Schon. Aber es trifft manchmal auch den Falschen. Wie Heather Badcock zum Beispiel.»

«Stimmt», sagte Cherry.

«Weißt du», sagte Gladys, «ich habe nachgedacht. Ich war beim Fest oben in der Halle, als Aushilfe. Ich stand ganz in ihrer Nähe.»

«Als sie starb?»

«Nein, als sie ihren Cocktail verschüttete. Über das ganze Kleid. Ein sehr hübsches Kleid, königsblauer Nylontaft. Sie hatte es sich extra dafür gekauft. Es war sehr seltsam.»

«Was war seltsam?»

«Damals fand ich nichts dabei. Aber wenn man genauer darüber nachdenkt, ist es sehr seltsam.»

Cherry wartete gespannt. «Um Gottes willen!», rief sie dann, «was war denn so seltsam?»

«Ich bin überzeugt, sie hat es absichtlich getan.»

«Dass sie den Cocktail verschüttete?»

«Ja. Und das finde ich seltsam. Du nicht auch?»

«Auf ein nagelneues Kleid? Kaum zu glauben.»

«Ich überlege nur», sagte Gladys, «was Arthur Badcock mit Heathers Zeug macht. Das Kleid könnte man reinigen lassen. Auslassen könnte man es auch, der Rock hat eine Menge Falten. Glaubst du, Arthur Badcock wäre beleidigt, wenn ich ihn fragte, ob er es mir verkauft? Es müsste nicht viel geändert werden, und es ist ein so hübscher Stoff.»

«Würde es dir nichts ausmachen?», fragte Cherry zögernd.

«Was denn?»

«Na, ein Kleid zu tragen, in dem jemand gestorben ist – in dem jemand auf diese Weise gestorben ist …»

Gladys starrte sie verblüfft an.

«Daran habe ich nicht gedacht», gestand sie. Sie überlegte einen Augenblick. Dann erhellte sich ihre Miene.

«Eigentlich spielt es keine große Rolle», erklärte sie. «Wenn man etwas Gebrauchtes kauft, muss man immer damit rechnen, dass der ursprüngliche Besitzer gestorben ist.»

«Trotzdem, es ist nicht das Gleiche.»

«Ich finde, du hast zu viel Fantasie», antwortete Gladys. «Es ist so ein schönes leuchtendes Blau und wirklich ein teures Material. Und wegen der seltsamen Geschichte werde ich morgen, bevor ich zur Arbeit gehe, mit Mr. Giuseppe sprechen», fügte sie nachdenklich hinzu.

«Ist das der italienische Butler?»

«Ja. Er sieht sehr gut aus. Faszinierende Augen. Und so

viel Temperament. Wenn wir aushelfen, hetzt er uns ganz schön herum.» Sie kicherte. «Aber es macht uns nichts aus. Er kann so unglaublich nett sein ... jedenfalls, ich erzähle es ihm und frage ihn, was ich tun soll.»

«Ich sehe nicht ein, dass du überhaupt mit ihm reden musst», sagte Cherry.

«Nun – es war so seltsam», erklärte Gladys, sich trotzig an ihr Lieblingswort klammernd.

«Meiner Meinung nach suchst du nur nach einem Vorwand, um diesen Butler zu sehen – und da würde ich lieber vorsichtig sein, Mädchen. Du weißt doch, wie die Italiener sind. Vaterschaftsklagen, wo man hinsieht. Heißblütig und leidenschaftlich sind die.»

Gladys seufzte inbrünstig.

Cherry betrachtete das breite, etwas fleckige Gesicht ihrer Freundin und erkannte, dass jede Warnung überflüssig war. Mr. Giuseppe, dachte sie, würde seine Angeln woanders auswerfen.

«Aha!», sagte Doktor Haydock. «Sie sind beim Aufziehen, wie ich sehe.» Er blickte von Miss Marple zu einem Berg weicher weißer Wolle.

«Sie hatten mir geraten, es damit zu versuchen, wenn ich nicht stricken könnte», antwortete Miss Marple.

«Sie scheinen sich meinen Rat sehr zu Herzen genommen zu haben.»

«Ich habe gleich am Anfang einen Fehler gemacht, und damit geriet das ganze Muster durcheinander. Da musste ich alles wieder aufziehen. Es ist ein sehr schwieriges Muster.»

«Was ist schon ein schwieriges Muster für Sie? Gar nichts!»

«Wegen meiner Augen sollte ich mich wohl an einfachere Sachen halten.»

«Da würden Sie sich bald langweilen. Jedenfalls fühle ich mich geschmeichelt, weil Sie meinen Rat befolgt haben.»

«Ich folge Ihnen doch immer, Doktor Haydock.»

«Ja, wenn es Ihnen passt.»

«Sagen Sie mal, Doktor, dachten Sie wirklich ans Stricken, als Sie mir den Rat gaben?»

«Wie weit sind Sie denn mit der Lösung Ihres Mordfalles vorangekommen?», fragte er und zwinkerte ihr zu. Miss Marple zwinkerte zurück.

«Ich fürchte, mein Verstand ist auch nicht mehr der, der er einmal war», sagte sie und schüttelte dabei seufzend den Kopf.

«Unsinn!», erwiderte Haydock. «Erzählen Sie mir nicht, Sie hätten noch keine Meinung darüber.»

«Natürlich habe ich meine Schlüsse gezogen. Sehr gründlich sogar.»

«Lassen Sie hören!»

«Wenn man an jenem Tag das Cocktailglas präpariert hat – ich weiß nur noch nicht, wie ...»

«Vielleicht hatte der Täter das Zeug in einer Pipette.»

«Sie sind immer gleich so professionell», sagte Miss Marple bewundernd. «Aber selbst dann finde ich es sehr seltsam, dass niemand den Vorfall beobachtete.»

«Ein Mord geschieht nicht nur, sondern irgendjemand sieht auch, wie er geschieht. Wollen Sie darauf hinaus?»

«Ja, genau.»

«Ein Risiko, das der Mörder eingehen musste», erklärte Haydock.

«Schon. Das bestreite ich nicht. Aber wie ich festgestellt habe, sind mindestens achtzehn bis zwanzig Personen zur Tatzeit in der Halle gewesen. Ich bin der Meinung, dass einer von ihnen etwas gesehen haben *muss*.»

Haydock nickte. «Ja. Aber offensichtlich ist es nicht der Fall.»

«Ich habe meine Zweifel», antwortete Miss Marple nachdenklich. «Was meinen Sie nun wirklich?»

«Es gibt drei Möglichkeiten. Wobei ich annehme, dass wenigstens eine Person etwas beobachtet hat. Eine von zwanzig. Ich halte das für einen vernünftigen Prozentsatz.»

«Ich fürchte, Sie geraten auf Abwege», sagte Haydock, «das klingt mir eher nach einer dieser schrecklichen Denksportaufgaben – wenn sechs Männer weiße Hüte tragen und sechs Männer schwarze, muss man irgendwie errechnen, wie sie durcheinander geraten und in welchem Verhältnis. Nein, wenn Sie solche Überlegungen anstellen, werden Sie verrückt. Das kann ich Ihnen versichern.»

«An so was habe ich ja gar nicht gedacht», erklärte Miss Marple. «Ich habe nur überlegt, dass ...»

«Ja», warf Haydock nachdenklich ein, «so was können Sie hervorragend. Haben Sie immer gekonnt!»

«Es ist doch wahrscheinlich, verstehen Sie», sagte Miss Marple, «dass zumindest einer von zwanzig eine gute Beobachtungsgabe besitzt.»

«Ich gebe mich geschlagen», erwiderte Haydock. «Lassen Sie Ihre drei Möglichkeiten hören.»

«Ich fürchte, ich kann es Ihnen nur in groben Umrissen erklären», meinte Miss Marple, «weil ich es noch nicht gründlich durchdacht habe. Chefinspektor Craddock und Cornish werden sicherlich alle Gäste befragt haben, und üblicherweise würde derjenige, der etwas beobachtet hat, es auch sofort sagen.»

«Ist das eine der drei Möglichkeiten?»

«Nein, nein, denn das ist nicht geschehen. Wir müssen uns vielmehr fragen, warum hat diese Person geschwiegen, obwohl sie etwas beobachtete?»

«Ich höre.»

«Möglichkeit eins», begann Miss Marple, deren Wangen sich mit einem rosigen Schimmer überzogen hatten. «Die

Person, die etwas sah, ist sich dessen nicht bewusst. Was natürlich bedeutet, dass diese Person nicht gerade eine Leuchte ist. Der Typ, der verneint, wenn man zum Beispiel fragte: ‹Haben Sie beobachtet, wie jemand etwas in Marina Greggs Glas warf?› Der aber ‹Ja, selbstverständlich› sagt, wenn man ihn fragte, ob er sah, wie jemand die Hand über Marina Greggs Glas legte.»

Haydock lachte. «Ich gebe zu», rief er, «dass man an den Trottel immer zuletzt denkt. Schön, das ist Möglichkeit eins: Der Dummkopf sah es zwar, begriff aber nicht, was es bedeutete. Und die zweite Möglichkeit?»

«Sie ist ziemlich weit hergeholt, trotzdem ist es denkbar. Es kann ein ganz normaler Vorgang gewesen sein.»

«Augenblick, bitte. Das müssen Sie mir genauer erklären.»

«Heutzutage tun die Leute immer irgendetwas ins Essen oder in ihre Drinks. Als ich jung war, hielt man es für sehr ungezogen, wenn man während des Essens ein Medikament einnahm. Es wurde genauso missbilligt wie das Naseputzen bei Tisch. Es gehörte sich nicht. Wenn man eine Tablette oder Kapsel oder eine Löffelspitze voll irgendetwas nehmen musste, verließ man dazu das Zimmer. Heute ist das anders. Als ich bei meinem Neffen Raymond eingeladen war, beobachtete ich, dass ein paar Gäste mit einem Haufen Fläschchen und Schächtelchen ankamen. Sie nehmen die Medikamente mit dem Essen oder davor oder danach. Sie tragen Aspirin und Ähnliches in der Handtasche mit sich herum und schlucken immer irgendeine Tablette – mit einer Tasse Tee oder mit dem Kaffee nach dem Essen. Verstehen Sie, was ich meine?»

«Ja. Ich weiß jetzt, worauf Sie hinauswollen. Sehr interessant. Sie meinen, dass jemand –» Er schwieg. «Erzählen Sie es lieber mit Ihren eigenen Worten», meinte er dann.

«Es könnte also möglich sein – ziemlich kühn, aber möglich –, dass jemand das Glas nahm und so tat, als sei es sein eigenes, und ganz unverblümt etwas hineinwarf. In so einem Fall würde sich kein Mensch etwas denken.»

«Damit konnte er – oder sie – aber nicht rechnen», bemerkte Haydock.

«Ja, schon», pflichtete ihm Miss Marple bei. «Riskant, aber vorstellbar. Außerdem gibt es noch die dritte Möglichkeit», fügte sie hinzu.

«Nummer eins ein Dummkopf», sagte Haydock. «Nummer zwei eine Spielernatur – und wer ist Ihrer Ansicht nach Nummer drei?»

«Jemand, der genau Bescheid weiß und schweigt.»

Haydock runzelte die Stirn. «Aus welchem Grund?», fragte er. «Wollen Sie andeuten, dass es sich um Erpressung handelt? Falls das –»

«Falls das stimmt», ergänzte Miss Marple, «ist das eine gefährliche Sache.»

«Ja, ganz meine Meinung.» Haydock betrachtete die freundliche alte Dame mit dem Haufen weißer Wolle im Schoß. «Halten Sie die dritte Möglichkeit für die wahrscheinlichste?»

«Nein», antwortete Miss Marple. «So weit möchte ich nicht gehen. Dazu habe ich im Augenblick zu wenig Anhaltspunkte. Wenn noch jemand getötet werden würde, wäre dies allerdings etwas anderes.»

«Glauben Sie, dass der Täter wieder zuschlägt?»

«Ich hoffe es nicht», sagte Miss Marple ernst, «ich bete darum, dass ich mich täusche. Aber oft passiert es, Doktor Haydock. Eine traurige, schreckliche Sache. So etwas passiert sehr oft.»

17

Ella legte den Hörer auf und trat lächelnd aus der Telefonzelle. Sie war sehr mit sich zufrieden.

«Wenn der allmächtige Chefinspektor wüsste!», sagte sie leise. «Ich bin zweimal so klug wie er. Variationen zu dem Thema: Zahl oder stirb!»

Mit großem Vergnügen stellte sie sich vor, was für ein Entsetzen die Person am anderen Ende der Leitung empfunden haben musste – als sie das leise drohende Flüstern hörte.

«Ich habe Sie beobachtet …»

Sie lachte leise in sich hinein, wobei sich ihre Mundwinkel höhnisch nach oben zogen. Ein Psychologiestudent hätte sie sicherlich mit einem gewissen Interesse beobachtet. Noch nie hatte sie ein derartiges Gefühl der Macht gehabt wie in den letzten paar Tagen. Es war ihr kaum bewusst, wie dieser Machtrausch sie verändert hatte …

Sie kam an der «East Lodge», vorbei, und Mrs. Bantry, die wie üblich eifrig im Garten arbeitete, winkte ihr zu.

Verdammtes altes Weib, dachte Ella. Sie spürte, wie ihr Mrs. Bantry mit den Blicken folgte, während sie die Auffahrt entlangging.

Aus keinem besonderen Grund fiel ihr plötzlich ein Sprichwort ein: Der Krug geht so lange zum Brunnen, bis er bricht …

Unsinn, überlegte sie, kein Mensch konnte vermuten, dass sie es war, die diese drohenden Worte geflüstert hatte.

Sie musste niesen. «Dieser ekelhafte Heuschnupfen», schimpfte Ella. Als sie in ihr Büro trat, stand Rudd wartend am Fenster. Er fuhr herum und sagte: «Wo, in aller Welt, sind Sie gewesen!»

«Ich hatte etwas mit dem Gärtner zu besprechen. Es gab

–» Sie brach ab, als sie sein Gesicht sah. Sie fragte abrupt: «Was ist los?»

Seine Augen schienen tiefer in den Höhlen zu liegen als je. Alle Fröhlichkeit eines Clowns war verschwunden. Geblieben war die Miene eines Mannes, der unter höchster nervlicher Anspannung steht. Sie hatte ihn früher schon in schwierigen Situationen erlebt, aber noch nie hatte er so ausgesehen wie jetzt. «Was ist los?», fragte sie noch einmal.

Er reichte ihr ein Blatt Papier. «Die Analyse des Kaffees. Marina wollte ihn nicht trinken, weil er angeblich seltsam schmeckte.»

«Sie haben ihn untersuchen lassen?» Sie war sehr aufgeregt. «Aber Sie haben ihn weggeschüttet. Ich habe es selbst beobachtet.»

Sein breiter Mund verzog sich zu einem Lächeln. «Ich habe sehr flinke Finger, Ella», sagte er. «Das wussten Sie nicht, nicht wahr? Ja, das meiste habe ich weggegossen. Doch ein wenig habe ich zurückbehalten und zur Untersuchung eingeschickt.»

Sie blickte auf das Blatt in ihrer Hand. «Arsen!» Ihre Stimme klang ungläubig.

«Ja, Arsen!»

«Also hatte Marina mit ihrer Behauptung Recht? Der Kaffee schmeckte tatsächlich bitter?»

«Nein, damit hatte sie nicht Recht. Arsen kann man nicht schmecken. Sie reagierte ganz instinktiv.»

«Und wir hielten sie einfach für hysterisch.»

«Sie ist auch hysterisch. Wer wäre das in diesem Fall nicht? Eine Frau wird praktisch vor ihren Augen vergiftet. Sie erhält Drohbriefe – einen nach dem anderen … Heute kam doch keiner, nicht wahr?» Ella schüttelte den Kopf.

«Wer schmuggelt diese verdammten Dinger herein? Ach, es ist sicherlich ganz einfach – bei den vielen offenen Fenstern und Türen. Jeder kann hereinspazieren.»

«Sie meinen, man sollte das Haus verschließen und verbarrikadieren? Aber es ist so heiß! Außerdem wird der Garten von einem Mann bewacht.»

«Ja, und ich möchte sie auch nicht noch nervöser machen, als sie schon ist. Drohbriefe sind mir egal. Aber Arsen, Ella, Arsen ist etwas anderes ...»

«Hier im Haus kann niemand etwas ins Essen tun.»

«Wirklich nicht, Ella? Wirklich nicht?»

«Jedenfalls nicht unbeobachtet. Keine fremden Personen dürfen –»

«Für Geld tun die Menschen alles, Ella!», unterbrach er sie.

«Aber sie morden wohl kaum dafür.»

«Auch das gibt es. Und ahnen vielleicht nicht, dass es überhaupt Mord war. Die Angestellten ...»

«Ich bin überzeugt, dass die Hausangestellten in Ordnung sind.»

«Nehmen wir Giuseppe. Ich bezweifle, dass man Giuseppe trauen kann, wenn es um Geld geht ... Er ist zwar schon seit einiger Zeit bei uns, doch –»

«Warum quälen Sie sich damit, Jason?»

Er warf sich in einen Sessel und beugte sich vor, so dass seine langen Arme zwischen seinen Knien hingen.

«Was soll ich nur tun?», fragte er zögernd und leise. «Mein Gott, was soll ich nur tun?»

Ella schwieg. Sie saß nur da und beobachtete ihn.

«Sie war hier so glücklich», sagte Rudd, mehr zu sich selbst als zu Ella. Er starrte auf den Teppich. Wenn er aufgeblickt hätte, würde ihn der Ausdruck auf ihrem Gesicht vermutlich erstaunt haben.

«Sie war glücklich», sagte er noch einmal. «Sie hoffte, hier glücklich zu werden, und sie war glücklich. Das hat sie damals auch zu dieser Mrs. – wie hieß sie noch ...»

«Mrs. Bantry?»

«Ja, Mrs. Bantry. Es war an jenem Tag, als Mrs. Bantry zum Tee kam. Marina sagte, es sei so friedlich hier. Sie sagte, dass sie endlich einen Ort gefunden habe, wo sie zur Ruhe kommen könne und sich glücklich und geborgen fühle. Mein Gott, geborgen!»

«Und sie lebten glücklich und in Frieden?» Ellas Stimme klang leicht ironisch. «Ja, wenn man es so sieht, hört es sich wie ein Märchen an.»

«Jedenfalls glaubte sie daran.»

«Aber Sie nicht», antwortete Ella. «Sie haben es nie für möglich gehalten.»

Rudd lächelte. «Ja, ich glaube nicht an den ganzen Zauber. Doch ich dachte, dass für eine Weile, ein Jahr oder auch zwei, Ruhe und Zufriedenheit einziehen würden. Es hätte eine neue Frau aus ihr gemacht. Vielleicht hätte sie ihr Selbstvertrauen wieder gefunden. Sie kann glücklich sein, wissen Sie. Und wenn sie glücklich ist, ist sie wie ein Kind. Genau wie ein Kind. Und jetzt – jetzt musste dies passieren!»

Ella bewegte sich unruhig. «Es passiert immer etwas», sagte sie brüsk. «So ist das Leben nun einmal. Man muss es nehmen, wie es ist. Manche können das, manche nicht. Sie gehört zu den Leuten, die es nicht können.» Sie nieste.

«Ist Ihr Heuschnupfen wieder schlimmer geworden?»

«Ja. Ach, übrigens, Giuseppe ist nach London gefahren.»

Rudd blickte sie etwas erstaunt an. «Nach London? Warum?»

«Irgendwelche Familienprobleme. Verwandte von ihm wohnen in Soho, und jemand ist schrecklich krank. Er fragte Marina, und sie erlaubte es ihm, und da habe ich ihm den Tag freigegeben. Er kommt heute Abend zurück. Sie haben doch nichts dagegen?»

«Nein», erwiderte Rudd. «Ich habe nichts dagegen...» Er erhob sich und begann, im Zimmer hin und her zu wandern. «Wenn ich sie fortbringen könnte... jetzt... gleich...»

«Die Dreharbeiten abbrechen? Überlegen Sie nur, was...»

Seine Stimme wurde lauter. «Alle meine Gedanken kreisen um Marina. Verstehen Sie denn nicht? Sie ist in Gefahr! Das ist alles, woran ich denken kann.»

Sie öffnete den Mund, um zu antworten, und schloss ihn dann wieder. Sie nieste unterdrückt und stand auf. «Ich hole mir mein Spray.»

Sie verließ das Büro und ging in ihr Schlafzimmer, während ihr nur der eine Name durch den Kopf schwirrte: Marina... Marina... immer Marina...

Wut stieg in ihr hoch. Sie bemühte sich, sie zu unterdrücken, und trat ins Bad. Sie nahm den Zerstäuber aus dem Medizinschränkchen, legte die Öffnung an das eine Nasenloch und drückte.

Die Warnung kam den Bruchteil einer Sekunde zu spät. Ihr Hirn registrierte noch den fremdartigen Geruch nach bitteren Mandeln, doch es blieb ihr keine Zeit mehr, ihre zudrückenden Finger vom Zerstäuber zu lösen...

18

Cornish legte den Hörer auf die Gabel. «Miss Brewster ist heute nicht in London», verkündete er.

«Tatsächlich?», rief Craddock.

«Glauben Sie –»

«Ich weiß es nicht. Ich halte es nicht für möglich, aber ich weiß es nicht. Und Ardwyck Fenn?»

«Ist nicht da. Ich habe hinterlassen, dass er Sie zurückrufen soll. Und Margot Bence, die Porträtfotografin, ist irgendwo auf dem Land unterwegs. Das Vögelchen, das ihr Partner ist, wusste nicht, wo sie steckt – jedenfalls behauptete er es. Und der Butler ist nach London abgehauen.»

«Ich frage mich», sagte Craddock nachdenklich, «ob der Butler wieder auftaucht. Sterbende Verwandte sind mir schon immer verdächtig gewesen. Warum war er so scharf drauf, gerade heute nach London zu fahren?»

«Er hätte das Zyankali ohne weiteres in den Zerstäuber tun können, ehe er wegfuhr.»

«Alle hatten die Gelegenheit dazu.»

«Ich halte ihn für besonders geeignet. Jemand von außerhalb dürfte es kaum gewesen sein.»

«Oh, doch, auch das wäre möglich gewesen. Nur eine Frage der Zeiteinteilung, des günstigen Augenblicks. Man lässt den Wagen in einem Seitenweg stehen, wartet, bis alle im Esszimmer versammelt sind, und schlüpft ungesehen durch eine Terrassentür hinein. Die Büsche stehen bis ziemlich dicht an das Haus.»

«Verdammt riskant.»

«Dieser Mörder hat keine Angst vor dem Risiko. Das hat er oft genug bewiesen.»

«Wir hatten einen Mann im Garten postiert.»

«Ich weiß. Ein Mann war nicht genug. Solange es sich nur um diese anonymen Drohbriefe handelte, fand ich die Sache nicht so dringend. Marina Gregg selbst wurde sehr genau bewacht. Der Gedanke, dass jemand anders in Gefahr schweben könnte, ist mir nie gekommen. Ich –»

Das Telefon klingelte. Cornish hob ab.

«Ein Anruf aus dem ‹Dorchester›. Mr. Ardwyck Fenn ist dran.» Er reichte Craddock den Hörer.

«Mr. Fenn? Hier spricht Craddock.»

«Ach, ja. Wie ich höre, haben Sie mich angerufen. Ich war den ganzen Tag unterwegs.»

«Es tut mir Leid, dass ich Ihnen eine schlechte Nachricht

mitteilen muss, Mr. Fenn. Miss Zielinsky ist heute Vormittag gestorben – vergiftet durch Zyankali.»

«Was? Ich bin erschüttert, das zu hören. Ein Unfall? Oder etwa nicht?»

«Kein Unfall. Man hatte Blausäure in ihr Nasenspray getan.»

«Ich verstehe, ja, ich verstehe ...» Es entstand eine kurze Pause. «Und warum, wenn ich fragen darf, haben Sie mich angerufen?»

«Sie kannten Miss Zielinsky, Mr. Fenn.»

«Natürlich kannte ich sie. Schon seit einigen Jahren. Aber wir waren nicht befreundet.»

«Wir hofften, dass Sie uns vielleicht helfen könnten.»

«Auf welche Weise?»

«Wir dachten, dass Sie möglicherweise irgendein Motiv für den Mord wüssten. Sie war fremd in unserem Land. Wir wissen sehr wenig über ihre Freunde und Bekannten und ihre Lebensumstände.»

«Ich finde, dass Jason Rudd für Sie die richtige Adresse wäre.»

«Natürlich. Wir haben ihn gefragt. Doch wir bauten auf die Möglichkeit, dass Sie uns noch eine zusätzliche Auskunft geben könnten.»

«Ich fürchte, nein. Ich weiß fast gar nichts von ihr. Außer, dass sie eine sehr tüchtige junge Frau war und ihre Arbeit erstklassig machte. Über ihr Privatleben weiß ich gar nichts.»

«Sie haben keine Vermutung?»

Craddock war bereits auf eine ablehnende Antwort gefasst, doch zu seiner Verblüffung kam sie nicht. Stattdessen entstand wieder eine Pause. Er konnte Fenn am anderen Ende der Leitung ziemlich heftig atmen hören.

«Sind Sie noch dran, Chefinspektor?»

«Ja, Mr. Fenn, ich bin noch da.»

«Ich habe beschlossen, Ihnen etwas zu erzählen, das Ihnen vielleicht weiterhilft. Wenn Sie erfahren haben, um was es sich handelt, werden Sie erkennen, dass ich allen Grund hätte, es für mich zu behalten. Doch ich glaube, dass es sich als unklug herausstellen könnte. Es geht um Folgendes: Vor zwei Tagen erhielt ich einen Anruf. Eine Stimme sagte flüsternd – ich zitiere: ‹Ich habe gesehen, wie Sie die Tabletten in das Glas warfen… Sie wussten nicht, dass es einen Augenzeugen gab, nicht wahr? Das ist für heute alles… Sie werden bald erfahren, was Sie zu tun haben…›»

Craddock stieß einen erstaunten Ruf aus.

«Eine schöne Überraschung, nicht wahr? Ich möchte Ihnen versichern, dass diese Anschuldigung völlig unbegründet war. Ich habe keine Tabletten in irgendein Glas geworfen. Ich möchte den sehen, der das beweisen kann. Diese Behauptung ist völlig aus der Luft gegriffen. Aber es beweist jedenfalls, dass Miss Zielinsky es auf eine Erpressung abgesehen hatte.»

«Sie erkannten sie an der Stimme?»

«Ein Flüstern kann man nicht identifizieren. Aber es war tatsächlich Ella Zielinsky.»

«Warum?»

«Der Flüsterer nieste heftig, ehe er auflegte. Ich wusste, dass Miss Zielinsky Heuschnupfen hatte.»

«Und was halten Sie von der Sache?»

«Ich glaube, dass Miss Zielinsky bei ihrem ersten Anlauf den falschen erwischte. Es ist durchaus möglich, dass sie später mehr Erfolg hatte. Erpressung kann ein gefährliches Spiel sein.»

Craddock fasste sich.

«Ich möchte mich für Ihre Offenheit herzlich bedanken, Mr. Fenn. Es ist reine Formsache, wenn wir trotzdem überprüfen, was Sie heute gemacht haben.»

«Selbstverständlich. Mein Chauffeur wird Ihnen die genaue Route verraten.»

Craddock legte auf und berichtete, was er von Fenn erfahren hatte. Cornish stieß einen Pfiff aus.

«Entweder ist er damit völlig aus dem Schneider – oder...»

«Oder es ist ein Bluff. Das wäre glänzend ausgedacht. Auf jeden Fall ist es möglich. Er ist der Typ, der den Mut dazu hätte. Wenn auch nur die geringste Wahrscheinlichkeit besteht, dass Ella Zielinsky Informationen über ihren Verdacht zurückgelassen hat, ist es klüger, den Stier gleich bei den Hörnern zu packen. Großartig!»

«Und sein Alibi?»

«Wir haben schon öfter ein hieb- und stichfestes gefälschtes Alibi erlebt», erklärte Craddock. «Er könnte es sich leisten, dafür eine hübsche Summe zu bezahlen.»

Erst nach Mitternacht kehrte Giuseppe nach «Gossington Hall», zurück. Von Much Benham aus musste er ein Taxi nehmen, da der letzte Zug der Nebenstrecke nach St. Mary Mead schon weg war.

Er war in bester Laune. Er zahlte das Taxi am Haupteingang und nahm eine Abkürzung durch den Park. Er öffnete die Hintertür mit seinem Schlüssel. Im Haus war es dunkel und still. Er schloss und verriegelte die Tür. Als er sich zur Treppe wandte, die zu seinem bequemen Zimmer und seinem Bad hinaufführte, spürte er einen leichten Luftzug. Vermutlich war irgendwo noch ein Fenster offen. Er beschloss, es nicht zu überprüfen. Lächelnd ging er nach oben und steckte den Schlüssel ins Schlüsselloch. Er schloss seine Suite immer ab. Während er den Schlüssel herumdrehte und dann die Tür aufstieß, spürte er, wie sich ein hartes rundes Etwas in seinen Rücken bohrte. Eine Stimme befahl: «Nehmen Sie die Hände hoch, und sagen Sie keinen Ton!»

Giuseppe warf seine Hände in die Höhe. Er wollte nichts

riskieren. Eigentlich gab es auch nichts zu riskieren. Der Abzug bewegte sich einmal, zweimal …

Giuseppe brach zusammen.

Bianca hob den Kopf ein wenig. Hatte das nicht wie ein Schuss geklungen? Sie wartete einige Minuten. Dann kam sie zu dem Schluss, dass sie sich getäuscht hatte, und vergrub den Kopf wieder im Kopfkissen.

19

«Es ist zu schrecklich!», rief Miss Knight, stellte ihre Einkäufe auf den Tisch und rang nach Luft.

«Was ist passiert?», fragte Miss Marple.

«Ich möchte es Ihnen nicht erzählen, meine Gute, wirklich nicht! Es könnte ein zu großer Schock für Sie sein.»

«Wenn Sie's mir nicht verraten», antwortete Miss Marple, «tut's jemand anders.»

«Das ist leider wahr, meine Gute», sagte Miss Knight. «Ja, wie wahr! Man sagt allgemein, dass die Leute zu viel reden. Und ich finde, daran ist viel Wahres. Ich erzähle nie etwas weiter. Da bin ich sehr vorsichtig.»

«Sie bemerkten gerade», warf Miss Marple ein, «dass etwas ziemlich Schreckliches passiert sei?»

«Es hat mich beinahe umgeworfen», antwortete Miss Knight. «Sind Sie sicher, dass der Zug Ihnen nicht schadet, wenn das Fenster offen ist?»

«Ich liebe frische Luft.»

«Ja, aber wir dürfen uns nicht erkälten, nicht wahr?», sagte Miss Knight schelmisch. «Ich verrate Ihnen etwas: Ich laufe und mache Ihnen eine schöne Milch mit Ei. Das würde uns schmecken, nicht wahr?»

«Ich weiß nicht, ob *Ihnen* so was schmeckt», antwortete Miss Marple. «*Mich* würde es freuen, wenn Sie sich eine machen, weil sie Ihnen schmeckt.»

«Na, na», sagte Miss Knight und wackelte mit dem Zeigefinger, «wir machen immer gern ein Späßchen, nicht wahr?»

«Sie wollten mir was erzählen», sagte Miss Marple.

«Nun, Sie brauchen sich deswegen keine Sorgen zu machen», erklärte Miss Knight. «Nur keine Aufregung! Ich bin sicher, dass es mit uns nichts zu tun hat! Aber bei den vielen amerikanischen Gangstern, die es jetzt überall gibt – na ja, da ist es kein Wunder!»

«Es ist noch jemand getötet worden», sagte Miss Marple. «Stimmt's?»

«Na, Sie sind mir ja eine ganz Gerissene! Ich begreife nicht, wie Sie auf so einen Einfall kommen konnten!»

«Offen gestanden», sagte Miss Marple, «habe ich so etwas schon erwartet.»

«Was, tatsächlich?», rief Miss Knight.

«Irgendjemand beobachtet immer etwas», erklärte Miss Marple. «Nur dauert es manchmal etwas, bis sie die Bedeutung der Beobachtung begreifen. Wer ist es denn?»

«Der italienische Butler. Er wurde heute Nacht erschossen.»

«Ich verstehe», sagte Miss Marple nachdenklich. «Ja, natürlich, sehr wahrscheinlich, aber ich hätte gedacht, dass er die Bedeutung schon früher erkannt haben würde …»

«Nein, wirklich!», rief Miss Knight. «Sie reden, als ob Sie genau Bescheid wüssten. Warum hätte man ihn umbringen sollen?»

«Vermutlich versuchte er, jemanden zu erpressen.»

«Angeblich war er gestern in London.»

«Nein, so was!», sagte Miss Marple. «Sehr interessant. Und sehr aufschlussreich, finde ich.»

Miss Knight verschwand in die Küche, weil sie sich von ihrem Plan, ein stärkendes Gebräu aus Milch und Ei herzustellen, nicht abbringen ließ. Miss Marple blieb nachdenklich sitzen, bis sie durch das laute Summen des Staubsaugers und Cherrys fröhliches Singen aus ihren Grübeleien gerissen wurde. Cherry sang ihren augenblicklichen Lieblingsschlager: «Ich sagte zu dir, und du sagtest zu mir…» Miss Knight steckte den Kopf zur Küchentür hinaus. «Bitte, Cherry, machen Sie nicht so viel Lärm», rief sie. «Sie wollen doch die liebe Miss Marple nicht stören, nicht wahr? Sie dürfen nicht so rücksichtslos sein!»

Sie schloss wieder die Küchentür, während Cherry zu niemand im Besonderen sagte: «Und wer hat dir erlaubt, mich Cherry zu nennen, du altes Schreckgespenst?» Der Staubsauger brummte weiter, und Cherry sang dazu, wenn auch jetzt etwas leiser. Da hörte sie, wie Miss Marple nach ihr rief.

«Cherry, bitte kommen Sie einen Augenblick herein!»

Cherry stellte den Staubsauger ab und öffnete die Wohnzimmertür. «Ich wollte Sie mit meiner Singerei nicht stören, Miss Marple», sagte sie.

«Ihr Gesang ist viel angenehmer als das schreckliche Dröhnen des Staubsaugers», antwortete Miss Marple. «Aber ich weiß, dass man mit der Zeit gehen muss. Es wäre völlig sinnlos, einen von euch jungen Leuten zu bitten, lieber Besen und Schaufel zu benützen, wie man das früher gemacht hat.»

«Was – sich hinknien, mit Schaufel und Besen?» Cherry war verblüfft und entsetzt.

«Unerhört, ich weiß», sagte Miss Marple. «Kommen Sie herein, und schließen Sie die Tür! Ich habe Sie gerufen, weil ich Sie ein paar Dinge fragen möchte.»

Cherry gehorchte und trat auf Miss Marple zu. Sie sah sie fragend an. «Wir haben nicht viel Zeit», sagte Miss Marple.

«Diese alte – ich meine, Miss Knight – kann jeden Augenblick mit der Milchmixtur hereinkommen.»

«Wird Ihnen sicher gut tun. Das kräftigt», meinte Cherry aufmunternd.

«Haben Sie gehört», fragte Miss Marple, «dass der Butler von ‹Gossington Hall› heute Nacht erschossen wurde?»

«Was, der Italiener?», rief Cherry.

«Ja. Sein Name ist Giuseppe.»

«Nein», erwiderte Cherry, *«davon* habe ich nichts gehört. Man hat mir nur erzählt, dass Mr. Rudds Sekretärin einen Herzanfall hatte, und jemand behauptet, dass sie schon gestorben ist – aber sicherlich ist das nur ein Gerücht. Wer hat Ihnen das mit dem Butler erzählt?»

«Miss Knight kam mit der Neuigkeit zurück.»

«Ich habe mich heute Vormittag noch mit niemandem unterhalten», sagte Cherry, «ich kam direkt hierher. Inzwischen wird es sich wohl herumgesprochen haben. Er wurde also umgebracht?», fragte sie.

«So heißt es», sagte Miss Marple. «Ob zu Recht oder zu Unrecht, kann ich nicht beurteilen.»

«Was für ein schöner Raum dies ist, um sich zu unterhalten», sagte Cherry. «Ob Gladys ihn vorher noch getroffen hat?», fügte sie gedankenvoll hinzu.

«Wer ist Gladys?»

«Ach, eine Freundin von mir. Sie wohnt ein paar Häuser weiter und arbeitet in der Filmkantine.»

«Und sie hat mit Ihnen über Giuseppe gesprochen?»

«Also, es war so: Ihr war etwas Seltsames aufgefallen, und da wollte sie ihn fragen, was er davon hielt. Aber wenn Sie meine Meinung hören wollen – es war nur ein Vorwand, weil sie sich in ihn verliebt hatte. Er sah gut aus, und Italiener haben so eine Art … jedenfalls riet ich ihr, vorsichtig zu sein. Bei den Italienern weiß man nie.»

«Er ist gestern nach London gefahren», sagte Miss

Marple, «und kehrte erst nachts zurück, wie man mir erzählte.»

«Ich frage mich, ob sie es geschafft hat, ihn vorher noch zu sehen oder nicht.»

«Was war denn der Grund, Cherry?»

«Ihr war was aufgefallen, das sie komisch fand», antwortete Cherry.

Miss Marple blickte sie fragend an. Sie wusste, dass das Wort «komisch», bei Frauen wie Cherry und Gladys eine andere Bedeutung haben konnte.

«Sie hat bei dem Wohltätigkeitsfest ausgeholfen», erklärte Cherry. «Sie wissen schon, als Mrs. Badcock starb.»

«Und?» Miss Marple war sehr wachsam geworden, und ihr Blick erinnerte an den eines Foxterriers vor einem Mauseloch.

«Und sie beobachtete etwas, das ihr komisch vorkam.»

«Warum ging sie nicht zur Polizei?»

«Weil sie es nicht für besonders wichtig hielt, verstehen Sie», sagte Cherry. «Jedenfalls wollte sie Mr. Giuseppe vorher um Rat fragen.»

«Was hat sie denn beobachtet?»

«Wenn ich ehrlich bin, finde ich das Ganze ziemlich dumm. Ich habe mich sogar gefragt, ob sie mich nicht anschwindelte und Mr. Giuseppe wegen etwas anderm sprechen wollte.»

«Was hat sie also gesehen?» Miss Marple blieb geduldig und hartnäckig.

Cherry runzelte die Stirn. «Sie erzählte von Mrs. Badcock und dem Cocktail und sagte, sie sei ziemlich nahe bei ihr gestanden. Und sie behauptete, sie sei selbst schuld gewesen.»

«Selbst schuld gewesen?»

«Sie verschüttete den Cocktail über ihr Kleid und verdarb es.»

«Sie meinen, es war ihre eigene Ungeschicklichkeit?»

«Nein, nicht Ungeschicklichkeit. Gladys sagte, sie habe es *absichtlich* getan – dass sie den Cocktail *absichtlich* verschüttete! Ich finde, dass das keinen Sinn ergibt, ganz egal, wie man es betrachtet.»

Verblüfft schüttelte Miss Marple den Kopf. ‹,Ja», sagte sie, «ich sehe da auch keinen Zusammenhang.»

«Außerdem war das Kleid neu», fuhr Cherry fort. «So kamen wir überhaupt auf das Thema. Gladys wollte es gern kaufen. Es brauchte nur gereinigt zu werden, sagte sie, aber sie wollte nicht hingehen und Mr. Badcock deswegen fragen. Sie kann sehr gut nähen, wirklich, und sie sagte, es sei ein so schönes Material. Königsblauer Nylontaft. Und selbst wenn die Flecken nicht weggingen, könnte man das Kleid noch verwenden, weil der Rock sehr weit ist.»

Miss Marples Gedanken beschäftigten sich kurz mit diesem Schneiderproblem und ließen es dann fallen.

«Glauben Sie, dass Ihre Freundin Gladys mehr weiß, als sie zugibt?»

«Ich habe mir nur überlegt, ob das alles war, was sie gesehen hat – dass Mrs. Badcock ihren Cocktail absichtlich über ihr Kleid verschüttete. Deswegen muss man nicht gleich Mr. Giuseppe um Rat fragen, nicht wahr!»

«Sicher nicht», antwortete Miss Marple. «Aber es ist immer eine interessante Sache, wenn man etwas nicht begreift», fügte sie hinzu. «Vielleicht betrachtet man das Problem unter einem falschen Aspekt. Oder man hat zu wenig Informationen. Was hier der Fall sein dürfte.» Sie seufzte. «Ein Jammer, dass sie nicht sofort zur Polizei gegangen ist!»

Die Tür öffnete sich, und Miss Knight trat geschäftig ein, in der Hand ein großes Glas mit einer Haube aus köstlichem blassgelbem Schaum darauf.

«Hier sind wir, meine Gute», sagte sie. «Eine nette kleine Stärkung. Wir werden es uns schmecken lassen.»

Sie zog einen kleinen Tisch zu Miss Marple heran und stellte das Glas darauf. Dann musterte sie Cherry und sagte kühl: «Der Staubsauger steht im Weg. Ich wäre beinahe über ihn gefallen. Es kann leicht ein Unfall passieren.»

«Schon recht», sagte Cherry, «ich geh und mache weiter.» Sie verließ das Zimmer.

«Wirklich!», sagte Miss Knight. «Diese Mrs. Baker ist schrecklich. Ständig muss ich sie ermahnen. Lässt den Staubsauger einfach irgendwo stehen und kommt herein und unterhält sich mit Ihnen, wenn Sie Ihre Ruhe haben wollen.»

«Ich habe sie gerufen», antwortete Miss Marple, «weil ich sie etwas fragen wollte.»

«Na, hoffentlich haben Sie sie auch ermahnt, dass sie die Betten ordentlicher machen soll. Ich war ziemlich entsetzt, als ich das Ihre gestern Abend abdeckte. Ich musste es völlig neu machen.»

«Das war sehr freundlich von Ihnen», erwiderte Miss Marple.

«Oh, ich helfe gern», rief Miss Knight. «Deshalb bin ich schließlich hier, nicht wahr? Um es einer gewissen Person so bequem und angenehm wie möglich zu machen. Ach, meine Gute, Sie haben wieder eine Menge Gestricktes aufgezogen!»

Miss Marple lehnte sich zurück und schloss die Augen. «Ich möchte mich ein wenig ausruhen», sagte sie. «Lassen Sie das Glas nur stehen! Danke. Und stören Sie mich bitte in der nächsten Stunde nicht.»

«Selbstverständlich nicht, meine Gute», sagte Miss Knight. «Ich werde Mrs. Baker sagen, dass sie leise sein soll.»

Geschäftig ging sie hinaus.

Der gut aussehende junge Amerikaner blickte sich verwirrt

um. Die Straßennamen der Siedlung hatten ihn völlig durcheinander gebracht.

Höflich fragte er eine alte Dame mit weißem Haar und rosigen Wangen, die weit und breit das einzige menschliche Wesen zu sein schien:

«Entschuldigen Sie, bitte, Ma'am, könnten Sie mir sagen, wo die Blenheim Close ist?»

Die alte Dame musterte ihn schweigend. Als sich der junge Mann zu fragen begann, ob sie schwerhörig sei, und seine Frage lauter wiederholen wollte, antwortete sie:

«Hier rechts entlang, dann links, die Zweite rechts, weiter geradeaus. Welche Nummer suchen Sie?»

«Nummer sechzehn.» Er warf einen Blick auf einen kleinen Zettel. «Gladys Dixon.»

«Ja, das stimmt», erwiderte die alte Dame. «Aber sie arbeitet im Filmstudio, in der Kantine. Dort können Sie sie treffen.»

«Sie ist heute Morgen nicht erschienen», erklärte der junge Mann. «Ich wollte sie bitten, in ‹Gossington Hall› auszuhelfen. Wir sind heute etwas knapp an Leuten.»

«Natürlich», sagte die alte Dame. «Gestern Nacht ist der Butler erschossen worden, nicht wahr?»

Der junge Mann war über diese Antwort leicht verblüfft. «Offenbar sprechen sich hier in der Gegend Neuigkeiten schnell herum», sagte er.

«Da haben Sie recht», erklärte die alte Dame. «Mr. Rudds Sekretärin ist gestern auch gestorben, angeblich an irgendwelchen Krämpfen.» Sie schüttelte den Kopf. «Schrecklich, wirklich schrecklich! Wie wird das noch enden?»

20

Etwas später am Tag suchte sich ein anderer Besucher den Weg nach der Blenheim Close sechzehn, Kriminalsergeant William Tiddler.

Auf sein energisches Klopfen an die glänzend gelb gestrichene Tür öffnete ihm ein Mädchen von ungefähr fünfzehn Jahren. Sie hatte langes strähniges helles Haar und trug enge schwarze Hosen und einen orangefarbenen Pullover.

«Wohnt hier eine Miss Gladys Dixon?»

«Sie möchten zu Gladys? Da haben Sie Pech. Sie ist nicht da.»

«Wo kann ich sie finden? Ist sie ausgegangen?»

«Nein, verreist. Auf Urlaub.»

«Wo ist sie denn hingefahren?»

«So fragt man Leute aus», sagte das Mädchen.

Tiddler setzte sein gewinnendstes Lächeln auf. «Darf ich hineinkommen? Ist deine Mutter zu Hause?»

«Sie ist in der Arbeit und kommt nicht vor halb acht. Aber sie weiß auch nicht mehr als ich. Gladys ist verreist.»

«Aha, ich verstehe. Wann ist sie weggefahren?»

«Heute Morgen. Ganz plötzlich. Angeblich kostenlos.»

«Vielleicht könntest du mir die Adresse geben.»

Das blonde Mädchen schüttelte den Kopf. «Ich habe keine», sagte sie. «Gladys will sie uns schreiben, sobald sie sie weiß. Wahrscheinlich tut sie's nicht», fügte sie hinzu. «Vergangenen Sommer fuhr sie nach Newquay und hat uns nicht mal eine Postkarte geschickt. In der Beziehung ist sie ziemlich faul, und außerdem findet sie, dass man sie in Ruhe lassen soll.»

«Hat sie jemand eingeladen?»

«Muss wohl», sagte das Mädchen. «Sie ist nämlich im Augenblick ziemlich knapp. Letzte Woche war sie im Ausverkauf.»

«Und du hast keine Ahnung, wer ihr die Reise geschenkt – oder sie bezahlt hat, damit sie mitfuhr?»

Das blonde Mädchen wurde plötzlich ärgerlich.

«Kommen Sie nur nicht auf falsche Gedanken! Gladys ist nicht so. Sie und ihr Freund fahren vielleicht im August zusammen weg, aber da ist nichts dahinter. Sie zahlt für sich. Kommen Sie nur nicht auf falsche Gedanken!»

Tiddler erwiderte freundlich, dass ihm derartige Gedanken fern lägen und er sie nur bitte, ihn zu verständigen, falls Gladys eine Postkarte mit ihrer Adresse schicken würde.

Er sammelte noch ein paar weitere Informationen und kehrte aufs Revier zurück. Im Filmstudio erfuhr er, dass Gladys Dixon angerufen und erklärt hatte, sie könne etwa eine Woche nicht kommen! Er erfuhr auch noch einige andere Dinge.

«Die Aufregung nimmt kein Ende», sagte er zu Craddock. «Marina Gregg ist völlig hysterisch. Ihr Kaffee soll vergiftet gewesen sein. Sie behauptete, dass er bitter schmecken würde. Sie drehte durch. Ihr Mann nahm die Tasse und goss ihn weg und sagte, sie sollte nicht so empfindlich sein.»

«Und?», fragte Craddock. Es war offensichtlich, dass das Wichtigste noch kam.

«Aber ein Gerücht will wissen, dass Mr. Rudd nicht den ganzen Kaffee weggegossen hat. Er ließ einen Rest analysieren, und es war tatsächlich Gift drin.»

«Das erscheint mir sehr unwahrscheinlich», sagte Craddock. «Ich werde ihn wohl fragen müssen.»

Rudd war nervös und gereizt. «Wirklich, Chefinspektor», sagte er, «es war mein gutes Recht, so zu handeln.»

«Wenn Sie den Verdacht hatten, dass mit dem Kaffee etwas nicht stimmte, Mr. Rudd, hätten Sie besser uns die Sache überlassen.»

«Aber die Wahrheit ist, dass ich nicht eine Sekunde an diese Möglichkeit geglaubt habe!»

«Obwohl sich Ihre Frau doch über den Geschmack beklagte?»

«Ach, das!» Ein leichtes reumütiges Lächeln erschien auf Rudds Gesicht. «Seit jenem Fest findet meine Frau, dass alles seltsam schmeckt. Dazu die Drohbriefe, die ständig kommen ...»

«Es gibt noch mehr?»

«Zwei. Einer wurde dort durch das Fenster geworfen, der andere lag im Briefkasten. Hier sind sie, falls Sie sie sehen wollen.»

Craddock betrachtete sie. Sie waren in Druckschrift geschrieben wie der Erste. Im einen hieß es: Jetzt dauert es nicht mehr lange. Sei bereit! Auf dem anderen Blatt war ein Totenschädel mit zwei gekreuzten Knochen abgebildet. Darunter stand: Das geht dich an, Marina!

Craddock runzelte die Stirn. «Ziemlich kindisch», bemerkte er.

«Soll das heißen, dass Sie sie nicht für gefährlich halten?»

«Absolut nicht», sagte Craddock. «Die Überlegungen eines Mörders können manchmal ziemlich kindisch sein. Sie haben wirklich keine Ahnung, wer der Verfasser sein könnte, Mr. Rudd?»

«Nein, gar keine. Ich kann mir nicht helfen, aber die ganze Geschichte kommt mir eher wie ein makabrer Scherz vor. Mir scheint, es könnte –» Er zögerte.

«Ja, Mr. Rudd?»

«Es könnte jemand von hier sein, der – der sich über den Giftmord aufgeregt hat. Jemand, der Schauspieler nicht leiden kann. Es gibt tatsächlich noch ländliche Gegenden, wo man das Theater für ein Werk des Teufels hält.»

«Wollen Sie damit andeuten, dass Miss Greggs Leben gar nicht in Gefahr ist? Aber was ist dann mit dem Kaffee?»

«Ich begreife nicht, wie Sie davon erfahren haben», erwiderte Rudd leicht verärgert.

Craddock schüttelte den Kopf. «Alle Welt redet davon. Früher oder später erfahren wir es doch. Sie hätten sich sofort an uns wenden sollen. Selbst als Sie das Ergebnis der Analyse kannten, haben Sie uns nicht informiert.»

«Ja, das stimmt. Ich hatte so viele andere Dinge im Kopf. Den Tod der armen Ella. Und jetzt Giuseppe. Chefinspektor, wann kann ich meine Frau von hier wegbringen? Sie ist halb verrückt vor Angst.»

«Das ist begreiflich. Aber sie wird zur gerichtlichen Voruntersuchung erscheinen müssen.»

«Ist Ihnen klar, dass sie immer noch in Lebensgefahr schwebt?»

«Ich hoffe, nicht. Wir werden jede Vorsichtsmaßnahme ergreifen, damit –»

«Jede Vorsichtsmaßnahme!», unterbrach ihn Rudd. «Das habe ich schon mal gehört. Ich glaube … ich muss sie wegbringen, Craddock, ich *muss* …»

Marina Gregg lag auf dem Sofa in ihrem Schlafzimmer. Sie hatte die Augen geschlossen und sah grau vor Anspannung und Müdigkeit aus.

Ihr Mann stand schweigend da und blickte auf sie hinab. Marina öffnete die Augen. «War das Craddock?», fragte sie.

«Ja.»

«Weswegen war er hier? Wegen Ella?»

«Wegen Ella – und Giuseppe.»

«Wegen Giuseppe? Hat man herausgefunden, wer ihn erschossen hat?»

«Noch nicht.»

«Es ist wie in einem Alptraum … Erlaubt er uns, wegzufahren?»

«Nein – noch nicht.»

«Warum nicht? Wir müssen weg! Hast du ihm nicht klar gemacht, dass ich nicht Tag für Tag nur dasitzen und warten kann, bis man mich umbringt? Es ist unglaublich!»

«Alle Vorsichtsmaßnahmen wurden getroffen.»

«Das haben sie schon früher behauptet. Und wurde dadurch der Mord an Ella verhindert? Oder an Giuseppe? Begreifst du denn nicht, dass sie schließlich auch mich... Der Kaffee schmeckte wirklich bitter! Es muss etwas drin gewesen sein... wenn du ihn nur nicht weggeschüttet hättest! Wir hätten ihn analysieren lassen können, oder wie man das nennt. Dann wüssten wir genau, ob...»

«Wärst du dann glücklicher?»

Sie starrte ihn ratlos an. Die Pupillen ihrer Augen waren auffallend geweitet. «Ich begreife nicht, was du meinst. Wenn erwiesen wäre, dass jemand mich vergiften wollte, würde man uns weglassen. Wir könnten wegfahren!»

«Nicht unbedingt.»

«Aber ich kann nicht mehr... ich kann... nicht mehr... Du musst mir helfen, Jason! Du musst etwas *unternehmen*! Ich habe Angst! Ich habe schreckliche Angst. Hier gibt es jemanden, der mich hasst. Und ich weiß nicht, wer es ist. Es kann jeder sein – jeder. Im Haus oder im Studio. Aber warum hasst er mich? Warum? Jemand will mich umbringen... wer? Wer? Zuerst dachte ich, es sei Ella. Ich war beinahe sicher. Aber nun...»

«Du glaubtest, dass Ella es war?» Rudds Stimme klang verwundert. «Warum denn?»

«Weil sie mich hasste – ja, sie hasste mich! Merken Männer so was denn nie? Sie war schrecklich in dich verliebt. Ich glaube nicht, dass du auch nur die leiseste Ahnung hattest. Aber Ella kommt nicht in Frage, weil sie tot ist. Ach, Jinks, hilf mir doch! Bring mich weg... irgendwohin, wo ich sicher bin... sicher...»

Sie sprang auf und lief, die Hände ringend, im Zimmer

auf und ab. Der Regisseur in Rudd war voll Bewunderung für diese leidenschaftlichen gequälten Bewegungen. Ich muss sie mir genau einprägen, dachte er. Vielleicht für «Hedda Gabler». Dann wurde ihm schockartig bewusst, dass es seine Frau war, die er so kühl mit den Augen des Fachmannes beobachtet hatte. Er ging zu ihr und legte den Arm um sie.

«Schon gut, Marina – schon gut. Ich passe auf dich auf.»

«Wir müssen weg aus diesem schrecklichen Haus – gleich, jetzt! Ich hasse es! Ich hasse es!»

«Sei vernünftig. Wir können nicht sofort abreisen.»

«Warum nicht? Warum nicht?»

«Weil», antwortete Rudd, «diese Morde eine Menge Probleme aufwerfen … und wir außerdem noch etwas anderes bedenken sollten. Wird uns das Weglaufen etwas nützen?»

«Natürlich! Wir werden dieser Person entfliehen, die mich hasst.»

«Warum sollte sie dir nicht folgen, wenn sie dich schon so hasst? Das wäre doch ganz leicht.»

«Du meinst – du meinst, dass ich ihr überhaupt nicht entkommen kann? Dass ich nirgends in Sicherheit sein werde?»

«Liebling, es wird alles in Ordnung kommen. Ich passe auf dich auf. Bei mir bist du sicher.»

Sie schmiegte sich an ihn. «Wirklich, Jinks? Sorgst du dafür, dass mir nichts passiert?»

Sie legte den Kopf an seine Schulter, und er führte sie vorsichtig zur Couch.

«Oh, ich bin ein Feigling», murmelte sie, «ein Feigling … Wenn ich nur wüsste, wer es ist – und warum … Hol mir bitte meine Tabletten, die gelben, nicht die braunen. Ich muss etwas zur Beruhigung nehmen.»

«Nimm nicht zu viele, um Gottes willen, Marina!»

«Schon gut, schon gut. Manchmal nützen sie überhaupt

nichts...» Sie sah zu ihm auf und lächelte ihn zärtlich an. «Du beschützt mich, Jinks? Schwöre, dass du mich beschützt...»

«Immer», antwortete Rudd. «Bis zum bitteren Ende.»

«Du sagst das mit einem so seltsamen Gesicht.»

«Wirklich?»

«Ich kann es nicht genau erklären. Ungefähr wie – wie ein Clown, der über etwas schrecklich Trauriges lacht, das außer ihm niemand beobachtet hat...»

21

Als Chefinspektor Craddock am nächsten Tag bei Miss Marple erschien, war er müde und deprimiert.

«Setz dich, und mach es dir bequem!», sagte sie. «Ich sehe dir an, dass du schwere Zeiten hinter dir hast.»

«Ich vertrage keine Niederlage», antwortete Craddock. «Zwei Morde innerhalb von vierundzwanzig Stunden. Ach, ich bin eben nicht so tüchtig, wie ich immer geglaubt habe. Gib mir eine gute Tasse Tee, Tante Jane, und eine dünne Scheibe Brot mit Butter und tröste mich mit Geschichten aus den frühen Zeiten von St. Mary Mead.»

Miss Marple schnalzte mitfühlend mit der Zunge. «Es nützt gar nichts, wenn du so redest, mein lieber Junge, und ich glaube nicht, dass Tee und Butterbrote das ist, was du brauchst. Wenn ein Gentleman eine Enttäuschung erlebt hat, braucht er etwas Stärkeres als das.»

Wie gewöhnlich sprach Miss Marple das Wort «Gentleman» in einer Art aus, als beschreibe sie eine fremde Gattung.

«Ich rate zu einem kräftigen Schluck Whisky mit Soda», erklärte sie.

«Meinst du wirklich, Tante Jane? Nun, ich sage nicht nein.»

«Ich werde ihn dir selbst holen», sagte Miss Marple und stand auf.

«Nein, mach dir keine Mühe! Lass mich das tun! Oder wie ist es mit dieser Miss Sowieso?»

«Miss Knight soll uns jetzt nicht stören», sagte Miss Marple. «Sie wird den Tee erst in etwa zwanzig Minuten bringen, so haben wir noch etwas Ruhe und Frieden. Sehr klug von dir, durch die Terrassentür hereinzukommen und nicht durch die Haustür. So haben wir noch Zeit für eine nette kleine ungestörte Unterhaltung.»

Sie ging zu einem Eckschrank, öffnete ihn und holte eine Flasche, einen Siphon und ein Glas heraus.

«Du überraschst mich immer wieder», sagte Craddock. «Ich hätte nicht gedacht, dass du so was in deinem Eckschrank aufhebst. Bist du sicher, dass du nicht heimlich trinkst, Tante Jane?»

«Na, na!», sagte Miss Marple leicht missbilligend. «Ich bin nie für völlige Abstinenz eingetreten. Es ist immer ratsam, einen stärkenden Schluck zur Hand zu haben, falls ein Unfall passiert oder jemand einen Schock bekommt. In solchen Augenblicken ist er von unschätzbarem Wert. Oder – natürlich – wenn man plötzlich Besuch von einem Gentleman erhält. Hier!», sagte Miss Marple und reichte ihm ihr Stärkungsmittel nicht ohne einen gewissen Ausdruck des stillen Triumphes. «Du brauchst auch keine Späßchen mehr zu machen. Sitz einfach friedlich da und entspann dich!»

«In deiner Jugendzeit muss es großartige Frauen gegeben haben», sagte Craddock.

«Ich bin überzeugt, mein lieber Junge, dass du den Typ der jungen Dame, auf den du anspielst, heute als höchst unzulängliche Gefährtin ansehen würdest. Damals brauchte man nicht intellektuell zu sein, nur wenige hatten ein Universitätsexamen oder irgendwelche akademischen Grade.»

«Gewisse Dinge sind akademischen Graden immer vorzuziehen», erwiderte Craddock. «Dazu gehört, dass eine Frau weiß, wann ein Mann einen Whisky mit Soda braucht, und ihn ihm bringt.»

Miss Marple lächelte ihn gütig an. «Also», sagte sie, «erzähl schon! Alles – oder so viel du erzählen darfst.»

«Ich bin überzeugt, du weißt genauso viel wie ich. Und höchstwahrscheinlich hast du einen Trumpf im Ärmel. Wie wär's denn mit deinem Wachhund, deiner lieben Miss Knight? Könnte sie die Morde nicht begangen haben?»

«Warum, in aller Welt, hätte Miss Knight so was tun sollen?», fragte Miss Marple überrascht.

«Weil sie am unglaubwürdigsten ist», erwiderte Craddock. «Sehr oft, wenn du eine Lösung fandest, steckten solche Leute dahinter.»

«Ganz und gar nicht», protestierte Miss Marple lebhaft. «Wieder und wieder habe ich gesagt – nicht nur zu dir, mein lieber Dermot –, dass oft die augenfälligste Person der Täter ist. Sehr häufig ist es auch die Frau oder der Mann!»

«Zielst du damit auf Jason Rudd?» Craddock schüttelte den Kopf. «Er betet sie an.»

«Ich habe ganz allgemein gesprochen», antwortete Miss Marple mit Würde. «Zuerst war da Mrs. Badcock, die allem Anschein nach ermordet worden war. Man fragte sich, wer der Täter sein könnte, und die natürlichste Antwort wäre gewesen: der Ehemann. So musste diese Möglichkeit geprüft werden. Dann stellten wir fest, dass Marina Gregg das eigentliche Opfer des Verbrechens sein sollte, und wieder mussten wir nach der Person suchen, die Marina Gregg am nächsten stand, und begannen mit dem Ehemann. Denn es gibt keinen Zweifel, dass Ehemänner sehr häufig hinter dem Mord an ihrer Frau stecken, obwohl es natürlich manchmal auch nur bei dem Wunsch bleibt und die Tat nicht ausgeführt wird. Aber ich stimme mit dir überein, mein lieber Junge, dass Jason Rudd seine Frau von ganzem Herzen liebt. Es könnte eine sehr geschickte Verstellung sein, obwohl ich das kaum glauben kann. Und vor allem kann ich kein Motiv bei ihm erkennen. Wenn er jemand anders heiraten möchte, dürfte es keine Schwierigkeiten geben. Sich scheiden zu lassen, ist Filmstars doch beinahe zur zweiten Natur geworden, wenn ich das mal so ausdrücken darf. Finanzielle Vorteile hätte er auch nicht. Er ist ja kein armer Mann. Er hat einen Beruf und ist sogar sehr erfolgreich, wie ich gelesen habe. So müssen wir uns woanders umsehen. Aber es ist sehr schwierig. Wirklich sehr schwierig.»

«Ja», sagte Craddock, «es ist sogar noch schwieriger als sonst, weil dir die Welt des Films völlig neu ist. Du weißt über Skandale und Feindschaften und all das andere nicht Bescheid.»

«Ich weiß mehr darüber, als du ahnst», antwortete Miss Marple. «Ich habe ein paar Nummern von ‹Confidential›, ‹Film Life›, ‹Film Talk› und ‹Film Topics› genau durchgelesen.»

Unwillkürlich musste Craddock herzlich lachen. «Ich gestehe», sagte er, «dass ich es sehr komisch finde, wie du dasitzt und mir erzählst, was für literarische Produkte du gelesen hast.»

«Ich fand es sehr interessant», sagte Miss Marple. «Sie sind nicht besonders gut geschrieben – das muss ich zugeben. Aber eigentlich ist es in gewisser Weise enttäuschend, dass fast alles noch so ist wie zu meiner Jugendzeit. Wie in ‹Modern Society› und ‹Tit Bits› und so weiter. Ein Haufen Klatsch. Ein Haufen Skandale. Alles dreht sich um die Frage, wer wen liebt und so weiter. Weißt du, eigentlich ist es in St. Mary Mead auch nicht anders. Oder in der Siedlung. Ich meine damit, dass sich die menschliche Natur überall gleich bleibt. Und damit wären wir wieder bei der Frage, wer Marina Gregg getötet haben könnte, wer die Drohbriefe schickte und erneut versuchte, sie umzubringen. Vielleicht jemand, der hier nicht ganz …» Miss Marple klopfte sich vorsichtig an die Stirn.

«Ja», sagte Craddock, «das scheint mir durchaus möglich zu sein. Man merkt es nicht immer auf den ersten Blick.»

«Ja, das weiß ich», entgegnete Miss Marple nachdrücklich. «Der zweitälteste Sohn der alten Mrs. Pike, Alfred, *schien* ganz vernünftig und normal zu sein. Beinahe zu trocken und nüchtern, wenn du verstehst, was ich meine, aber in Wirklichkeit soll er höchst seltsam gewesen sein, richtig gefährlich. Jetzt wirkt er ganz glücklich und zufrieden, wie Mrs. Pike mir erzählte, er ist im Nervensanatorium von Fairways. Dort versteht man ihn, und die Ärzte halten ihn für einen höchst interessanten Fall. Das gefällt ihm sehr. Ja, es nahm ein glückliches Ende, aber ein- oder zweimal wäre beinahe etwas passiert.»

Craddock erwog in Gedanken die Möglichkeit einer Ähnlichkeit zwischen jemandem aus Marina Greggs Umgebung und Mrs. Pikes zweitältestem Sohn.

«Was ist mit diesem italienischen Butler», sagte Miss Marple, «der umgebracht wurde? Wie ich hörte, fuhr er am Tag vor seinem Tod nach London. Weiß man, was er dort wollte – falls du es mir überhaupt erzählen darfst», fügte sie gewissenhaft hinzu.

«Er kam um halb zwölf in London an», sagte Craddock, «und was er dort gemacht hat, weiß man erst ab Viertel vor zwei Uhr. Er ging zu einer Bank und zahlte fünfhundert Pfund ein. Angeblich hatte er einen kranken Verwandten oder einen Verwandten, der in Schwierigkeiten geraten war, besuchen wollen. Dafür haben wir keine Bestätigung. Niemand von seiner Familie hat ihn am fraglichen Tag gesehen.»

Miss Marple nickte zufrieden.

«Fünfhundert Pfund», sagte sie. «Ein interessanter Betrag, nicht wahr? Ich würde sagen, die erste Rate einer weit höheren Summe.»

«Sieht so aus.»

«Sicherlich alles Geld, das die erpresste Person in der Eile aufbringen konnte. Entweder wollte der Erpresser nicht mehr, oder es war nur eine Anzahlung und das Opfer versprach, bald mehr zu zahlen. Dies schließt die Möglichkeit aus, dass der Täter jemand ist, der in bescheidenen Verhältnissen lebt und einen privaten Rachefeldzug gegen die Gregg führt. Es spricht auch gegen die Wahrscheinlichkeit, dass es jemand ist, der als Hilfsarbeiter im Filmstudio arbeitet oder als Diener oder Gärtner. Falls nicht –», Miss Marple machte ein bedeutungsvolles Gesicht, «– falls nicht diese Person nur das ausführende Organ war, während der Drahtzieher im Hintergrund blieb. Daher die Fahrt nach London.»

«Sehr richtig. In London haben wir Ardwyck Fenn, Lola Brewster und Margot Bence. Alle drei waren bei dem Wohltätigkeitsfest. Sie hätten Giuseppe irgendwo in London zwischen halb zwölf und Viertel vor zwei an einem vereinbarten Ort treffen können. Ardwyck Fenn war während dieser Zeit nicht im Hotel, Lola Brewster machte Einkäufe, und Margot Bence war zu Aufnahmen unterwegs. Ach, übrigens –»

«Ja?», sagte Miss Marple. «Ist da noch etwas besonders Wichtiges?»

«Du hast mich wegen der Kinder gefragt. Die Kinder, die die Gregg adoptierte, ehe sie wusste, dass sie schwanger war.»

«Und?»

Craddock berichtete ihr, was er erfahren hatte.

«Soso, Margot Bence», sagte Miss Marple freundlich. «Ich hatte so ein Gefühl, als ob es etwas mit den Kindern zu tun hätte...»

«Aber nach so vielen Jahren...»

«Ich weiß. Ich weiß. Ziemlich unwahrscheinlich. Aber, mein lieber Dermot, hast du eigentlich eine Ahnung von Kindern? Denk mal an deine eigene Kindheit. Erinnerst du dich nicht an einen Vorfall, irgendetwas, das dich bekümmerte oder freute und wo der Gefühlsaufwand in keinem Verhältnis stand zur wahren Bedeutung? An Kummer oder Hass, den du seitdem nie wieder so deutlich gespürt hast? Es gab mal ein sehr gutes Buch von einem großartigen Schriftsteller, einem Richard Hughes. Den Titel habe ich vergessen. Es handelte von Kindern, die einen Hurrikan erlebten. Ach, ja – es hieß ‹Hurrikan auf Jamaika›. Am meisten beeindruckte sie ihre Katze, die wie eine Verrückte durchs Haus rannte. Es war das Einzige, an was sie sich später erinnerten. Der ganze Schrecken, das ganze Entsetzen, die Aufregung und die Furcht, die sie gespürt hatten, hatte sich in diesem einen Vorfall gesammelt.»

«Komisch, dass du das sagst», meinte Craddock nachdenklich.

«Wieso, fällt dir ein Beispiel dazu ein?»

«Ich musste an den Tod meiner Mutter denken. Ich war damals fünf Jahre alt. Fünf oder sechs. Ich aß gerade im Kinderzimmer Brotauflauf mit Marmeladenfüllung. Den aß ich besonders gern. Ein Dienstmädchen kam herein und sagte zu meiner Erzieherin: ‹Ist es nicht schrecklich? Mrs. Craddock hat einen Unfall gehabt. Sie ist tot.› Wann immer ich an den Tod meiner Mutter denke – was, glaubst du, sehe ich im Geist vor mir?»

«Was?»

«Einen Teller mit Brotauflauf. Ich starre darauf und sehe

heute noch so deutlich wie damals, wie die Marmelade an der einen Seite hervorquoll. Ich habe nicht geweint und nichts gesagt. Ich saß nur wie angewachsen da und starrte auf meinen Teller. Und selbst heute noch, wenn ich in einem Restaurant oder bei Freunden so einen Auflauf sehe, überschwemmt mich wieder eine Welle des Schreckens und der Verzweiflung wie damals. Manchmal weiß ich im Augenblick gar nicht, warum. Findest du das sehr verrückt?»

«Nein», erwiderte Miss Marple. «Das ist völlig normal. Ich finde die Geschichte sehr interessant. Es bringt mich auf eine Idee ...»

Da öffnete sich die Tür, und Miss Knight trat ein, beladen mit dem Teetablett.

«Soso!», rief sie. «Wir haben Besuch. Wie nett! Guten Tag, Chefinspektor. Ich hole Ihnen schnell eine Tasse.»

«Bemühen Sie sich nicht!», rief Craddock ihr nach. «Ich habe schon einen Drink bekommen.»

Miss Knight drehte sich um und steckte den Kopf zur Tür hinein. «Ich frage mich, ob Sie wohl eine Sekunde Zeit für mich hätten, Mr. Craddock?»

Craddock trat zu ihr in den Flur hinaus. Sie ging ihm voraus ins Esszimmer und schloss die Tür.

«Sie sind doch vorsichtig, nicht wahr?», sagte sie.

«Wieso vorsichtig? Was meinen Sie damit?», fragte Craddock.

«Ich meine unsere liebe gute Miss Marple. Sie wissen ja, wie interessiert sie an allem ist, aber es ist nicht gut, wenn sie sich über Mord und solche schrecklichen Sachen aufregt. Wir möchten nicht, dass sie ins Grübeln gerät und schlechte Träume hat. Sie ist sehr alt und gebrechlich und sollte wirklich ein ruhiges Leben leben. Sie kennt es auch nicht anders, wissen Sie. Ich bin überzeugt, dass all das Gerede über Mörder und Gangster und so was sehr, sehr schlecht für sie ist.»

Craddock sah sie leicht amüsiert an.

«Meiner Meinung nach», antwortete er freundlich, «gibt es nichts, was Sie oder ich über Mord erzählen könnten, das Miss Marple über Gebühr aufregen oder erschrecken würde. Ich möchte Ihnen versichern, meine liebe Miss Knight, dass Miss Marple Mord und plötzlichen Tod, ja eigentlich jede Art von Verbrechen, mit der größten Gelassenheit betrachtet.»

Er kehrte ins Wohnzimmer zurück, gefolgt von einer Miss Knight, die mehrmals missbilligend mit der Zunge schnalzte. Während sie Tee tranken, redete sie ständig, vor allem über politische Neuigkeiten, die sie in der Zeitung gelesen hatte, und die heitersten Themen, die ihr einfielen. Als sie schließlich den Teetisch abgeräumt hatte und mit dem Tablett verschwunden war, seufzte Miss Marple tief auf.

«Endlich haben wir Frieden», sagte sie. «Ich hoffe, dass ich diese Person nicht eines Tages ermorde. Hör zu, Dermot, ich muss dich ein paar Dinge fragen.»

«Ja? Was ist es?»

«Ich möchte gern mit dir sehr sorgfältig durchgehen, was am Tag des Wohltätigkeitsfestes passierte. Mrs. Bantry kam, kurz nach ihr der Pfarrer. Dann erschienen Mr. und Mrs. Badcock, und in dem Moment waren auf der Treppe der Bürgermeister mit seiner Frau, dieser Typ Ardwyck Fenn, Lola Brewster, ein Reporter vom ‹Herald and Argus› von Much Benham und diese Fotografin, Margot Bence. Du sagtest, die Bence hatte die Kamera so aufgebaut, dass sie die Treppe im Blickfeld hatte. Kennst du die Fotos, die sie geschossen hat?»

«Ich habe dir sogar eines mitgebracht.»

Er nahm ein Bild aus der Tasche. Miss Marple betrachtete es lange. Es zeigte Marina Gregg und Jason Rudd, der etwas links hinter ihr stand. Arthur Badcock, die Hand am

Gesicht, war im Hintergrund zu erkennen. Er wirkte etwas verlegen; seine Frau hielt Marina Greggs Hand in der ihren, blickte Marina an und sprach auf sie ein. Marina sah Mrs. Badcock nicht an. Sie starrte über ihren Kopf hinweg, offenbar direkt in die Kamera oder leicht links von ihr.

«Sehr interessant», sagte Miss Marple. «Weißt du, ich habe verschiedene Schilderungen von dem Gesicht, das sie machte. Wie erstarrt ja, das trifft es genau. Eine Ahnung von herannahendem Unheil nein, das kann ich nicht finden. Eher, als sei jedes Gefühl in ihr gestorben. Meinst du nicht auch? Angst ist es meiner Meinung nach nicht, obwohl sich Angst auch so ausdrücken kann. Sie kann einen lähmen. Trotzdem glaube ich nicht, dass es Angst war. Eher Schock. Dermot, mein lieber Junge, bitte, erzähl mir genau, was Heather Badcock zu Marina Gregg sagte. Vielleicht hast du dir Notizen gemacht. Um was es sich im Wesentlichen handelte, weiß ich, aber was hat sie ganz *genau* gesagt? Es müssen dir mehrere Leute das Gespräch geschildert haben.»

Craddock nickte.

«Ja. Lass mich überlegen! Deine Freundin, Mrs. Bantry, hat mir davon erzählt, dann Jason Rudd, und ich glaube, auch Arthur Badcock. Wie du schon sagtest, gebrauchten sie nicht dieselben Worte, aber im Kern stimmten ihre Berichte überein.»

«Gerade die Verschiedenheit der Versionen interessiert mich. Ich glaube, dass es uns weiterhelfen könnte.»

«Ich begreife nicht, wie», antwortete Craddock, «aber du offenbar schon. Deine Freundin, Mrs. Bantry, war besonders gründlich. Soweit ich mich erinnere – Augenblick, ich habe sicherlich meine Notizen dabei.»

Er nahm ein kleines Notizbuch aus der Jackentasche und blätterte darin.

«Ich habe nicht den genauen Wortlaut», sagte er, «aber

das Wichtigste habe ich vermerkt. Anscheinend war Mrs. Badcock sehr fröhlich, fast ausgelassen, und sehr zufrieden mit sich. Sie sagte zu Marina Gregg etwa Folgendes: ‹Ich kann Ihnen gar nicht sagen, wie aufregend es für mich ist. Sie erinnern sich bestimmt nicht mehr, dass wir uns vor Jahren auf den Bermudas … ich hatte die Windpocken, stand aber trotzdem auf und ging hin, um Sie zu sehen und ein Autogramm von Ihnen zu bekommen. Es war einer der schönsten Tage meines Lebens. Ich werde ihn nie vergessen.›»

«Ich verstehe», sagte Miss Marple. «Sie erwähnte, wo sie sie getroffen hatte, nicht aber das Datum.»

«Ja.»

«Und was berichtete Rudd?»

«Rudd? Er meinte, Mr. Badcock habe erzählt, seine Frau sei extra aufgestanden, obwohl sie die Grippe gehabt habe, um von Marina Gregg ein Autogramm zu bekommen. Sie besitze es heute noch. Es war kein so langer Bericht wie der deiner Freundin, aber im Wesentlichen dasselbe.»

«Erwähnte er den Ort oder das Datum?»

«Nein. Ich glaube, er sagte nur etwas von zehn oder zwölf Jahren, die es her sei.»

«Soso. Und was ist mit Mr. Badcock?»

«Mr. Badcock sagte, dass Heather sehr aufgeregt gewesen sei und sich sehr auf die Begegnung mit Marina Gregg gefreut habe. Sie hatte ihm erzählt, dass sie als junges Mädchen zu Miss Gregg gegangen und ein Autogramm von ihr erbeten habe, obwohl sie eigentlich krank gewesen sei und im Bett hätte bleiben sollen. Er ging nicht näher auf die Geschichte ein, weil es wohl in der Zeit vor ihrer Ehe geschehen war. Er schien die ganze Sache für nicht sehr wichtig zu halten.»

«Ich verstehe», sagte Miss Marple. «Ja, ich verstehe …»

«Was verstehst du?»

«Ein paar Punkte sind mir noch unklar», sagte Miss Marple ehrlich, «aber ich habe so ein Gefühl ... wenn ich nur wüsste, warum sie sich ihr neues Kleid ruinierte ...»

«Wer – Mrs. Badcock?»

«Ja. Mir erscheint es sehr seltsam ... völlig unerklärlich ... außer ... mein Gott, wie dumm von mir!»

Miss Knight öffnete die Tür und trat ein, wobei sie das Licht anmachte.

«Ich glaube, wir brauchen ein wenig Helligkeit!», rief sie munter.

«Ja», erwiderte Miss Marple. «Sie haben völlig Recht, Miss Knight. Genau das ist es, was wir versuchen – etwas Licht ins Dunkel zu bringen. Wissen Sie, mir scheint, es ist uns geglückt.»

Craddock hielt es für an der Zeit zu gehen. Er stand auf.

«Mich würde nur noch eines interessieren», sagte er, «und zwar, ob es auch in deinem Leben Ereignisse gibt, an die du manchmal denken musst, ohne es zu wollen.»

«Du wirst es sicherlich komisch finden», antwortete Miss Marple, «aber ich gebe zu, dass ich einen Augenblick an das Stubenmädchen der Lauristons denken musste.»

«An das Stubenmädchen der Lauristons?» Craddock war fassungslos.

«Sie hatte natürlich auch die Telefonanrufe entgegenzunehmen», sagte Miss Marple, «und war dabei sehr ungeschickt. Den allgemeinen Sinn begriff sie zwar – wenn du verstehst, was ich meine –, aber was sie dann aufschrieb, war manchmal ein ziemlicher Unsinn. Es muss wohl an ihrer schlechten Grammatik gelegen haben: Ein paarmal gab es deswegen peinliche Zwischenfälle. An einen erinnere ich mich besonders. Ein gewisser Burroughs rief an und sagte, er sei bei Mr. Elvaston gewesen, wegen des zerbrochenen Zauns, aber der habe behauptet, es sei nicht seine Aufgabe, ihn zu reparieren, weil er nicht auf seinem Land stünde. Mr.

Burroughs wollte wissen, ob das stimme. Es sei wichtig für ihn, den genauen Verlauf der Grenze zu erfahren, ehe er seinen Rechtsanwalt fragte. Eine sehr rätselhafte Geschichte, wie du siehst. Niemand verstand, was gemeint war.»

«Da es sich um ein Stubenmädchen handelt», sagte Miss Knight mit einem kleinen Lachen, «muss es *sehr* lange her sein. Ich habe seit vielen Jahren von keinem Stubenmädchen mehr gehört.»

«Es ist zwar lange her», sagte Miss Marple, «aber die menschliche Natur hat sich seitdem wenig geändert. Damals wurden aus den gleichen Gründen Fehler gemacht wie heute. Ach», fügte sie hinzu, «bin ich froh, dass das Mädchen sicher in Bournemouth ist.»

«Das Mädchen? Welches Mädchen?», fragte Craddock.

«Das Mädchen, das so gut nähen kann und zu Giuseppe ging. Wie heißt sie noch – Gladys Soundso.»

«Gladys Dixon?»

«Ja, so heißt sie.»

«Sie ist in *Bournemouth,* sagst du? Woher, in aller Welt, weißt du das?»

«Ich weiß es», antwortete Miss Marple, «weil ich sie hingeschickt habe.»

«Was?» Craddock starrte sie entgeistert an. «Du? Warum?»

«Ich habe sie besucht», sagte Miss Marple, «und ihr etwas Geld gegeben und gesagt, sie solle Urlaub machen und nicht nach Hause schreiben.»

«Mein Gott, warum denn das?»

«Weil ich nicht wollte, dass sie umgebracht würde. Das ist doch klar», sagte Miss Marple und blinzelte ihm gelassen zu.

22

«So einen reizenden Brief habe ich von Lady Conway erhalten!», berichtete Miss Knight zwei Tage später, während sie Miss Marples Frühstückstablett abstellte. «Sie erinnern sich doch, dass ich Ihnen von ihr erzählte? Ein klein wenig, na, Sie wissen schon ...» Sie tippte sich an die Stirn. «Manchmal ist sie nicht ganz bei sich. Und ihr Gedächtnis ist schlecht. Häufig erkennt sie ihre nächsten Verwandten nicht und schickt sie weg.»

«Vielleicht ist es mehr Schlauheit», meinte Miss Marple, «als ein schlechtes Gedächtnis.»

«Nun, nun», sagte Miss Knight, «es ist nicht sehr nett von uns, solche Andeutungen zu machen. Sie wird den Winter im ‹Belgrave Hotel› in Llandudno verbringen. Ein sehr gepflegtes Haus. Schöner Park und eine hübsche verglaste Terrasse. Sie fleht mich an, sie zu begleiten.» Sie seufzte.

Abrupt setzte sich Miss Marple im Bett auf.

«Ich bitte Sie!», rief sie. «Wenn man Sie haben möchte – wenn Sie gebraucht werden und hinfahren wollen ...»

«Nein, nein, kein Wort mehr», erwiderte Miss Knight. «So habe ich es nicht gemeint. Was würde Mr. West dazu sagen? Er deutete an, dass mein Aufenthalt hier von Dauer sein könnte. Ich würde niemals auch nur im Traum daran denken, meine Pflichten nicht zu erfüllen. Ich habe den Brief nur so nebenbei erwähnt. Bitte, machen Sie sich keine Sorgen, meine Gute», fügte sie hinzu und tätschelte Miss Marple an der Schulter. «Wir werden nicht im Stich gelassen! Nein, niemals! Wir werden umsorgt und verwöhnt, damit wir glücklich und zufrieden sind.»

Sie verließ das Zimmer. Miss Marple saß mit entschlossener Miene da, starrte auf ihr Tablett und vergaß zu essen. Schließlich nahm sie den Hörer vom Telefon und wählte energisch.

«Doktor Haydock?»

«Ja?»

«Hier Jane Marple.»

«Was gibt es? Brauchen Sie ärztliche Hilfe?»

«Nein», antwortete Miss Marple. «Aber ich möchte Sie so bald wie möglich sehen.»

Als Haydock eintraf, saß Miss Marple immer noch im Bett und wartete auf ihn.

«Sie sehen wie das blühende Leben aus», beschwerte er sich.

«Gerade deshalb wollte ich mit Ihnen reden», erklärte Miss Marple. «Um Ihnen zu sagen, dass ich völlig gesund bin.»

«Ein ungewöhnlicher Grund, nach einem Arzt zu schicken.»

«Ich fühle mich sehr kräftig, ich bin in guter körperlicher Verfassung, und es ist absurd zu glauben, es müsste ständig jemand im Haus sein. Solange täglich jemand kommt, um sauber zu machen und so weiter, halte ich es für überflüssig, dass ständig jemand hier wohnt.»

«Sie mögen das für überflüssig halten – ich nicht», erwiderte Haydock.

«Ich finde, Sie werden immer mehr ein alter Wichtigtuer», erklärte Miss Marple unfreundlich.

«Und beschimpfen Sie mich nicht!», sagte Haydock. «Für Ihr Alter sind Sie eine sehr gesunde Frau. Die Bronchitis hat Sie etwas mitgenommen, und das ist für einen alten Menschen wie Sie nicht gut. Aber allein in einem Haus zu leben ist in Ihrem Alter ein Risiko. Angenommen, Sie stürzen die Treppe hinunter oder fallen aus dem Bett oder gleiten in der Badewanne aus. Sie würden hilflos daliegen, und niemand hätte eine Ahnung.»

«Man kann sich alles Mögliche vorstellen», sagte Miss Marple. «Zum Beispiel könnte Miss Knight die Treppe hinunterfallen. Und als ich nachsehen will, was passiert ist, stolpere ich über sie.»

«Es hat keinen Zweck, mich herumzukommandieren», sagte Haydock. «Sie sind eine alte Frau und brauchen entsprechende Pflege. Wenn Sie diese Person nicht leiden können, entlassen Sie sie und nehmen jemand anderen.»

«Das ist nicht so einfach», sagte Miss Marple.

«Gibt es kein ehemaliges Dienstmädchen, das Sie mögen und das schon früher bei Ihnen gewohnt hat? Ich merke ja, wie dieses alte Huhn Sie irritiert. Mir ginge sie auch auf die Nerven. Irgendwo muss es doch noch ein altes Dienstmädchen geben! Ihr Neffe ist einer der erfolgreichsten Schriftsteller von heute. Er wird sie entschädigen, wenn Sie einen passenden Ersatz gefunden haben.»

«Natürlich würde der gute Raymond das tun. Er ist sehr großzügig», sagte Miss Marple. «Aber es ist nicht so leicht, die Richtige zu finden. Die jungen Leute wollen ihr eigenes Leben leben, und viele meiner treuen alten Dienstmädchen sind bedauerlicherweise schon tot.»

«Na, *Sie* sind jedenfalls nicht tot», sagte Haydock, «und werden noch eine hübsche Zeit leben, wenn Sie gut auf sich aufpassen.»

Er stand auf.

«Also», sagte er, «es hat keinen Zweck, länger zu bleiben. Sie sind munter wie ein Fisch im Wasser. Ich werde nicht meine kostbare Zeit damit verschwenden, Ihnen den Blutdruck oder den Puls zu messen oder Ihnen irgendwelche Fragen zu stellen. Sie genießen all die Aufregung hier im Ort, auch wenn Sie Ihre Nase nicht so tief hineinstecken können, wie Sie's gerne täten. Auf Wiedersehen, ich muss gehen und mich um meine Patienten kümmern, die wirklich krank sind. Acht oder zehn Fälle von Röteln, sechs Kinder mit Keuchhusten, ein Verdacht auf Scharlach und dazu die Pflegefälle.»

Doktor Haydock stürmte hinaus. Miss Marple runzelte nachdenklich die Stirn. Irgendetwas, das er gesagt hatte ... was war es nur ... Er musste Patienten besuchen ... die üblichen Krankheiten ... die üblichen Krankheiten? Mit einer energischen Geste schob Miss Marple das Tablett weiter von sich weg. Dann rief sie Mrs. Bantry an.

«Dolly? Hier ist Jane. Ich möchte dich etwas fragen. Bitte, hör genau zu! Stimmt es, was du Craddock erzählt hast? Dass Heather Badcock Marina Gregg lang und breit schilderte, wie sie nicht im Bett blieb, obwohl sie die Windpocken hatte, nur um sie zu sehen und ein Autogramm von ihr zu bekommen?»

«.Ja, mehr oder weniger.»

«Waren es Windpocken?»

«So was Ähnliches. Mrs. Allcock redete gerade über Wodka, und so habe ich nicht genau zugehört.»

«Bist du sicher –», Miss Marple holte tief Luft, «dass sie nicht Keuchhusten sagte?»

«Keuchhusten?» Mrs. Bantry klang verwundert. «Selbstverständlich nicht. Wegen Keuchhusten hätte sie sich das Gesicht nicht so stark pudern und anmalen müssen.»

«Ich verstehe – das hattest du nicht erwähnt. Sie hat es ausdrücklich gesagt?»

«Ja, denn eigentlich ist sie nicht der Typ dafür. Aber du hast Recht, vielleicht waren es keine Windpocken ... vielleicht war es Nesselfieber.»

«Das behauptest du nur», erwiderte Miss Marple kalt, «weil du mal Nesselfieber hattest und nicht zu einer Hochzeit gehen konntest. Du bist unverbesserlich, Dolly, wirklich unverbesserlich!»

Sie warf den Hörer auf die Gabel und schnitt damit Mrs. Bantry das Wort ab, die empört: «Aber, Jane ...», rief.

Miss Marple gab einen damenhaften ärgerlichen Laut von sich, der an das Fauchen einer wütenden Katze erinnerte. Ihre

Gedanken kehrten zu ihrem eigenen häuslichen Problem zurück. Wie wäre es mit der treuen Florence? Würde die gute Florence, dieser Dragoner von einem Hausmädchen, überredet werden können, ihr hübsches kleines Haus zu verlassen und nach St. Mary Mead zurückzukehren, um sich um ihre frühere Herrin zu kümmern? Die treue Florence war ihr immer sehr ergeben gewesen. Doch sie hing an ihrem eigenen kleinen Haus. Gequält schüttelte Miss Marple den Kopf. Da erklang ein fröhliches Klopfen an ihrer Tür. Auf Miss Marples Ruf «Herein!», trat Cherry ins Zimmer.

«Ich soll Ihr Tablett holen», sagte sie. «Ist irgendetwas passiert. Sie sehen so erregt aus.»

«Ich komme mir so hilflos vor», antwortete Miss Marple. «Alt und hilflos!»

«Keine Sorge», sagte Cherry und nahm das Tablett. «Sie sind alles andere als hilflos. Sie ahnen ja nicht, was man sich hier alles über Sie erzählt. In der Siedlung kennt Sie praktisch jeder. Was für unglaubliche Sachen Sie gemacht haben. *Die* halten Sie nicht für alt und hilflos! *Sie* redet Ihnen das ein.»

«Sie?»

Cherry nickte heftig in Richtung der Tür hinter sich. «Diese Katze, Miss Knight. Lassen Sie sich von ihr nicht unterkriegen.»

«Sie ist sehr freundlich», erwiderte Miss Marple. Und fügte nach einer Weile hinzu: «Das finde ich wirklich.» Es klang, als glaube sie selbst nicht daran.

«Man kann des Guten auch zu viel tun», erklärte Cherry. «Sie mögen es auch nicht, wenn man Ihnen immer wieder hinreibt, wie freundlich man zu Ihnen ist.»

«Na ja», sagte Miss Marple und seufzte. «Wir haben wohl alle unsere Sorgen.»

«Das stimmt», sagte Cherry. «Eigentlich dürfte ich mich nicht beklagen, aber manchmal glaube ich, dass etwas

Schlimmes passiert, wenn ich noch viel länger mit Mrs. Hartwell Tür an Tür wohnen muss. Diese mürrische alte Schachtel, immer nur klatschen und schimpfen. Jim hat auch die Nase voll. Gestern hatte er richtigen Streit mit ihr. Nur weil wir den ‹Messias› etwas laut gestellt hatten. Dagegen kann man doch nichts haben, nicht wahr! Ich meine, es ist doch ein religiöses Werk.»

«Hatte sie was dagegen?»

«Sie hat sich schrecklich aufgeführt», sagte Cherry. «Sie trommelte gegen die Wand und schimpfte.»

«Müssen Sie denn die Musik so laut hören?», fragte Miss Marple.

«Jim hat es gern», antwortete Cherry. «Er findet, dass es erst laut richtig klingt.»

«Für jemanden», sagte Miss Marple, «der nicht musikalisch ist, könnte es etwas anstrengend sein.»

«Schuld ist das Haus», sagte Cherry. «Es ist ein Doppelhaus, und die Wände sind dünn wie Papier. Eigentlich mag ich diese neumodischen Dinger gar nicht. Alles sieht klein und hübsch aus, aber man kann seine Persönlichkeit nicht entfalten, ohne dass sie über einen herfallen wie eine Horde von Wilden.»

Miss Marple lächelte.

«Sie haben viel Persönlichkeit zu entfalten, Cherry», sagte sie.

«Glauben Sie wirklich?» Cherry freute sich und lachte. «Ich überlege…», begann sie. Dann stellte sie das Tablett auf ein Tischchen neben der Tür und kehrte zum Bett zurück. «Ob Sie es wohl sehr unverschämt finden würden, wenn ich Sie etwas fragte? Ich meine – Sie brauchen nur zu sagen ‹vollkommen unmöglich›, und die Sache ist erledigt.»

«Soll ich etwas für Sie tun?»

«Nein, nicht ganz. Es handelt sich um die Wohnung über der Küche. Sie steht jetzt leer, nicht wahr?»

«Ja.»

«Ein Gärtner und seine Frau sollen da mal gewohnt haben. Doch das ist lange her. Ich habe mich gefragt – Jim und ich haben uns gefragt, ob wir sie haben könnten. Ob wir dort wohnen könnten, meine ich.» Miss Marple starrte sie erstaunt an.

«Und was wird aus Ihrem schönen neuen Haus in der Siedlung?»

«Wir haben beide die Nase voll davon. Wir haben so viele Hobbys, aber dort ist kaum Platz dafür. Hier gibt's genug, vor allem, wenn Jim den Raum über dem Stall haben kann. Er würde ihn neu herrichten und könnte alle seine Modelle unterbringen, ohne sie ständig wegräumen zu müssen. Und unsere Stereoanlage könnten wir auch dort aufbauen, dann würden Sie die Musik kaum hören.»

«Ist es Ihnen damit ernst, Cherry?»

«Ja, Miss Marple. Jim und ich haben es immer wieder besprochen. Jim könnte im Haus die Reparaturen machen – wenn ein Abfluss verstopft ist oder etwas klemmt oder locker ist. Und ich würde mich um Sie kümmern, genauso gut wie Ihre Miss Knight. Ich weiß, Sie halten mich für etwas unordentlich – aber ich würde mir große Mühe geben, mit den Betten und dem schmutzigen Geschirr... und ich bin eine ganz gute Köchin. Gestern habe ich Bœuf Stroganoff gemacht. Es ist ganz einfach. Wirklich!»

Miss Marple sah sie nachdenklich an.

Cherry glich einem übermütigen Kätzchen – sie strahlte Vitalität und Lebensfreude aus. Miss Marple dachte wieder an die treue Florence. Natürlich würde die treue Florence das Haus besser in Ordnung halten. Miss Marple hielt nicht viel von Cherrys guten Vorsätzen. Aber sie war mindestens fünfundsechzig, vielleicht älter. Und würde Florence sich wirklich noch verpflanzen lassen? Vielleicht war sie nur aus Liebe zu Miss Marple damit einverstanden. Aber wollte sie denn, dass man ihretwegen ein Opfer brachte? Litt sie nicht schon unter Miss Knights aufopfernder Pflichterfüllung?

Cherry aber wollte kommen. Zwar machte sie die Hausarbeit mehr schlecht als recht, aber sie hatte Vorzüge, die Miss Marple in diesem Augenblick weit bedeutender erschienen. Warmherzigkeit, Vitalität und ein großes menschliches Interesse an allem, was um sie her geschah.

«Ich möchte selbstverständlich Miss Knight nicht in den Rücken fallen», erklärte Cherry.

«Machen Sie sich um Miss Knight keine Sorgen», entgegnete Miss Marple. Ihr Entschluss stand fest. «Sie wird zu einer gewissen Lady Conway fahren, die in einem Hotel in Llandudno wohnt, und es von ganzem Herzen genießen. Wir müssen noch eine Menge Einzelheiten besprechen, Cherry, ich möchte auch mit Ihrem Mann reden – aber wenn Sie wirklich glauben, dass Sie hier glücklich werden ...»

«Es gefällt uns ganz schrecklich», rief Cherry. «Und Sie können sich wirklich darauf verlassen, dass ich alles ordentlich mache. Wenn Sie wollen, benütze ich sogar Besen und Schaufel!»

Miss Marple lachte über dieses großzügige Angebot.

Cherry nahm das Frühstückstablett wieder auf. «Ich muss mich jetzt beeilen. Heute früh bin ich etwas zu spät gekommen – wegen Arthur Badcock.»

«Wegen Arthur Badcock? Was ist denn passiert?»

«Haben Sie es noch nicht gehört? Man hat ihn aufs Revier gebracht. Sie haben ihn gebeten, ihnen ‹bei ihren Nachforschungen zu helfen›, und Sie wissen ja, was das bedeutet.»

«Wann war das?»

«Heute Morgen», antwortete Cherry. Dann fügte sie hinzu: «Sicherlich hat man herausgefunden, dass er mal mit der Gregg verheiratet war.»

«Was!» Miss Marple straffte sich. «Arthur Badcock war einmal mit Marina Gregg verheiratet!»

«Angeblich», sagte Cherry. «Kein Mensch hatte eine Ahnung. Die Geschichte stammt von Mr. Upshaw. Er ist geschäftlich ein- oder zweimal in den Staaten gewesen und kennt deshalb eine Menge Klatsch von drüben. Es ist lange her, wissen Sie. Noch bevor sie Karriere machte. Sie waren nur ein Jahr oder zwei verheiratet, dann gewann sie einen Filmpreis, und da war er natürlich nicht mehr gut genug für sie. Sie ließen sich scheiden, was in Amerika schnell geht, und er tauchte unter, wie man sagen könnte. Er ist der Typ, der keine Schwierigkeiten macht. Er verschwand einfach. Er änderte seinen Namen und kam nach England. Es ist alles so lange her. Man sollte nicht denken, dass es heute noch eine Rolle spielt, nicht wahr? Trotzdem – so ist es. Der Polizei genügt es.»

«O nein!», rief Miss Marple. «O nein! Das darf nicht passieren. Wenn ich nur wüsste, was ich tun soll – einen Augenblick!» Sie machte eine energische Geste. «Nehmen Sie das Tablett weg, Cherry, und schicken Sie mir Miss Knight. Ich werde jetzt aufstehen.»

Cherry gehorchte. Miss Marple zog sich mit etwas ungeschickten Fingern an. Es irritierte sie, wenn sie feststellen musste, dass Aufregung – gleich welcher Art – sie aus dem Gleichgewicht brachte. Sie knöpfte sich gerade das Kleid zu, als Miss Knight eintrat.

«Sie brauchen mich? Cherry sagte –»

Miss Marple unterbrach sie. «Bestellen Sie Inch!»

«Wie bitte?», fragte Miss Knight erschrocken.

«Ich brauche Inch», sagte Miss Marple. «Rufen Sie ihn an, er soll sofort herkommen.»

«Ach so, Sie meinen, ich soll den Transportunternehmer anrufen. Aber der heißt doch Roberts.»

«Für mich», erklärte Miss Marple, «ist er Inch und bleibt es auch. Wie dem auch sei – er soll herkommen!»

«Möchten Sie einen kleinen Ausflug machen!»

«Er soll herkommen, verstehn Sie?», sagte Miss Marple. «Und beeilen Sie sich!»

Miss Knight sah sie voll Zweifel an und ging zur Tür. «Wir fühlen uns doch wohl?», fragte sie dabei argwöhnisch.

«Wir fühlen uns beide sehr wohl», sagte Miss Marple. «Und *ich* fühle mich besonders wohl. Tatenlosigkeit liegt mir nicht und hat mir nie gelegen. Handeln zu können, etwas unternehmen zu können – das ist die beste Medizin für mich.»

«Hat Mrs. Baker irgendetwas gesagt, das Sie beunruhigt?»

«Ich bin nicht beunruhigt», antwortete Miss Marple. «Ich fühle mich sehr wohl. Ich ärgere mich nur über mich selbst weil ich so dumm gewesen bin. Erst als mir Doktor Haydock heute Vormittag den Wink gab – wo ist eigentlich mein medizinischer Ratgeber? Ich frage mich nämlich, ob mein Gedächtnis mich nicht trügt.» Sie schob Miss Knight zur Seite und ging mit energischen Schritten zur Treppe. Sie entdeckte das gesuchte Buch in einem Regal im Wohnzimmer. Sie nahm es herunter, schlug im Inhaltsverzeichnis nach, murmelte «Seite zweihundertzehn», schlug sie auf, las einige Augenblicke und nickte zufrieden. Dann klappte sie das Buch zu und stellte es an seinen Platz zurück.

«Sehr seltsam», sagte sie, «sehr seltsam! Ich glaube nicht, dass jemand daran gedacht hätte. Ich wäre selbst nicht darauf gekommen, wenn die beiden Punkte nicht so gut zusammengepasst hätten.»

Dann schüttelte sie den Kopf, und eine kleine Falte erschien zwischen ihren Augen. «Wenn nur jemand zuverlässiger...»

In Gedanken ging sie die verschiedenen Berichte durch, die sie über den Vorfall gehört hatte...

Nachdenklich weiteten sich ihre Augen. Es gab noch einen Zeugen, aber taugte er etwas? Beim Pfarrer wusste man es nie. Er war ziemlich unberechenbar. Trotzdem ging sie zum Telefon und wählte.

«Guten Morgen», sagte sie, «hier spricht Miss Marple.»

«O ja, Miss Marple – was kann ich für Sie tun?»

«Ich wäre Ihnen dankbar, wenn Sie mir helfen könnten, einen gewissen strittigen Punkt zu klären. Es handelt sich um das Wohltätigkeitsfest – als die arme Mrs. Badcock starb. Soviel ich weiß, befanden Sie sich in der Nähe, als Mr. und Mrs. Badcock eintrafen.»

«Ja, ja ... ich ging vor ihnen, wenn ich mich nicht irre. Was für ein trauriger Tag!»

«Ja, sehr traurig! Und soviel ich hörte, erinnerte Mrs. Badcock Miss Gregg daran, dass sie sich schon früher auf den Bermudas getroffen hatten. Damals war Mrs. Badcock krank gewesen und hatte nur wegen Miss Gregg das Bett verlassen.»

«Ja, ja, ich weiß.»

«Wissen Sie vielleicht auch noch, ob Mrs. Badcock erwähnte, welche Krankheit sie hatte?»

«Ich glaube – warten Sie mal ... ja, sie hatte die Masern, nein, nicht die Masern, etwas Harmloseres – die Röteln. Manche Leute fühlen sich kaum krank. Ich erinnere mich an meine Kusine Caroline ...»

Miss Marple schnitt jede Erinnerung an Kusine Caroline ab, indem sie kurz und bündig sagte: «Vielen Dank, Sie waren sehr freundlich!», und den Hörer auflegte.

Ein ehrfürchtiger Ausdruck lag auf ihrem Gesicht. Eines der großen Rätsel von St. Mary Mead war die Frage, was den Pfarrer veranlasste, sich an gewisse Dinge zu erinnern – nur übertroffen von einem weit größeren Geheimnis: Was den Pfarrer veranlasste, gewisse Dinge zu vergessen.

«Das Taxi ist da, meine Gute!», verkündete Miss Knight, die geschäftig eingetreten war. «Es ist sehr alt und nicht besonders sauber, finde ich. Die Vorstellung, dass Sie damit wegfahren wollen, gefällt mir nicht. Sie könnten sich anstecken oder so was.»

«Unsinn!», sagte Miss Marple. Energisch setzte sie sich ihren Hut auf und knöpfte den Sommermantel zu. Dann ging sie zu dem wartenden Taxi hinaus.

«Guten Morgen, Roberts», sagte sie.

«Guten Morgen, Miss Marple. Sie sind heute früh dran. Wohin darf ich Sie fahren?»

«Nach ‹Gossington Hall›, bitte.»

«Ich sollte Sie besser begleiten», rief Miss Knight. «Es dauert nur eine Sekunde, meine Laufschuhe anzuziehen.»

«Nein, vielen Dank!», sagte Miss Marple fest. «Ich möchte allein hinfahren. Also los, Inch! Ich meine, Roberts!»

Mr. Roberts gab Gas und bemerkte dabei: «Ach, ‹Gossington Hall›. Viele Veränderungen hat es dort gegeben, wie überall. Die vielen neuen Siedlungen. Hätte nie gedacht, dass auch in St. Mary Mead einmal eine entstehen würde!»

Sie erreichten «Gossington Hall», Miss Marple stieg aus, drückte auf den Klingelknopf und fragte nach Mr. Jason Rudd.

Giuseppes Nachfolger, ein etwas gebrechlich aussehender alter Mann, äußerte Zweifel.

«Ohne vorherige Vereinbarung», sagte er, «wird Sie Mr. Rudd kaum empfangen, Madam. Vor allem heute nicht –»

«Ich habe keine Verabredung mit ihm», antwortete Miss Marple, «aber ich kann warten.»

Sie trat energisch an ihm vorbei in die Halle und setzte sich auf einen StuhI.

«Ich fürchte, heute Vormittag wird es unmöglichj sein, Madam.»

«In diesem Fall», entgegnete Miss Marple, «warte ich bis zum Nachmittag.»

Verblüfft zog sich der Butler zurück. Kurz darauf tauchte

ein junger Mann auf. Er hatte verbindliche Manieren und eine fröhliche Stimme mit einem leichten amerikanischen Akzent.

«Ich habe Sie schon einmal gesehen», sagte Miss Marple. «In der Siedlung. Sie fragten mich nach dem Weg zur Blenheim Close.»

Hailey Preston lächelte gutmütig. «Sie taten sicherlich Ihr Bestes, aber Sie haben mich in die falsche Richtung geschickt.»

«Mein Gott, tatsächlich?», rief Miss Marple. «Es gibt dort so viele Closes, nicht wahr? Kann ich Mr. Rudd sprechen?»

«Nun, das ist sehr bedauerlich», sagte Hailey Preston. «Mr. Rudd ist ein viel beschäftigter Mann und hat heute Vormittag – hm – viel zu tun. Er darf nicht gestört werden.»

«Ich weiß, wie beschäftigt er ist», sagte Miss Marple. «Ich bin darauf gefasst gewesen zu warten.»

«Ich möchte vorschlagen», sagte Preston, «dass Sie mir erzählen, worum es sich handelt. Ich kümmere mich um alles, was Mr. Rudd betrifft, verstehen Sie. Alle Leute kommen zuerst zu mir.»

«Ich fürchte», sagte Miss Marple, «dass ich Mr. Rudd persönlich sprechen muss. Und», fügte sie hinzu, «ich werde warten, bis er Zeit hat.»

Sie machte es sich auf dem großen Eichenstuhl bequem.

Preston zögerte, wollte etwas sagen, wandte sich dann schweigend ab und ging die Treppe hinauf.

Er kehrte mit einem großen Mann in einem Tweedanzug zurück.

«Dies ist Doktor Gilchrist, Miss – hm –»

«Miss Marple.»

«Sie sind also Miss Marple», sagte Gilchrist. Er musterte sie mit großem Interesse.

Hailey Preston verschwand eilig.

«Ich habe schon viel von Ihnen gehört», sagte Gilchrist. «Von Haydock.»

«Er ist ein sehr alter Freund von mir.»

«Gewiss. Sie wollen also Mr. Rudd sprechen? Warum?»

«Es ist sehr wichtig.»

Gilchrist blickte sie abschätzend an.

«Und Sie sind entschlossen, hier zu kampieren, bis Sie ihn sprechen können?»

«Ja.»

«Ich traue es Ihnen zu», sagte Gilchrist. «Und deshalb möchte ich Ihnen einen äußerst glaubwürdigen Grund nennen, warum Sie Mr. Rudd nicht sehen können. Seine Frau ist heute Nacht im Schlaf gestorben.»

«Gestorben!», rief Miss Marple. «Wie?»

«An einer zu großen Dosis Schlaftabletten. Für die nächsten Stunden möchten wir nicht, dass die Presse etwas davon erfährt. So möchte ich Sie bitten, die Neuigkeit für sich zu behalten.»

«Natürlich. War es ein Unfall?»

«Das ist jedenfalls meine Meinung.»

«Es könnte auch Selbstmord sein.»

«Möglich – aber unwahrscheinlich.»

«Oder jemand hat sie ihr gegeben?»

Gilchrist zuckte mit den Achseln.

«Eine sehr vage Möglichkeit. Und», fügte er bestimmt hinzu, «kaum nachzuweisen.»

«Ich verstehe», sagte Miss Marple. Sie holte tief Luft. «Es tut mir Leid, aber jetzt ist es noch wichtiger als vorher, dass ich Mr. Rudd spreche.»

Gilchrist sah sie wieder an.

«Gedulden Sie sich einen Augenblick», sagte er.

23

Rudd blickte auf, als Gilchrist eintrat. «Unten ist eine alte Dame», sagte der Arzt. «Sieht aus wie hundert. Sie möchte Sie sprechen. Lässt sich nicht abwimmeln und sagt, sie will warten. Sie will bis heute Nachmittag warten oder bis heute Abend, und ich traue ihr zu, dass sie auch noch die Nacht hier verbringt. Sie hat Ihnen irgendetwas Wichtiges mitzuteilen. An Ihrer Stelle würde ich sie empfangen.»

Rudd wirkte angespannt und erschöpft. Sein Gesicht war sehr blass. «Ist sie verrückt?», fragte er.

«Nein, absolut nicht.»

«Ich sehe nicht ein, warum ich – Na gut, schicken Sie sie rauf! Was spielt es noch für eine Rolle.»

Gilchrist nickte, verließ den Raum und informierte Hailey Preston. «Mr. Rudd kann Ihnen jetzt ein paar Minuten erübrigen, Miss Marple», sagte Hailey Preston, als er wieder neben ihr auftauchte.

«Ich danke Ihnen. Das ist sehr freundlich von ihm», sagte Miss Marple, während sie sich erhob. ‹ Arbeiten Sie schon lange für Mr. Rudd?», fragte sie.

«Na, so ungefähr zweieinhalb Jahre. Ich bin sein Werbeassistent.»

«Ich verstehe.» Miss Marple betrachtete ihn nachdenklich. «Sie erinnern mich sehr an einen Bekannten namens Gerald French.»

«Tatsächlich? Was hat dieser Gerald French gemacht?»

«Nicht sehr viel», antwortete Miss Marple, «aber er war ein glänzender Redner.» Sie seufzte. «Er hat eine unglückliche Vergangenheit gehabt.»

«Was Sie nicht sagen», meinte Hailey Preston etwas unbehaglich.. «Was ist denn passiert?»

«Ich möchte es nicht wiederholen», sagte Miss Marple. «Er hatte es nicht gern, wenn man davon sprach.»

Als Miss Marple eintrat, erhob sich Rudd von seinem Schreibtisch und blickte der schlanken alten Dame, die energisch auf ihn zutrat, leicht überrascht entgegen.

«Sie wollten mich sprechen?», sagte er. «Was kann ich für Sie tun?»

«Ich bin über den Tod Ihrer Frau zutiefst erschüttert», sagte Miss Marple. «Und ich weiß, wie groß Ihre Trauer ist. Ich möchte Sie bitten, mir zu glauben, dass ich mich Ihnen nicht aufdrängen würde, wenn es nicht absolut notwendig wäre. Es müssen dringend ein paar Dinge geklärt werden, weil es sonst ein Unschuldiger büßen muss.»

«Ein Unschuldiger? Ich verstehe Sie nicht.»

«Arthur Badcock», sagte Miss Marple. «Er ist auf dem Polizeirevier und wird verhört.»

«In Zusammenhang mit dem Tod meiner Frau? Aber das ist unsinnig, völlig unsinnig! Er kann nicht im Haus gewesen sein. Er hat sie nicht einmal gekannt!»

«Ich glaube, er kannte sie», sagte Miss Marple. «Er war mal mit ihr verheiratet.»

«Arthur Badcock? Aber – er war Heather Badcocks Mann! Bringen Sie da nicht etwas durcheinander?», fragte er freundlich und verständnisvoll.

«Er war mit beiden verheiratet», antwortete Miss Marple. «Mit Ihrer Frau war er verheiratet, als sie noch sehr jung war, ehe sie zum Film ging.»

Jason Rudd schüttelte den Kopf.

«Der erste Mann meiner Frau hieß Alfred Beadle. Er war Grundstücksmakler. Sie passten nicht zusammen und trennten sich ziemlich bald wieder.»

«Dann änderte Alfred Beadle seinen Namen in Badcock», erklärte Miss Marple. «Er arbeitet auch hier bei einer Maklerfirma. Seltsam, dass manche Leute nie ihren Beruf wechseln und ihr ganzes Leben das Gleiche tun wollen. Ich glaube, das war auch der Grund, warum Marina Gregg spürte, dass er nicht zu ihr passte. Er konnte nicht mit ihr Schritt halten.»

«Was Sie mir da erzählen, überrascht mich sehr.»

«Ich versichere Ihnen, dass ich Ihnen keinen Roman erzähle und mir nicht alles nur eingebildet habe. Es handelt sich um Tatsachen. In einem kleinen Ort wie dem unseren spricht sich so etwas schnell herum, wissen Sie, nur dauert es etwas länger, bis man es auch im Herrenhaus erfährt.»

«Nun», sagte Rudd zögernd, weil er nicht wusste, was er sagen sollte. Dann beschloss er, den Stier bei den Hörnern zu packen. «Und was kann ich für Sie tun, Miss Marple?», fragte er.

«Wenn Sie erlauben, würde ich gern mit Ihnen in die Halle gehen, wo Sie damals am Tag des Wohltätigkeitsfestes zusammen mit Ihrer Frau die Gäste empfingen.»

Er warf ihr einen kurzen zweifelnden Back zu. War diese Frau doch nichts weiter als eine sensationsgierige alte Person? Aber Miss Marples Gesicht war ernst und würdevoll.

«Selbstverständlich», sagte er schließlich. «Wenn Sie es wünschen. Kommen Sie mit.»

Er führte sie zum oberen Ende der Treppe und blieb dort stehen.

«Seit die Bantrys hier gewohnt haben, hat sich das Haus sehr verändert», sagte Miss Marple. «Mir gefällt die große Halle hier oben. Also, wie war das noch? Die Tische müssen hier gestanden haben, und Sie und Ihre Frau –»

«Meine Frau empfing die Gäste hier», sagte Rudd und zeigte auf eine Stelle an der Treppe. «Die Gäste kamen herauf, sie begrüßte sie und reichte sie an mich weiter.»

«Sie stand also hier», sagte Miss Marple.

Sie machte ein paar Schritte und stellte sich genauso auf, wie Marina Gregg gestanden hatte. Rudd beobachtete sie verblüfft und interessiert. Miss Marple hob die rechte Hand, als wolle sie jemandem die Hand schütteln, und sah die Treppe hinunter, als erwarte sie Gäste. Dann blickte sie geradeaus. An der Wand in Höhe der halben Treppe hing ein großes Bild, die Kopie eines alten italienischen Meisters. Rechts und links davon waren schmale Fenster, das eine ging auf den Garten hinaus, das andere auf die ehemaligen Ställe mit dem Wetterhahn. Doch Miss Marple beachtete die Aussicht nicht. Ihr Blick blieb an dem Bild hängen.

«Natürlich hört man beim ersten Mal immer die richtige Version», sagte sie. «Mrs. Bantry erzählte mir, dass Ihre Frau das Bild anstarrte und ihr Gesicht wie versteinert war, wie sie es nannte.» Miss Marple betrachtete das rote und blaue Gewand der Madonna, die mit leicht zurückgebeugtem Kopf den Jesusknaben in ihren Armen anlächelte. «Das ist die lächelnde Madonna von Bellini», sagte sie. «Ein religiöses Bild, aber auch die Darstellung einer glücklichen Mutter mit ihrem Kind. Finden Sie nicht auch, Mr. Rudd?»

«Ja, das finde ich auch.»

«Jetzt begreife ich es», sagte Miss Marple. «Jetzt begreife ich alles! Der ganze Fall liegt eigentlich sehr einfach.» Sie sah Rudd an.

«Einfach?»

«Ich glaube, das wissen Sie sehr gut», sagte Miss Marple.

Unten ertönte die Hausglocke.

«Ich verstehe wirklich nicht, was Sie meinen», sagte Rudd. Er blickte die Treppe hinunter. Stimmengemurmel war zu hören.

«Ich kenne die Stimme», sagte Miss Marple. «Das ist Chefinspektor Craddock.»

«Ja, den Eindruck habe ich auch.»

«Er möchte Sie sicherlich sprechen. Würde es Ihnen etwas ausmachen, wenn er heraufkommt?»

«Ganz und gar nicht – soweit es mich betrifft. Ob er allerdings ...»

«Er wird einverstanden sein», erklärte Miss Marple. «Wir

sollten keine Zeit mehr verlieren. Wir sind an dem Punkt angelangt, wo wir endlich erkennen können, wie es geschehen ist.»

«Ich dachte, es sei ganz einfach», sagte Jason Rudd.

«Die Lösung war so einfach», sagte Miss Marple, «dass wir sie übersehen haben.»

In diesem Augenblick tauchte der gebrechliche Butler auf und meldete: «Chefinspektor Craddock ist da.»

«Schicken Sie ihn bitte rauf!», sagte Rudd.

Der Butler verschwand, und ein paar Sekunden später kam Craddock die Treppe hoch.

«Du!», sagte er zu Miss Marple. «Wie bist du denn hergekommen?»

«Mit Inch», antwortete Miss Marple und stiftete damit die übliche Verwirrung, die diese Bemerkung stets hervorrief.

Jason Rudd, der einen Schritt hinter Miss Marple stand, tippte sich leicht gegen die Stirn. Craddock schüttelte den Kopf.

«Ich sagte gerade zu Mr. Rudd», begann Miss Marple und brach ab. «Ist der Butler weg?», fragte sie dann.

Craddock warf einen Blick die Treppe hinunter. ‹ Ja», erwiderte er.

«Er kann auch nicht lauschen. Sergeant Tiddler sorgt dafür.»

«Dann ist alles in Ordnung», stellte Miss Marple fest. «Natürlich müssen wir nicht unbedingt hier bleiben, doch es wäre mir lieber, wenn wir uns direkt am Ort der Geschehnisse unterhalten könnten. So wird alles leichter zu verstehen sein.»

«Sie sprechen von dem Tag», sagte Rudd, «an dem hier das Wohltätigkeitsfest stattfand und an dem Heather Badcock vergiftet wurde?»

«Ja», erwiderte Miss Marple, «und ich behaupte immer

noch, dass die Lösung sehr einfach ist, wenn man es unter dem richtigen Blickwinkel betrachtet. Alles begann mit Heather Badcock, weil sie so war, wie sie war. Eigentlich hätte man sich denken können, dass so was mal mit ihr passierte.»

«Worauf wollen Sie nur hinaus?», fragte Rudd. «Ich begreife kein Wort!»

«Ja, ich muss es ein wenig näher erklären. Wissen Sie, als meine Freundin, Mrs. Bantry, die einer Ihrer Gäste war, mir die Szene beschrieb, zitierte sie ein paar Zeilen aus einem Gedicht, das ich als junges Mädchen sehr geliebt habe. Es stammt von Lord Tennyson – es ist ‹The Lady of Shalott›.» Sie hob ihre Stimme ein wenig. «Der Spiegel bekam einen Sprung, von einer Seite zur andern. ‹Ich bin verdammt!› rief Lady of Shalott … Das ist es, was Mrs. Bantry sah oder zu sehen glaubte. Obwohl sie sich nicht mehr genau an das Gedicht erinnerte und verdammt sagte statt verflucht, was unter den gegebenen Umständen vielleicht sogar das passendere Wort ist. Sie beobachtete, wie Ihre Frau sich mit Heather Badcock unterhielt, und dann bemerkte sie diesen Ausdruck auf ihrem Gesicht.»

«Haben wir das nicht schon viele Male besprochen?», fragte Rudd.

«Ja, trotzdem müssen wir uns noch einmal mit der Szene beschäftigen», antwortete Miss Marple. «Als jener Ausdruck auf dem Gesicht Ihrer Frau lag, blickte sie nicht Heather Badcock an, sondern das Gemälde, das Bild einer lachenden glücklichen Mutter, die ein fröhliches Kind in den Armen hält. Wir unterlagen dem Irrtum anzunehmen, dass Marina Gregg das Unheil treffen müsste, dabei galt es Heather Badcock. Seit dem Augenblick, da Heather Badcock ihre Geschichte zu erzählen begann und mit ihrem Erlebnis von damals prahlte, war ihr Schicksal besiegelt.»

«Könntest du nicht etwas deutlicher werden?», fragte Craddock.

Miss Marple wandte sich ihm zu. «Natürlich. Aber dies ist eine Sache, von der du nichts wissen kannst. Denn niemand hat dir gesagt, was Heather Badcock tatsächlich erzählte.»

«Aber man hat es mir berichtet!», protestierte Craddock. «Wieder und wieder. Mehrere Leute haben es mir beschrieben.»

«Ja, schon», entgegnete Miss Marple. «Nur kannst du es nicht genau wissen, weil es dir Heather Badcock nicht direkt geschildert hat.»

«Das hätte sie kaum tun können, denn sie war bereits tot, als ich ankam.»

«Ganz recht», sagte Miss Marple. «Du weißt nur, dass sie krank war, trotzdem aufstand und zu dieser Feier ging, wo sie Marina Gregg traf und sie um ein Autogramm bat, das sie auch erhielt.»

«Ich kenne die Geschichte», erwiderte Craddock etwas ungeduldig. «Ich habe sie schon oft gehört.»

«Aber den einen wesentlichen Satz hast du nicht gehört, weil ihn niemand für bedeutsam hielt», sagte Miss Marple. «Heather Badcock lag im Bett, weil sie die *Röteln* hatte.»

«Die Röteln? Was, in aller Welt, hat das mit ihrer Ermordung zu tun?»

«Es ist keine gefährliche Krankheit», sagte Miss Marple. «Man fühlt sich eigentlich nicht krank. Man bekommt einen Ausschlag, den man mit Puder verdecken kann, und etwas Fieber, aber nicht hoch. Man kann sogar ausgehen und Leute sehen, wenn einem danach zumute ist. Und während Heather Badcock ihre lange Geschichte erzählte, fiel die Tatsache, dass es sich um Röteln handelte, nicht besonders auf. Mrs. Bantry berichtete zum Beispiel nur, dass Heather Badcock krank gewesen sei, und sprach von Windpocken und Nesselfieber. Mr. Rudd hier sagte, es sei eine Grippe gewesen, aber natürlich sagte er das absichtlich.

Doch ich persönlich bin überzeugt, dass Heather Badcock Miss Gregg erzählte, sie habe die Röteln gehabt und sei trotzdem aufgestanden, um sie zu sehen und ein Autogramm zu bekommen. Und das ist die Antwort auf unser Problem, denn Röteln sind äußerst ansteckend. Man kann sich sehr leicht anstecken. Und noch eins müssen Sie bedenken. Wenn eine Frau sich in den ersten vier Monaten ihrer –» Miss Marple sprach das nächste Wort mit einer altmodischen Schamhaftigkeit aus, «– hm Schwangerschaft ansteckt, kann das schreckliche Folgen für das Kind haben. Es kann blind zur Welt kommen oder schwachsinnig.»

Sie sah Jason Rudd an.

«Es ist doch richtig, wenn ich sage, Mr. Rudd, dass Ihre Frau ein Kind zur Welt brachte, das geistig nicht normal war, und dass sie sich von diesem Schock nie richtig erholte? Sie sehnte sich nach einem eigenen Kind, und als sie es schließlich bekam, wurde daraus eine große Tragödie. Sie konnte es nicht vergessen – und wollte es wohl auch nicht –, und es wurde bei ihr zu einer Art Besessenheit, einer tiefen, nie vernarbenden Wunde.»

«Sie haben Recht», erwiderte Rudd. «Marina hatte tatsächlich am Anfang ihrer Schwangerschaft die Röteln. Später bestätigten die Ärzte, dass diese Krankheit die Schuld an der Geistesschwäche ihres Kindes habe. Es war kein Fall von Vererbung oder so etwas. Marina hatte keine Ahnung, wo, wann und von wem sie sich die Krankheit zugezogen hatte.»

«Ja», sagte Miss Marple, «bis zu jenem Nachmittag, als eine ihr völlig fremde Frau die Treppe heraufschritt und es ihr erzählte – und was noch wichtiger ist, es ihr mit großem Vergnügen erzählte. Sie war noch stolz darauf! Heather Badcock dachte, dass sie unerhört geschickt und tapfer gewesen sei und eine Menge Mut bewiesen habe, weil sie aufgestanden war und sich den Ausschlag überpudert hatte, um eine Schauspielerin zu sehen, die sie verehrte. Ihr ganzes

Leben lang hat sie sich damit gebrüstet. Heather Badcock dachte sich nichts dabei. Sie meinte es nie böse, und doch sind es zweifellos solche Leute wie Heather Badcock – oder meine alte Freundin Alison Wilde –, die eine Menge Schaden anrichten können, weil sie keine – nein, es ist nicht der Mangel an Güte –, weil sie nicht bedenken, welche Auswirkungen ihr Handeln auf andere Leute haben könnte. Heather Badcock dachte immer nur daran, wie die Menschen sich ihr gegenüber benahmen. Sie verschwendete nie auch nur einen einzigen Gedanken darauf, was sie anderen vielleicht antat.»

Miss Marple nickte leicht.

«Deshalb starb sie – und die Ursache dafür reicht in ihre Vergangenheit zurück. Stellen Sie sich vor, was in diesem Augenblick in Marina Gregg vorging. Ich glaube, Mr. Rudd versteht es sehr gut. All die Jahre über muss sie eine Art Hass auf die Unbekannte genährt haben, die die Ursache ihres Leides war. Und plötzlich steht sie der Frau von Angesicht zu Angesicht gegenüber. Einer Frau, die fröhlich und selbstsicher ist. Es war zu viel für sie. Wenn sie Zeit zum Überlegen gehabt, wenn sie Zeit gehabt hätte, sich zu beruhigen – doch das ließ sie nicht zu. Hier war die Frau, die ihr Glück und die Gesundheit und den Verstand ihres Kindes zerstört hatte. Sie wollte sie bestrafen. Sie wollte sie töten. Und unseligerweise hatte sie ein Mittel zur Hand. Sie trug es immer bei sich – das Beruhigungsmittel Calmo, das nur dann ungefährlich ist, wenn man sich an die vorgeschriebene Menge hält. Es war alles ganz einfach. Sie warf die Tabletten in ihr eigenes Glas. Falls jemand es zufällig beobachtete, würde man annehmen, dass sie etwas zur Beruhigung oder Ermunterung brauchte. Niemand würde etwas dabei finden. Möglich, dass eine gewisse Person es bemerkte, doch ich persönlich bezweifle es. Ich glaube, dass Miss Zielinsky nur eine Vermutung hatte. Marina Gregg stellte ihr Glas auf den Tisch, und dann richtete sie es so ein, dass sie Heather Badcock anstieß, so dass diese ihren Drink über das neue Kleid verschüttete. Und jetzt wird die Geschichte rätselhaft, nur aus einem Grund: Weil die Leute mit dem Fürwort nicht richtig umgehen können.

Der Fall erinnert mich sehr an jenes Stubenmädchen, von dem ich dir erzählte», fuhr Miss Marple zu Craddock gewandt fort. «Ich wusste nur, was Gladys Dixon Cherry erzählt hatte, verstehst du? Gladys machte sich Gedanken über die Flecken in Heather Badcocks Kleid. Sie fand es so seltsam, dass sie den Cocktail absichtlich vergoß. Aber mit dem ‹sie› meinte Gladys nicht Heather Badcock, sondern Miss Gregg. Gladys sagte: ‹Sie tat's absichtlich!› Und so war es! Miss Gregg stieß Heather Badcock am Arm an. Nicht zufällig, sondern absichtlich! Wir wissen, dass sie in der Nähe gewesen sein muss, denn wir erfuhren, dass sie Heather Badcocks und ihr eigenes Kleid zu reinigen versuchte und dann Heather Badcock ihr eigenes Glas in die Hand drückte. Es war», sagte Miss Marple nachdenklich, «der perfekte Mord, denn sie führte ihn ganz spontan aus, ohne eine Minute zu überlegen. Sie wollte Heather Badcock töten, und kurz darauf war Heather Badcock auch tot. Vielleicht erkannte sie die Tragweite ihrer Tat nicht sofort. Ganz gewiss konnte sie die Gefahr, in die sie sich begab, nicht gleich erkennen. Hinterher wurde es ihr klar. Sie bekam Angst, entsetzliche Angst – dass jemand sie beobachtet hatte, wie sie die Tabletten in ihr Glas warf, oder wie sie Heather Badcock absichtlich anstieß. Dass jemand sie beschuldigen würde, Heather Badcock vergiftet zu haben. Sie sah nur einen Ausweg. Zu tun, als habe der Täter in Wahrheit sie selbst gemeint – dass sie das wahre Opfer sei. Sie probierte die Idee zuerst bei ihrem Arzt aus. Sie verbot ihm, es ihrem Mann zu erzählen, vermutlich weil sie ahnte, dass ihr Mann sich nicht täuschen lassen würde. Sie unternahm die verrücktesten Sachen. Sie schrieb sich Drohbriefe, die an den seltsamsten Orten gefunden wurden, in den seltsamsten Augenblicken. Einmal, im Studio, hat sie sogar mit ihrem eigenen Kaffee herumgespielt. Man hätte sie sofort durchschauen können, wenn man die ganze Geschichte unter dem richtigen Blickwinkel betrachtet hätte. Es gab jemand, der das tat.»

«Das ist reine Theorie», sagte Rudd.

Miss Marple sah ihn an.

«Sie können es auch so ausdrücken, wenn Sie wollen», antwortete sie. «Doch Sie wissen genau, Mr. Rudd, dass ich die Wahrheit sage, nicht wahr? Denn Sie wussten von Anfang an Bescheid. Sie hatten gehört, wie Mrs. Badcock erzählte, sie habe die Röteln gehabt. Sie wussten Bescheid, und deshalb gab es für Sie nur eines: Sie wollten Ihre Frau beschützen. Doch Sie erkannten nicht, in welchem Ausmaß Sie sie beschützen mussten. Sie konnten nicht ahnen, dass es nicht nur darum ging, den Mord an einer Frau zu vertuschen, die – so könnte man sagen – nicht ganz schuldlos an ihrem Tod war. Es gab noch andere Tote – Giuseppe, ein Erpresser, das ist wahr, aber doch ein menschliches Wesen. Und Ella Zielinsky, der Sie sehr zugetan waren. Sie versuchten verzweifelt, Ihre Frau zu schützen und sie daran zu hindern, noch mehr Unheil anzurichten. Sie wollten nur eines – sie unbeschadet von hier wegbringen. Sie bemühten sich, sie Tag und Nacht zu bewachen, damit Sie sicher sein konnten, dass nicht noch mehr passierte.»

Miss Marple schwieg. Dann trat sie auf Jason Rudd zu und legte ihm vorsichtig die Hand auf den Arm.

«Sie tun mir sehr Leid, Mr. Rudd, sehr Leid. Mir ist klar, wie Sie gelitten haben müssen. Sie haben sie sehr geliebt, nicht wahr?»

Jason Rudd wandte sich ab.

«Sie war so schön», sagte Miss Marple leise. «Und so begabt. Sie hatte eine große Kraft zu lieben und zu hassen, aber sie besaß keine Festigkeit. Sie konnte die Vergangenheit nicht ruhen lassen und die Zukunft nicht so sehen, wie sie wirklich war. Sie war eine große Schauspielerin und eine schöne und sehr unglückliche Frau. Was für eine großartige Maria Stuart sie war! Ich werde sie nie vergessen.»

Plötzlich tauchte Sergeant Tiddler am Ende der Treppe auf.

«Sir», sagte er, «kann ich Sie einen Augenblick sprechen?»

Craddock wandte sich an Jason Rudd und sagte: «Ich bin sofort wieder da.» Dann schritt er auf die Treppe zu.

«Vergiss nicht!», rief Miss Marple hinter ihm her. «Der arme Mr. Badcock hatte nichts damit zu tun. Er kam nur zu dem Fest, weil er einen Blick auf die Frau werfen wollte, mit der er einmal verheiratet gewesen war. Sicherlich hat sie ihn nicht mal erkannt. Habe ich Recht?», fragte sie, an Jason Rudd gewandt.

«Möglich. Marina hat ihn mir gegenüber jedenfalls nicht erwähnt. Vermutlich hat sie ihn tatsächlich nicht wiedererkannt.»

«Das würde ich auch meinen», sagte Miss Marple. «Jedenfalls», fügte sie hinzu, «ist er unschuldig an ihrem Tod. Er hatte keinen Grund, sie zu töten. Bitte, vergiss das nicht!», rief sie Craddock nach, der jetzt am Ende der Treppe angelangt war.

«Er war nie in Gefahr, das kann ich dir versichern», rief Craddock ihr zu, «aber als wir herausfanden, dass er Marina Greggs erster Mann gewesen war, mussten wir ihn verhören. Mach dir keine Sorgen um ihn, Tante Jane», fügte er etwas leiser hinzu und eilte davon.

Miss Marple wandte sich Jason Rudd zu, der wie in Trance dastand, die Augen ins Leere gerichtet.

«Würden Sie mir erlauben, sie zu sehen?», fragte Miss Marple.

Er musterte sie geistesabwesend, dann nickte er. «Ja, Sie

können sie sehen. Sie scheinen sie – so gut verstanden zu haben.»

Er drehte sich um und ging davon. Miss Marple folgte ihm. Sie traten in ein großes Schlafzimmer. Rudd zog den Vorhang einen Spalt auf. Marina Gregg lag auf dem großen weißen Bett wie in einer Muschel, die Augen geschlossen, die Hände gefaltet.

So musste Lady of Shalott in ihrem Boot gelegen haben, dachte Miss Marple, als sie nach Camelot gebracht wurde. Und dort, neben dem Bett, stand ein Mann mit einem zerfurchten, hässlichen Gesicht, der wie ein Lancelot einer späteren Zeit wirkte.

«Es ist ein großes Glück für sie, dass sie zu viele Beruhigungsmittel nahm», sagte Miss Marple leise. «Der Tod war der einzige Ausweg, den sie noch hatte. Ja – es ist ein großes Glück, dass sie die Tabletten nahm – oder – hat man sie ihr gegeben?»

Ihre Blicke trafen sich, doch Rudd schwieg.

Nach einer Weile sagte er voll Trauer: «Sie war so – so schön und musste so viel leiden.»

Miss Marple betrachtete die stille Gestalt und sagte leise die letzten Zeilen des Gedichts: «Er sprach: ‹Was für ein liebliches Gesicht. Gott in seiner Gnade gab ihr Schönheit, der Lady of Shalott.›»